如何写出一篇好小说

从新手写作者到畅销书作家

［美］兰迪·英格曼森（Randy Ingermanson）
彼得·艾克诺米（Peter Economy） 著

Writing fiction for dummies

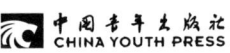
中国青年出版社
CHINA YOUTH PRESS

图书在版编目（CIP）数据

如何写出一篇好小说：从新手写作者到畅销书作家／
（美）兰迪·英格曼森，（美）彼得·艾克诺米著；刘国伟译.
—北京：中国青年出版社，2022.8
书名原文：Writing Fiction For Dummies
ISBN 978-7-5153-6644-9

Ⅰ.①如… Ⅱ.①兰…②彼…③刘… Ⅲ.①小说创作-创作方法 Ⅳ.①I054

中国版本图书馆CIP数据核字（2022）第091129号

Copyright © 2010 by Wiley Publishing, Inc., Indianapolis, Indiana
All rights reserved.
This translation published under license with the original publisher John Wiley & Sons, Inc.
Simplified Chinese edition copyright © 2022 China Youth Book, Inc.
All rights reserved.

如何写出一篇好小说：
从新手写作者到畅销书作家

作　　者：	［美］兰迪·英格曼森　彼得·艾克诺米
译　　者：	刘国伟
策划编辑：	刘　吉
责任编辑：	肖　佳
文字编辑：	方荟文
美术编辑：	张　艳
出　　版：	中国青年出版社
发　　行：	北京中青文文化传媒有限公司
电　　话：	010-65511272 / 65516873
公司网址：	www.cyb.com.cn
购书网址：	zqwts.tmall.com
印　　刷：	大厂回族自治县益利印刷有限公司
版　　次：	2022年8月第1版
印　　次：	2025年9月第3次印刷
开　　本：	880mm×1230mm　1 / 32
字　　数：	150千字
印　　张：	11
京权图字：	01-2020-1303
书　　号：	ISBN 978-7-5153-6644-9
定　　价：	59.90元

版权声明

未经出版人事先书面许可，对本出版物的任何部分不得以任何方式或途径复制或传播，包括但不限于复印、录制、录音，或通过任何数据库、在线信息、数字化产品或可检索的系统。

中青版图书，版权所有，盗版必究

目录

前　言　...005

第一部分
为写小说做好准备　011

第一章　小说写作基础　...013

第二章　什么造就好故事　...027

第三章　发现你的读者和类型　...045

第四章　创作优秀小说的四种方式　...069

第五章　安排时间……和你自己　...085

第二部分
创作引人入胜的小说　101

第六章　创建你的故事世界：故事的背景　...103

第七章　塑造令人痴迷的人物　...125

第八章　故事线和三幕结构：情节的顶层　...153

第九章　摘要、场景清单和场景：情节的中层　...173

第十章　动作、对话及其他：情节的底层　…195

第十一章　全面考虑你的主题　…225

第三部分
编辑、打磨你的故事和人物 239

第十二章　分析你的人物　…241

第十三章　检查你的故事结构　…265

第十四章　编辑你的场景结构　…289

第十五章　编辑你的场景内容　…307

第四部分
十要点 329

第十六章　分析你故事的10个步骤　…331

第十七章　小说遭拒的10种原因　…341

前言

听说,你想写小说?太棒了!写小说是个值得向往的目标。它对你可能是个不小的挑战,会让你感到紧张,并且改变你。如果它得以出版,那么还会让你赢得家人和朋友的尊敬,甚至会让你小有名气、小赚一笔。

但是,尊敬、名气、金钱并非写小说的仅有理由。你需要明确写小说的唯一理由,是你想写小说。不要让任何人吓唬你说,写小说需要更好的理由。没有更好的理由。

无论你的理由是什么,本书都能帮助你,使你实现从新手写作者向畅销书作家的飞跃。你能写一部动人的小说,你能够使它发表,你也能够成为你一直想成为的作家。

关于本书

作家们喜欢称自己是艺术家,这么认为也是恰当的。写小说是一种艺术形式,但是,仅有艺术天赋是不够的。写小说也是一种技艺,一套你能够学会的实用技能。本书就是要教你写小说的技艺,以便让你的艺术能够脱颖而出。因此，如果你是一个写小说的新手，那么这本书就是专门为你写的。本书会教你写小说所需要的方法，向你展示自己该如何编辑作品，带你完成出版的准备。

如果你已经有了一定的写作基础，那就太棒了！你会发现，这本书的一些部分是比较容易理解的。不过，我们依然希望用一些新鲜的见解带给你惊喜，因此你要保持警惕。我们已经发现，在某些方面，即使是已经出版过作品的小说家有时候也是存在欠缺的。我们的目标是让你在写小说的方方面面都站稳脚跟。

我们专注于长篇小说写作，但如果你是个影视编剧，或者你想写短篇故事，那么你将发现，对你来说，这里的方法也是有用的。然而，我们并不打算论述你需要知道的写剧本或短篇故事的专业知识。再说一遍，我们的目标是教会你每个小说作者都必须掌握的，创作故事的基础知识。

在培养技能时，你要记住：我们在这本书里提到的每个规则都可能被打破。如果我们有时候在一些规则上显得特别教条，那是因为它们几乎总是正确的。如果我们在某个规则上显得含糊其词，那是因为它可能大概率是正确的。小说作品写作有一个颠扑不破的规则，就是没有规则是颠扑不破的：你应该运用一切有效的规则。

你不需要读的内容

我们写这本书，是为了让你更容易地发现信息，迅速理解你发现的东西。我们也简化了呈现方式，以便你能够识别"可略而不读的"材料。本书中时而会出现一些灰色的文本框，它们分享了一些有用的事实，但并不是非读不可。

一些假定

在写作时,每位作家脑子里都有一个理想读者。下面是关于你,我们所做的一些假定:

• **你希望你的作品能够出版**。你是个有创造力的人,但你从一开始就表现得像个专业人士。你愿意做一些乏味的工作,如研究你的创作类型和目标读者,因为你知道,小说写作不仅是一门艺术,也是一项工作。

• **你想写一部长篇小说**。这本书专注于长篇小说创作。长篇小说字数一般在6万字以上。如果你想写短篇小说,那么书里的信息也是适用的,你只需设计比较简单的情节,设置较少的人物。如果你想写影视剧本,那么你会发现,关于故事世界、人物、结构和主题的信息也是有价值的。但是,我们不探讨你需要知道的关于影视剧本写作的格式编排,也不会告诉你如何卖掉你的影视剧本。

• **你认识到,虚构作品是个无所不包的大帐篷;关于孰优孰劣,观点不一而足**。在这本书里,我们将给你提供一些宽泛的指导原则。这些原则适用于多数种类的虚构作品,但处处适用、总是适用于所有作者的原则是不存在的。你也许会对其中一些方法非常抵触,但你够聪明,会选择接受对你有用的建议,无视其余。你也知道,那些你抵触的方法可能对另一些作者十分受用。

• **你想搞清楚如何讲述一个好故事,而非如何搞定语法和标点符号**。你已熟练掌握语法,或者说你知道在哪里能找到你需要的帮助。如果你真的违背了语法规则,你也可以声称这是艺术自由,你是故意那么做的。

本书的结构

这本书被分成了四个部分,你可以选择自己感兴趣的部分进行钻研。具体的内容和安排如下:

第一部分：为写小说做好准备

一份小小的策划有可能帮上大忙。我们笃信策略思考：设定目标，定义故事，选择类型，培养一种创作风格，研究你的小说，获得适当的方法。如果你在为你的下一部小说制定策略，需要帮助，可细读这一部分，看看能否发现你在别处从未见过的一些观点。

第二部分：创作引人入胜的小说

写小说要给予你的读者一种强烈的情感体验。要做到这一点，你需要精通小说的几个主要方面，其中包括创造一个美妙的故事世界、塑造可信的人物、构建结构恰当的情节，以及用一个主题将这一切包裹起来。这些是你的核心技能，这部分将针对各个环节的技能逐一给予你一些指导。在掌握这部分后，你就会拥有撰写小说初稿所需的一系列完整的方法。

第三部分：编辑、打磨你的故事和人物

完成初稿后，你需要编辑、润色，使文章可读性更强。编辑并不难，但你需要制订一个战略和战术计划，以帮助你分析你的人物和情节。这一部分将向你展示，如何针对你的书稿提出适当的问题，以及如何运用你的回答修改故事。我们将给予你很多实用的提示，指导你从头到尾修改你的书稿。

第四部分：十要点

这一部分包含了两个始终令人兴趣不减的主题：设计故事的10个步骤，以及出版方可能拒绝小说的10个理由。

本书使用的图标

为了使这本书更易读,使用起来更简单,我们在边缘处印了一些图标。这些图标可以帮助你找到、理解一些关键观点和信息。

贴士图标: 提供了一些简短、好记的建议,你可以立即实践这些建议。

练习图标: 标识的是帮助你推进小说创作的写作练习。

记忆图标: 标识一些可以反复回顾的建议。

警示图标: 标识一些你应该避免的具体障碍。

案例图标: 标识一些趣闻轶事,阐明正在探讨的内容。

去向何处

这本书最棒的地方就是你可以决定从哪里开始读,读什么。它是一本参考书,你可以任意开始或结束阅读。只要随手翻看目录,找到你所需要的信息,就可以了。

如果你不熟悉小说写作,你也许就想把这本书从头读到尾。如果你比较有经验,那么你可以找到一个你感兴趣的主题,直接翻到它;如果你对人物塑造感兴趣,可细读第七章;如果你已经写过一篇故事,想分析一下结构,可翻到第十三章。无论是哪种情况,你都会找到大量信息和实用建议。准备好了吗?现在出发吧!

第一部分

为写小说做好准备

《第五波》　　　　　　　　　　　　里奇·坦南特

在这一部分……

我们知道你已经迫不及待地想要开始写作，但在开始之前，你需要进行一些策略思考。在这一部分，我们考虑的正是造就一部好小说的因素，以及如何找到对你和你的读者最适用的小说类型。其次，我们分析了作者们用于写小说的四种常见方法。最后，我们深入研究了如何管控你的时间和你自己这一重要问题。

第一章

小说写作基础

在这一章里：

· 确立出版方向

· 为写作做好思想准备

· 创作好小说，编辑你的故事

你想写一部小说？太棒了！但是，这就是你要做的全部吗？毕竟，任何人都可以写一堆字，并称之为小说。问题在丁，要写一部优秀的可以出版的小说。这本书是为那些想写一部优秀小说并将其出版的小说作者撰写的。这是一个比较艰难、费力的目标，但如果你能聪明地加以应对，它也并非完全实现不了。

如果你下定决心写小说，那你就需要全神贯注地投入这场游戏。这意味着你要制订一个切实可行的游戏计划，并加以实施。在制订好计划后，你还得具备很多写作（和重写）技能。写小说的过程就是培养大量技能的过程，无论是战略的，还是战术的，都得具备。这些步骤都不难，只要获得一些指导，学起来很容易。

在你写就一部皇皇巨著后，无论你是选择拥有一个代理人，还是亲自达成交易，要卖掉一篇优秀故事，都需要在适当的时间与适当的人建立适当的联系。

在这本书中,我们的目标是让你从作者成长为作家。我们充满信心,相信你能做到这一点,而这一章就将说明如何可以做到。如果你有天赋,持之以恒,去做你需要做的事情,它就能够成为现实,也终将成为现实。

五种可能害了你的坊间传言

只要你向你的家人和朋友吐露,你想写一部小说,他们就会开始向你灌输各种关于写作的坊间传言。这是一些人尽皆知的东西,然而它们却大错特错,极有可能浇灭你的写作梦。下面是我们听说过的一些坊间传言,以及你应该准备好的回答:

传言1:你不够聪明,写不了小说。 你究竟要有多聪明,才可以写小说?你又如何才能知道?智商和写小说有什么关系?事实上,小说家所需要的最主要东西,是那种挖掘自己的情感源泉、创作能够打动读者的故事的能力。我们了解到很多小说家,他们的智商有的很一般,有的则超高。不过,他们都有一种特质,能让人愿意和他们长期被困荒岛。小说作者都特别坦诚,不惮于敞开心扉。如果你能那么做,那你也能写小说。

传言2:你天赋有限,写不了小说。 什么是天赋?谁知道如何衡量天赋?如果天赋是你培养出来的东西,而非你与生俱来的东西,会怎样呢?事实上,写小说需要很多技能。我们还从未见过谁从开始写作,就拥有所有这些技能。在我们认识的小说家中,他们每一个人都花了很长时间,磨炼小说写作技能。他们有一个共同点:恒心。我们不知道天赋究竟是什么东西,但我们一看见恒心,就能认出它。如果你有恒心,那么你就和小说家们一样拥有出版作品的机会。

传言3：你没什么可写的。世界上只有一种小说可写吗？难道所有的小说家都要出自纽约城？他们都非得既时尚又酷吗？为什么？如果你经历够多，能够打字，那么你就有东西可写。如果你已然知道恐惧、欢乐、拒绝、爱、愤怒、愉悦、痛苦、享受，或饥荒，那你就有很多东西可写。如果你熬过了一个不幸的童年，一段可怜的中学时光，或一种有害的关系，如果你在鬼门关走了一遭，又回来了，那你就是写一辈子，所需的素材也够了。如果你的生活是一条长长的、欢快的溪流，自始至终都非常幸福，那么你可能需要多下点儿功夫，但你依然应该能够从中挖掘出一个好故事。

传言4：你必须有人脉，才能出版小说。在史蒂芬·金的小说出版之前，谁认识他？谁认识汤姆·克兰西？谁认识J. K. 罗琳？如果你口袋里装着一部杰作，那么要不了多久，你就会认识一些人。你只需到处展示你的作品，然后对的人就会发现你。说真的，好的作品往往能胜过不错的人脉。

传言5：等你出了名，你会忘记你的朋友。在走红时，哪些著名作家曾忘了他们真正的朋友？他们为什么要那么做？如果你出名了，有些人就会凑上来。他们会摆出朋友的架势，想和你分一杯羹。要不了多久，你就会发现，那些在你名不见经传时就认识的朋友，才是真正的朋友。你确切地知道，他们爱你，是爱你这个人。你不会忘记你真正的朋友，而且会比以往更珍视他们。

设定你的终极目标

如果你要写一篇小说，那么设定目标时就不要谦虚。首先，你想写一篇真正优秀的小说，对吧？你参加这个游戏，不是为了写一篇不上档次的东西。你拥有某些天赋。你有一个故事,你想把它写好。

其次,你想把那个补缀而成的东西出版。不要垂着头说:"我写它就图一个乐儿。"写就是为了出版。谦虚是好事,但假谦虚可能会让你不去主动做你其实真正想做的事情。

马上做一做下面的练习:

1. 拿一张纸,写下这些话:

"我要写一部小说,并把它出版。我要这么做,因为写小说是值得的,因为我有写小说的天赋。我要这么做,因为我有一些重要的话想对世界说。我不会让任何东西挡我的道。"

2. 在顶部写上今天的日期,在底部签上你的名字。

把它挂在你天天能够看见的地方,并把这件事告诉你的家人和朋友。

到目前为止,你还是一个写作者,不要耻于这么说。到了你的小说出版的那一天,你将成为一位作家。

写作者常常会(羞耻地垂着头)说:"我是个没有出版过作品的写作者。"把*没有出版过作品*这个说法去掉。你是个作者。要自称作者,无论你是否出版过作品。

兰迪的出版之路

时间回到1988年,兰迪决定,他要写一部小说并出版。不要管为什么:他就是想写。他开始写那部小说,大约一年半之后,他已经写得够多,觉得可以去参加一个写作会议了。他在会上结识了其他一些作者,得到了很好的锻炼，并加入了一个文学批评团体。

又一年过去了，兰迪的技能不断提高。在某个时间点，他意识到，他笔耕不辍两年多的小说存在致命缺陷。他把它放进抽屉，再也没有看过。但是，他并没有放弃那个想法。他的目标不是出版那篇小说，而是出版小说。兰迪继续笔耕不辍，非常刻苦。又经过了几年，他完成了一篇小说。

然后他开始寻找代理人。与此同时，他开始写下一本书。大约不到一年后，他在一个写作会议上结识了一位代理人。几个月后，他和那位代理人签署了一份代理协议。那边代理人把兰迪的手稿递交给了一些也许有戏的出版社，这边兰迪继续着他的写作。

名单上的出版社一个接一个地拒绝了兰迪的手稿。代理人又把它递交给了更多的出版社，并把它重新递交给虽然已拒绝它、但似乎有点感兴趣的出版社。其中一家出版社总共拒绝了它三次，但兰迪仍没有停止写作。

名单上的最后一家出版社看到了兰迪作品的亮点，但出版委员会审查兰迪的手稿达数月之久，最终还是拒绝了它。然而，他们花了一些时间，指出了阻碍他们购买它的三个主要问题。兰迪的代理人给兰迪打电话，告知小说遭拒的消息，还解释了出版社的三点担忧。

那天，兰迪开始写一篇新小说，一部完全规避了那些问题的小说。他深信，这一次，他有机会赢，这篇小说一定能出版。他的代理人很欣赏他这种态度，鼓励他不要放弃。于是兰迪继续写了下去。

三个月后，代理人去世了。兰迪深感震惊。到当时为止，他已写作八年，完成了一部小说，尽其所能想卖掉它，结果处处碰壁，然后还失去了他的支持者。但他仍在继续。

此后不久，兰迪去参加一个写作会议，并约见了一位他以前不认识的编辑。编辑提出看一下他的样稿。兰迪递上了5页文字，编辑浏览了一下。"你写的挺不错呀！"编辑说，"这是我的名片，给我发一份写作大纲吧，外加100页正文。"

一年半之后，在没有代理人的情况下，兰迪把小说卖给了那位编辑所在的出版社。小说于2000年春面世，距离他开始写作已过去12个年头。他终于成了作家。那部小说名为《逾越》(*Transgression*)，后来获得了天主教文学奖。兰迪接着又写了几部获奖小说。他变得大名鼎鼎，研讨会都开始请他去授课了。

岁月飞逝，转眼又是9年。兰迪已指导了数以百计的写作者，目睹学生的作品登上畅销书榜单，看着他们入围大奖。在这本书里，他介绍了小说写作的艺术和技术，将过去21年里学到的精华萃取提炼了出来。

准确找到你的位置

现在你已设定了目标，即写一篇可以出版的好小说。我们可以从策略上谈谈怎样达到目标。这虽然不容易，但也并不复杂，只要你按照正确的顺序推进即可。

我们发现，大多数作者的出版之路要经历四个阶段。它们与大学的四年有些类似，因此我们把它们称作大一、大二、大三和大四。

请注意，每一个阶段花费的时间会在一年上下浮动，因人而异，例如有的作者从大二到大四，只花了不到一年时间。而兰迪在大三这个阶段，差不多被困了八年。假如他曾经拥有一个指导老师，那么他也许就能将大三这个阶段缩短到一年。这也是他为什么热衷于为写作者们提供指导。

这一节将聚焦这四个阶段，阐述你怎样才能前进到下一层次。

★ 大一作者：专注于技艺

大一作者是游戏新手，不过这没什么。每位博士都曾是大一新生，每位作家也都曾是大一作者，这是必经的一个阶段。一般来说，大一作者大部分时间都在读小说，到最后他们决定自己写一篇小说。他们写了几章就会发现：写小说比看起来要难得多。

于是一些大一新生放弃了，但那些坚持下来的人决定在写小说的技艺方面进行一些训练。他们读书，上课，加入批评团体，也许还会参加写作研讨会。最重要的是，他们坚持写作。

从来没有人因为谈论过、听说过或读到过关于写作的内容就擅长写作了。要想擅长写作，只能通过实践。然后，让你的作品接受批评，让人指出哪些东西达到了标准，哪些地方还欠缺，并一再试着去写。

刚开始的时候，大一作者感觉就好像自己什么也干不成，因为那些乖戾的批评伙伴似乎从来就没满意过，并且不等他们解决老问题，新缺陷就好像又冒了出来。但是，坚持就是胜利。终于，在苦心孤诣了数月之后，大一作者突然发现了一个令人吃惊的真相：他们进步了。他们已经上了整整一个台阶。

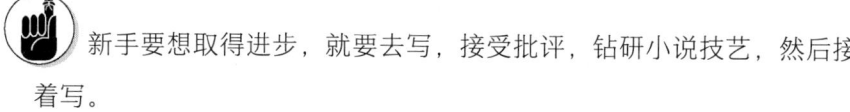
新手要想取得进步，就要去写，接受批评，钻研小说技艺，然后接着写。

★ 大二作者：处理写作计划问题

大二作者已经练笔好长时间，不再是新手。其他作者对他们说："已经蛮不错了，你进步挺大的。"

大二作者一般都上过一些写作课程，或读过几本写作书籍，或定期参加至少一个写作会议。这时他们开始觉得信心大增，这种写作游戏不再显得没有希望，小说技艺再也不是一个谜。

但是，有一样东西依然是谜：到目前为止，大二作者已经知晓，要想取得突破，出版作品，非常之难。有一种叫做写作计划的东西需要写，但谁会知道那应该怎么写？还有令人发愁的摘要，简直无法用语言描述。此外，这些东西和自荐函又有什么关系呢？一般来说，大二作者既有信心，又感到害怕：不断增加的对技艺的信心，持续增长的对营销的恐惧。

这时候打退堂鼓看似容易，但回头也有恶龙挡道。取胜之道就是继续写下去，增进技艺，但现在应该开始了解如何有效推销你自己。撰写询问函、摘要、计划书是一种技能，任何小说家都忽视不得。

如果你是个大二作者，那么你现在应该带着一份计划书（和写好的一两章正文），去参加一个不错的写作会议，把它展示给某个人，例如其他写作者，或一个代理人。计划书可能需要做大量工作。抱着那种态度去，请别人对你的计划书提出批评。要讲清楚，此时你并非在推销这个项目，只是想弄明白怎么推销。你将得到你能够应付的所有批评。

别等了！练习写一份计划书

要把一篇小说卖给一个出版社，是需要撰写一篇优秀的长篇计划书，还是一篇简短的摘要就可以了？兰迪知道的大多数作者总是准备并提交完整的计划书，就连对他们经常合作的出版社也是如此。兰迪结识的代理人也都坚持要先收到一份计划书，才肯代理一部作品，并且在把具有潜力的小说提交给出版社的过程中，他们大多也会使用计划书。一位编辑说，她喜欢计划书，因为在把一个方案提交给她所在的委员会时，它们能帮助她做好准备。

兰迪坚持认为，对一个作者来说，搞清如何撰写计划书是一种非常可贵的做法。众多商业小说作者也需要计划书，出版社需要知道项目是否有畅销的前景。

请注意，小说计划书和非小说类作品计划书存在根本差异。然而，对绝大部分小说而言，计划书都非常重要，弃之不用未免不明智。如果你结识了一位代理人，并且在看过你的询问函后，他对你的作品感兴趣，那么他会要求你提供更多的东西，要么是一份手稿，要么是一份附有样章的计划书。如果到那时，你才突然意识到，你必须学着去写计划书，就悔之晚矣。即使一些代理人不要计划书，他们也会询问一份计划书需要回答的问题。

写作，学习如何撰写计划书，撰写第一份计划书，然后在写作论坛上检验它，大二作者就进步了。

★ 大三作者：完善计划书

大三作者已经算是比较优秀的作者了，他们已掌握出版作品所需的多数技能。他们的批评伙伴在说："你为什么还不出版？"

他们一般会带着计划书或样章去参加会议，把它展示给编辑或代理人，对方会说："把那个发给我吧。"但几个月后，他们可能会收到回复："你的作品不适合我。"

这个阶段有可能令人沮丧、羞愧、压抑。与此同时，它也可能令人感到难以言表的兴奋。大三时期跌宕起伏，但如果持之以恒，你就能熬过来。

如果你是个大三作者，那么你仍需要笔耕不辍，完善你的技艺；你也需要润色计划书，并且尽可能在写作论坛上积极推荐它们。

　　在这个阶段，你极有可能找到一位代理人；或者，你也许会从一位编辑那里听到，出版委员会正在审阅你的作品；又或者，一位出版过作品的作家会阅读你的作品，并告诉你，你离出版不远了。如果上述情况有一样发生，那么你就可以确信，你即将升入大四。

　　大三作者的进步要通过努力完善技艺，润色计划书，向活跃的代理人或编辑自荐来实现。

★ 大四作者：准备成为作家

　　大四作者其实是凤毛麟角。他们仿佛被命运选中，注定要成为作家。每个人都清楚这一点，其中包括他们的批评伙伴、家人、朋友、代理人。但是，大四之路给人的感觉并非总是如此。

　　你的大四有可能会过得极其痛苦。你打心眼里清楚自己的作品离出版不远了，自己写得比很多出版过作品的作家还好。身处一个公正的世界，你的作品也应该得以出版。那么，你的作品为什么没出版呢？

　　答案是：你只是没有在适当的时间，带着适当的项目，找到适当的出版社。建立那种关系需要时间：你作为大四作者度过的时间。大四作者的作品随时都有可能出版。

　　作为大四作者，你的行动计划只需按部就班。到了这时候，你肯定已经拥有一份非常优秀的手稿，以及一份非常动人的计划书。把你的作品发给编辑（最好是让你的代理人把你的作品发出去），要不断地把它发出去，不要怕被拒绝。在众多的拒绝声中只需一个肯定，你的作品就可以出版。所以，要不断寻找那份肯定。

还要持续写作。也许你有一天醒来时,会萌生出一个颇具才气的小说创意。你本能地知道,就是这个,这将成为你跻身作家行列的入场券。一定要抓住这种闪现的灵感,不遗余力地完成这部小说。你现在已拥有写一部优秀小说的所有技能,并且你将发现自己越写越顺,可能比你修改最初创作的那些老掉牙的东西要轻松得多。

通常是在一个足够倒霉的一天,例如你的车爆胎了,或洗衣机里的肥皂水漏得满地都是,或你三岁的儿子要用熨斗熨猫咪,电话突然响了。电话是你的代理人打来的,他打电话是想告诉你,一家出版社已就你的小说提出报价。在那一天,你突然忘记了这么多年来,你所付出的辛苦,你遭到的拒绝,你感受过的忧戚。在那一天,你成了一位作家。

大四作者的成长在于无惧拒绝,坚持提交经过精心打磨的书稿,直到一个出版社买下它。

把你自己组织起来

多数作者都厌恶组织,我们也是。我们的厌恶可能是你的厌恶的两倍,因为我们是两个人。然而,我们发现,如果我们先做一点组织工作,我们的效能就会提升很多。这虽然并不有趣,却可以使有趣的东西更易得。

这有助于了解有趣的东西究竟为何物,因此在这本书里,我们一开始(在第二章里)就深入探究小说怎么能有趣,以及你的读者为什么想读你写的小说。为什么闹钟定在凌晨六点,你的读者却熬夜阅读到凌晨三点?我们将向你揭示吸引读者手不释卷的那个秘密。

在第三章里,我们将探讨你的风格和类型。你无法取悦所有的读者,任何作家都做不到。可能有些读者觉得你是他们见过的最优秀的作家,那你就要弄清楚这些读者的情况，以及怎样才能最大限度地满足他们的需求。等你弄清楚了这些，就为创作一部完美的作品做好了铺垫，能满足目标读者的作品就是完美的。

你是独一无二的。这意味着，你写作初稿的方式很可能与别人不同。一些作家喜欢列提纲，而多数作家却讨厌提纲。我们要做的不是告诉你创作小说的最佳方式，而是要向你展示各种路径，你可以选择一条对你管用的路，甚至选择一条独一无二的、最适合你的路。

可以用于创作的时间、精力、金钱等资源是有限的，如果有效地把这些因素加以组织，那么写小说将会是一种乐趣。但如果组织不得当，那么写作也会是一件苦差事。在第五章里，我们将分享一些我们认为有用的方法。

掌握人物塑造、情节设置等技能

写作新手拥有很棒的想法。很棒的作者既拥有很棒的想法，也拥有很棒的技艺。你的首要任务，是掌握将好想法转化成好故事所需的技艺，具体包括：

- **故事世界**：你的小说不是在真空中发生的，而是被设置在某个地方。那个地方一般被称作背景或环境，但我们更愿意使用"故事世界"这个词，因为它是你的故事发生的世界。

在第六章里，我们将向你展示，要构建一个很棒的故事世界，需要什么材料。看上去容易，做起来难，但我们将给你开列一份重要概念清单。要想拥有一个界定完满的故事世界，你需要牢记这份清单。我们还将向你展示一些常见的陪衬景象。这些陪衬景象会让故事世界呼应故事，赋予故事以意义。

- **人物**：你的人物拥有过去、现在和未来，而你需要洞悉这其中的每个阶段。在第七章里，我们将展示一些方法，它们能帮助你为每个人物构建一个背景故事。我们将证明，为何背景故事对了解人物可能的未来不可或缺。我们将向你展示，要创作一个千变万化的（且打动你的读者）、引人入胜的故事，过去和未来应该如何在现在（当下）交织。

- **情节**：现代小说的典型情节包含六层结构，从10万英尺的视角，一直到近距离视角。作为小说家，这六层中的每一层你都需要掌握，并把它们组合成一个和谐的故事。在第八章到第十章中，我们将指导你穿越每一层。

- **主题**：每部小说都有一个中心思想，也就是主题。主题具有双重危险：要么输入太少，要么输入太多。不妨翻到第十一章，看看怎样通过倾听人物的声音，找到你的主题。我们也将向你展示，要解决多数常见问题，应该怎么做。

编辑你的小说

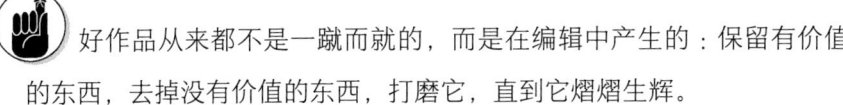好作品从来都不是一蹴而就的，而是在编辑中产生的：保留有价值的东西，去掉没有价值的东西，打磨它，直到它熠熠生辉。

你不能只依靠编辑去修改你的小说。现代编辑大多超负荷工作，却报酬过低。所以，在把你的作品交给他们时，最好先自行打磨润色一下。

编辑小说是苦差事，却也不难实现。可以把它归结为两项基本任务：

- 雕琢人物，使他们活灵活现。
- 从情节的六个层面上修改你的故事线。

在这本书的第三部分中，我们将告诉你需要做什么，如何做。在第十二章里，你会看到人物原则、背景故事、价值观、抱负、故事目标，最重要的是，找到视角（POV）的细微区别。在第十三章里，我们将向你展示如何为你的故事制作一个"诱饵"，它将在小说推向市场的销售环节中发挥重要作用。我们还将向你展示亚里士多德的三幕结构，但我们会给它增添一种前所未有的三灾难结构。

场景对推动你的故事运作至为关键，因此在第十四章里，你将收获甄别场景的方法，例如何时该去掉，何时该保留，以及在需要修改时，怎样修改。在第十五章里，我们将向你展示如何逐段分析你的故事，以便让你的读者与你的人物产生共鸣。

第 二 章
什么造就好故事

在这一章里：
- 满足你的目标和读者的目标
- 写出变化
- 理解小说的五支柱
- 使用小说写作的七种核心工具

在拿起你的小说时，读者非常想从你那里获得一样东西：一种强烈的情感体验。读者想深刻、允分地感受某种东西，如果你未能传达那种情感冲击，那么无论你的故事多么巧妙，或你的人物多么富有魅力，你也是失败的。

但是，假如你传达了读者想要的东西，那么你就拥有了给予他们更多（可能会多得多）东西的机会。如果你有别的东西可给予的话，那么你就应该决定你想给予什么。

写小说的艺术是围绕五个关键任务构筑的，我们把它们称作"小说五支柱"。你必须构建背景，用有趣的人物填充它，创造可靠的情节，展开有意义的主题，并且在这么做时，要有自己的风格。多数作者仅擅长这其中的一两项，但你得每一项都力争达标，才有可能使你的小说得以出版。你也可以把七种战术工具用于你的写作：动作，对话，内心独白，内在情感，描写，闪回，叙事概要。当你能够有效地运用它们时，你就会给予你的读者一种无比重要的、强烈的情感体验。

选择要给予读者的东西

你为什么要写作？这些年来，我们问过很多作者，驱动他们写小说的是什么。我们听到的回答千差万别，下面是其中六种回答：

- 想看到我的名字印在书的封面上
- 想成为知名作家
- 想挣一大堆钱
- 想教育读者
- 想向读者传递快乐
- 想劝说人们接受我的政治或宗教观点

这些都是写小说的理由。你写作的理由是什么就是什么，你不必向任何人解释它们。但是，你自己要知道它们是什么。否则的话，你将如何判断自己是否成功？

马上花几分钟时间，写下你想写小说的理由。你希望从中获取什么？你想为你的读者做什么？在同一张纸上，写下你阅读的理由。圈出对你来说最重要的东西。如果你和多数读者差不多，那么你阅读的主要理由可能是找乐子，也就是解解闷儿。

在这一节里，我们将探讨小说如何能教育、规劝，并且最重要的是，愉悦读者。

★ 创造强烈的情感体验：读者亟需的东西

什么是娱乐？在写作、讲授小说多年之后，我们深信，娱乐可以被浓缩为一件事：给予读者一种强烈的情感体验。下面我们要对这一概念稍作分析：

- **情感为什么重要**：情感为全部小说所共有。回想小说的任何一种主要类型，你就会发现，它们都包含某种情感冲击。
  - 言情小说和色情小说传达某种爱和欲的结合，任何有着言情情节的小说都是这样。
  - 惊悚小说、动作—冒险小说，以及恐怖小说，它们会传递各种恐惧气氛。
  - 悬疑小说会引发一种强烈的好奇感，通常不会强调恐惧感。
  - 历史小说、玄幻小说、科幻小说会给予读者一种身在"别处"的体验。
  - 通俗小说和纯文学小说不仅可以传达以上的任何情感，还可以传达一种强烈的被理解的感觉。
- **情感为什么必须强烈**：试想，哪个买小说的人希望它传达一种之味的情感体验？肯定没有！强烈的情感使故事更有乐趣，更令人回味。在读小说时，多数人都想获得刺激。他们想获得很多刺激，车载斗量的刺激。读者想要，这就是你的理由。
- **体验为什么至关重要**：你的读者并不想阅读别人拥有的强烈情感。那其实相当无聊。不妨想象，你花了自己人生中的宝贵时光，看着某个你不认识的人哭泣，或因为恐惧而发抖，或亲吻某个你闻所未闻的人。那太无聊了。

你的读者是想暂时成为某个人，过一种刺激的生活，发现真爱，面对无法想象的恐惧，解开不可能解开的谜团，体验肾上腺素飙升的感觉。把这些东西给予他们，你就会获得一些死忠粉。否则，你则会永远失去他们。

这本书的其余部分只有一个目标：尽可能简单、快捷地教会你，怎样给予你的读者一种强烈的情感体验。没有比这更重要的事情了。

★ 教育你的读者

一些小说能教育读者，使他们得以探索其他文化、思索科学发现、积累知识故事，或仅仅稍微深入地了解某一系统（或世界）的运作方式。好小说会探究它对人类意味着什么，但不必非要解释生活的意义，因为很多读者只想锻炼一下思维而已。

几乎所有历史小说都具有某种教育价值，只要作者所做的研究比较深入。詹姆斯·米契纳（James Michener）以创作以史实为背景的小说而著称，他的读者可以毫不费力地获取大量历史信息。让·阿尤尔（Jean M. Auel）的《洞熊家族》（*Clan of the Cave Bears*）系列小说包含关于冰河时代欧洲生活的传说。同样地，很多科幻小说传授各种科学和工程知识。如果你特别想了解火星知识，那么找到这种知识的简单办法之一，就是阅读吉姆·斯坦利·罗宾逊（Kim Stanley Robinson）出色的系列小说《红色火星》（*Red Mars*）、《绿色火星》（*Green Mars*）、《蓝色火星》（*Blue Mars*）。

一些读者喜爱军事悬念小说和科技惊悚小说，他们会乐于找到有关最新军事硬件和技术的信息。刑侦小说迷因了解警察的思维方式而受益。教育你的读者非常有益，只要你写的是那种读者想从中学到点东西的书。

不要让你的读者感到厌烦。如果想插入某种你觉得吸引人的信息，那么你就要确保它也能吸引你的读者。要做到这一点，就要让它成为故事不可或缺的一部分。如果你的人物离开夸克理论就站不住脚，那么你的读者也会愿意了解关于量子理论的细节。不过，要记住，你写的不是科研论文。

让人物的日子难过一点：冲突加变化构成故事

故事由冲突中的人物构成。你的人物希望他们的生活发生某种变化，一种（就小说中的多数人物而言）太不可能发生的变化。变化可以是：

- 人物关系的变化
- 一章中的变化
- 故事世界（背景）中的变化

举个例子，在《指环王》中，霍比特人弗罗多出去探索，想摧毁权力之环。如果他成功了，中土将发生剧变，永远摆脱黑魔王索伦。如果他失败了，中土也将发生剧变，永远匍匐于索伦邪恶的膝下。风险出奇的高，变化总会发生，不是这种变化，就是那种变化。弗罗多理应使事态向好的方向转化。

要永远、永远、永远使你的人物保有改变生活的欲望。改变的欲望是让读者从情感上投入故事的关键。读者应该喜欢改变他们自己的生活，因此他们尊敬任何愿意冒险从而造成改变的人。但是，你不能让你的人物轻松过关。他们什么时候试图改变事态，冲突就会发生。这对人物不利，但对你的小说有利。你的人物面对的冲突越多，你的读者投入到其中的情感就越多。你的故事是一份报告，记录了你的人物如何在追求变化中应对冲突。

如果你的主要人物在故事的结尾获得了他们想要的变化，那么这通常就是一种幸福的结局。如果他们在故事的结尾没有获得他们想要的变化，那么这通常就是一种悲惨的结局。（我们之所以说通常，是因为无论是哪种情况，你的人物都有可能在故事结尾处意识到，他们其实并不是真的想要那些。但是，那也是一种变化，一种思想态度的变化。）

是什么成就了一个好故事？这是个复杂的问题，但故事的好在一定程度上来自你的人物正在追求的变化的深度。弗罗多的故事的力量来自高风险。如果他获胜了，那么所有自由的种族就都会获胜；如果他失败了，它们则都会输。变化的风险越高，你的故事可能就越动人。

小说五支柱

小说包含五个主要因素，其中每一个都有助于为你的读者创造一种强烈的情感体验：

- 故事世界（常常被称作背景或社会环境）
- 人物
- 情节（包括结构）
- 主题
- 风格

在本书中，我们将把这些小说的支柱作为专业术语。你可以以不同的方式，利用这些故事因素，来打动你的读者。在这一节里，我们将依次考察每一根支柱，看看它所具有的意义。

★ 设置舞台：你的故事世界

相比于其他常见术语，如背景或社会环境，我们更愿意使用故事世界这个术语。其他术语也挺好的，但我们希望用一个术语来表达你小说舞台的广大。故事世界包括但不限于以下各项：

- 故事发生的范围和世界

- 地理，其中包括国家边界
- 种族、其他智慧生物、植物、动物
- 历史语境
- 政治、经济、宗教和社会结构
- 食物、饮料、药物
- 语言、娱乐方式、规则和角色

有些小说类型需要非常复杂的故事世界，另一些类型则仅仅设定为读者的故事世界。无论是哪种情况，作家都应该洞悉故事世界，因为它决定了你可以创作哪种故事。在这方面，就你能够给予你的读者何种强烈的情感体验而言，故事世界设定了限制条件。好的故事世界会大大提高你创作好故事的概率。

这里有故事世界的一些例子：

- J. R. R. 托尔金的《指环王》把中土当作其故事世界。可以说，中土世界是托尔金的最佳创造。
- 威尔伯·史密斯的《河神》中的故事发生于公元前18世纪的埃及。史密斯好像非常不尊重历史事实，不过这没关系。他的故事世界完整且又令人眼花缭乱。
- 哈依姆·波托克的《选民》中的故事被设置在20世纪40年代布鲁克林的一个哈西德犹太人社区。波托克设计的故事世界在空间和时间上非常接近现代美国，但两个世界在文化上是分离的。
- J. K. 罗琳的《哈利·波特》中的故事被设置在现代英国，但有一个重要变化，即有些人天生会魔法。这一变化使罗琳得以描绘一场史诗般的善恶大战。
- 丹·布朗的《达芬奇密码》中的故事被设置在现代欧洲，以众多旅游胜地为场景，其中包括卢浮宫和威斯敏斯特大教堂。布朗用一个所谓的秘密团体锡安会笼罩他的故事世界，并回溯它的影响力，贯穿各个世纪的西方文明，重新诠释了一些历史名人。

★ **塑造人物**

人物是你故事舞台上的演员。每个人物进入故事，都带着漫长、详尽的过去（即背景故事）。此外，每个人物都被驱向某个方向，他们拥有抽象的抱负和具体的目标。

没有人物，就不可能有冲突。更重要的是，至少要有一个人物，你的读者才能拥有强烈的情感体验。当你对人物进行了令人信服的描述，以至于你的读者真的成了那个人物，强烈的情感体验才会发生。你的人物之所以存在，是为了让你的读者能够深入其中一个人物，与其他人物斗争。

仔细查看下面这些人物例子，以及他们的基本冲突：

- 在简·奥斯丁的《傲慢与偏见》中，伊丽莎白·班内特急于找到一个有个性的男人与他坠入爱河。但是，当她的家人决心阻挠时，还能实现吗？
- 杰克·莱恩是汤姆·克兰西的一些小说中的主要人物。作为美国中情局的特工，他想在官场干出一番事业。杰克能战胜外国特工和恐怖分子吗？他会不会被自己人伤到？
- 在玛格丽特·米切尔的《飘》中，在逐渐消失的南方上流社会里，斯佳丽·奥哈拉就想永远做一个舞会美人。当世界正在经历剧变，斯佳丽能够找到她的位置吗？
- 安德·维京是奥尔松·司各特的小说《安德的游戏》中的一个小

男孩。安德希望自己被选为军事领导人,把人类从即将到来的外星"虫族"手中拯救出来。但是,他能熬过同学的嫉妒和仇恨吗?

★ 设计情节

情节是人物进行的一系列动作,推动了故事向前发展。你必须慎重选择这些动作。在真实生活中,事情似乎就那样发生了。在你的小说中,什么都不是"就那样发生的",你所展示的每样东西都至少要对你的一个人物有意义。那种意义就是给予读者强烈的情感体验的东西。因此,你的情节必须消除一切没有意义的事件。

情节具有几个不同的层面,我们将在第八章和第十章中详细讨论它们。情节的每个层面都旨在引发你的读者的情感。在这里,关于情节的其中四个层面和它们引发的情绪(另外两个层面是大纲和场景清单),我们要给出一些例子:

• **情节的最高层是故事的一句话概括。**在汤姆·克兰西的《猎杀红色十月号》中,一名苏联潜艇艇长率领一艘最新低噪音潜艇,试图叛逃到美国。这一单句总结旨在激发美国人强烈的民族自豪感。

• **情节的第二层是著名的三幕结构,它在第一幕结尾处一般有个较大灾难,迫使主要人物投入后面的故事。**在戴安娜·加瓦尔东的《异乡人》(被诅咒的婚约)中,一个刚结婚不久的英国护士意外穿越,从1945年回到了1743年的苏格兰。当她被迫嫁给一个具有领导能力、魅力超凡的亡命之徒时,她返回未来的目标遭遇巨大阻碍。这场灾难迫使主要人物投入了一场暴风骤雨般的恋爱,旨在使读者感受到一个女人对她两个迥异的丈夫的爱之间的巨大冲突。

• **情节的中间层之一是场景,几页纸描述的、发生在单一地点和时间的动作。**在肯·福莱特的《地球支柱》的一个场景里,土匪窃取了一个12世纪英国石匠汤姆的猪。汤姆追赶土匪并和他们搏斗，但他们还是带着他的猪走了。那可是他一家人过冬的食物，这一场景的灾难性结尾旨在使读者产生一种面临饥饿时的绝望感。

- **情节的最底层是段落。** 在欧文·肖的小说《富人，穷人》的一个打斗片段中，一名士兵在一场街头斗殴中揍了一个16岁少年。士兵的击打并不重，但男孩假装疼痛，然后用一套组合拳进行了回击。这一动作片段仅占用了几个段落，旨在使读者对一个讨人喜爱、喜欢打架的小流氓产生一种强烈的痴迷。

你必须从以上六个层面设置你的情节，每一层都旨在给予你的读者一种你所选择的强烈情感体验。大多数段落都应该努力传达某种情感冲击；每个场景都务必传达某种情感内容，但并非所有场景都拥有同样的情感强度，否则就不免乏味。在小说的高潮处，几个场景可以联合起来传达强烈的情感体验。在小说结尾，读者需要对整篇小说做出总体的情感反应。

★ 构建主题

每部小说都不仅仅是讲故事，还想表达某种意义。我们把你的故事的深刻意义称作主题。你的主题不必深奥（我们用这个词来指知识上的深刻）。要把深奥从你耳朵里拽出来不易，因此不要让那成为你生活中的特殊负担。你的主题也可以非常简单，例如"人人都需要被爱""生活糟透了"，或"恶无恶报"。

你的责任是讲个好故事。这句话的意思就是要给予你的读者一种强烈的情感体验。你能够且应该让你的主题在情感上深刻一点。如果它碰巧在知识上也很深刻，那就是锦上添花了。

好小说一般都探究深刻的情感主题。不妨思考一下这两个例子：

• 在《双城记》中，查尔斯·狄更斯构建了一个通过自我牺牲获得救赎的动人主题。西德尼·卡尔顿是一名卑微的律师，爱着一个已嫁做人妇的女人。他以牺牲自我的非凡代价，找到一种拯救那个女人的丈夫的方法，从而弥补了他漫长的自私生活。读者因而获得了一种恐惧、爱、愤怒、喜悦交织的强烈情感体验。

• 哈依姆·波托克的小说《我叫阿什尔·列夫》考察了什么造就伟大艺术这一模糊主题。阿什尔·列夫是一个正统犹太人，生活在一个排斥裸体绘画的社区。当阿什尔选择绘画时，就只能被逐出社区、与家人分离，这给予读者一种成功和苦涩交织的强烈情感体验。

很多作家在开始写他们的小说时，就选择了某种他们想阐明的主题。他们往往认为，这意味着他们不必费力去构造好的故事世界、有血有肉的人物，以及令人信服的情节，结果就会出现假冒成故事的布道。当心！布道几乎从来都难以给予读者一种强烈的情感体验，只会使人们昏昏欲睡。如果你刻意构建故事去适应你的主题，那么它就会让人觉得不自然。首先要写一个好故事，然后相信你内心那位艺术家，让他去发现藏在故事里的深刻主题。如果有必要，你可以在编辑阶段强化你的主题。

★ 表现你的风格

作为小说家，你要培养一种独一无二的表现自我的风格，一种包含着你的个性、声音、腔调、智慧、幽默感和其他很多东西的混合物。你的风格可以或复杂或简单，或朴实或华丽，或感性或理智。

随着时间的推移，你一定会找到你的个人风格。它是另外一种工具，一种表现你关键内核的东西，你可以利用它给予你的读者一种强烈的情感体验。

不要试图模仿某个作家的风格。当然了，要向其他作家学习。要向奥斯丁、马克·吐温、海明威、福克纳等众多名家学习，找到你喜欢的东西。但是，到了最后，你要意识到，你不可能成为他们中的任何一个。你必须是你自己。如果你不是你自己，那么谁会是？

风格是个高级话题，培养你的风格需要时日。也许在出版第一部作品很久之后，你还会为此感到焦虑。由于这是一本探讨小说写作基础知识的书，我们并没有详细讨论风格。

要通过钻研故事世界、人物、情节和主题，为你的创作打下坚实基础。接下来，要笔耕不辍。到最后，你会找到一种完全属于你自己的风格。当你精通小说技艺时，你会发现，如果在风格上获得一些指导，将大有裨益。

达到要求的七种方式

作为小说家，你有七种方式能给予读者一种强烈的情感体验。这些全都会在情节的最底层进入，那时你的故事正一段接一段地展开。你可能会偏爱一种超过其他，但也有可能，在你写的每部小说中，你都在一定程度上使用了全部这七种方式。这大体上取决于你的个人爱好，以及你写的是哪类小说。方式如下：

- 动作
- 对话
- 内心独白（思想）

- 内在情感
- 描写
- 闪回
- 叙事概要

🎯 什么时候使用？怎样把它们结合起来？你的判定标准应该始终如一：只要能给予你的读者最强烈的情感体验，怎样结合都行。

这一节将向你展示，这些方式都和什么有关。要想更深入地了解，可翻到探讨写作的第二部分，和探讨编辑的第三部分。

★ 此时此地：动作

动作是目前正在发生的事情。斯佳丽亲吻瑞德（小说《飘》的主人公），马拉松运动员在终点线上瘫倒，狙击手扣动扳机，就属于动作。

🎯 动作对你的小说至关重要，但你必须做对一件事：展示正在进行的动作。发生在两年或两秒之前的事情不是动作，发生在将来的事情也不是动作，动作是即时发生的。（当然了，你也许正在用过去时态动词讲述你的故事，多数小说都是用过去时态讲述的，但即便如此，这些小说详述的也是即时动作。）

来看两个例子。第一个例子展示的是连续发生的动作。第二个例子给出了某种叙事概要，其中没有动作，没有视觉细节。

- **动作例子**：乔治倒在地上，滚向他的左侧，用他的格洛克手枪对准刺客，开了一枪。刺客大叫一声，倒了下去。

- **非动作例子**：乔治躲避了刺客几分钟，然后终于朝他开枪了。

动作是可感的。你可以看到、听到、嗅到、品味到或感受到它。你可以拍摄或记录它。

编辑总是对作者说:"展示,不要讲述。"如果他们说的是连续动作,那么他们的意思是,动作所概括的事情要么发生在过去,要么将来会发生,要么会拖延一段时间,或动作不能被看到、听到、嗅到、品味到、感受到。

然而,毫无遗漏地展示一切有可能拖慢故事。如果想了解作者何时不需要逐一展示事情的信息,可阅读下面"提供叙事概要"这一节。

★ 让人物发声:对话

对话是一种特殊动作。在这种动作中,某人正在说话。正如其他动作那样,对话必须是目前正在发生的。读者想原汁原味地听人物说话,不掺杂作者所做的概括或判断。

对话告诉读者的正是说话人的原话。当编辑抱怨你的对话是在"讲述"时,他们通常的意思是,你在概括那些话,而非原封不动地引用它们。有时候,尤其是在你想迅速传递信息的时候,你的确想概括那些话。但是,如果你这么做,那么你就不是在写对话,而是在写叙事概要。我们稍后将单独探讨叙事概要。

对话可以帮助你的读者获得一种强烈的情感体验,因为它与一种声音直接相连。人的声音是根本。读者可以听见每个人物的声音,感受它的力量。

★ 揭示思想:内心独白

作为小说家,相比于影视编剧,你有一个巨大优势:你可以向读者展示人物的确切想法。影视编剧只能通过演员面部的特写镜头，或画外音（很多影迷认为这十分拙劣可笑），让观众去猜。

内心独白向读者展示一个人物在想什么。用以下几种不同的形式加以展示：

- 原封不动地引用
- 概述
- 赋予一种整体特色

你可以选择采用任何一种形式，因为它们都是合理的。

内心独白可以让读者直接进入人物的大脑。你找不到比那更亲密的接触了。如果你想给予你的读者一种强烈的情感体验，那么亲密性就不可或缺。

★ 感人物所感：内在情感

*内在情感*使读者直接进入人物的感受。这是相比于影视编辑，小说家拥有的第二大优势。要聪明地使用它，你可以从两个层面的内在情感中加以选择：

- **向读者展示人物正在感受的确切生理反应。**这种技巧非常有效，但一点点就够了，因此不要过度使用它。
- **告诉读者人物正在体会的情感**：它的效果没那么强烈，但你可以更为频繁地加以使用，而不会让你的读者感到厌烦。给一种情感命名往往会削弱它。

★ 见人物所见：描写

*描写*意在使读者进入人物的感官。人物的所见、所闻、所嗅、所品、

所触，读者也会做到。（注意，你可以概括描写，正如你可以概括动作或对话。当你这么做时，你就是在运用叙事概要，不过在这里，我们不打算讨论它。）看下面这个例子，它混杂了一点儿动作和几句描写：

　　杰克把他的望远镜对准森林边缘的树木。一个棕色和黑色条纹的东西漫游进了视野。那是一只老虎，重达400磅，显得非常愤怒。在最后几缕阳光的照射下，它的黄色眼睛闪着微光。它张开嘴，咆哮起来。半秒钟后，它的叫声击中了杰克，就像一把锤子。

　　在这个片段中，读者成了杰克，做了杰克做的事情，看见了他看见的东西，听见了他听见的声音。我们所说的描写，就是这个意思。很多作者过分使用它，或在叙事概要中把它淡化，但它可以让读者直接进入角色、与之感同身受，是一种非常有效的工具。

描写使你的读者看到、听到、嗅到、品味到、触摸到你的人物看到、听到、嗅到、品味到、触摸到的东西。不要把这一点和脱离人物的描写混淆，因为后者属于叙事概要。

★ 回到过去：闪回

　　闪回就是一种时间上的向后瞬移，意在向读者展示发生在人物过去的事情。

　　严格说来，闪回与动作、对话、内心独白、内在情感、描写都不同，因为闪回包含所有这些东西。因此，我们在这里把闪回和它们归为一类，可能有些投机取巧，但又由于没有别的地方可放，我们选择把它放在这里，并且不担心我们的分类方案是否完美。

　　闪回有两个特定的部分。在闪回的开头，你必须给予读者某种提示，说你要改变时间框架。在闪回的结束，你需要给予另外一个提示，说你要返回故事中之前的那个时间点。在这两个部分之间,你可以正常进行,仿佛过去就是现在。

闪回像个容器,囊括了故事之前的某个时间点发生的动作、对话、内心独白、内在情感、描写。

★ 提供叙事概要

叙事概要的意思是:对并非发生在目前,而是发生在其他时刻的事情的概括。它们也许发生在过去,也许按照计划将来会发生。叙事概要也可能是对目前存在,但不会发生任何改变的东西的静态描写。

叙事概要既不生动,也不直接,但非常有效。运用叙事概要,你可以迅速交代很多背景。

叙事概要的问题是,它并非一种体验。你的人物无法看到、听到、嗅到、品味到或感受到它,只能记忆、计划、概括或描述它。与直接体验它相比,这些显然不够好。

在适当的时间和地点,叙事概要有可能非常管用。然而,新手往往过分使用这种工具。有一条粗略的经验法则,可以用叙事概要讲述涉及情绪较少的部分,用动作、对话、内心独白、内在情感、描写讲述更情绪化的部分。

不要听信任何人对你说的,你必须"展示,而非讲述"。如果用动作、对话、内心独白、内在情感、描写和闪回展示一个人物的生活的分分秒秒,一定会让人精疲力竭。叙事概要就像是黏合剂,把所有这些因素粘在一起。不需要太多,但如果一点儿也没有,就无法成型。

第三章

发现你的读者和类型

在这一章里：
- 关注你喜欢读的书的类型
- 识别你的目标读者的特点
- 为你的书选择分类和读者
- 研究你选择的类别

通用的小说是不存在的。你的小说必须瞄准一类特殊的读者（你的读者），并且在书店里，它也将相应地和相似的书摆在一起（你的类型）。

你必须识别你的读者和类型，然后才能卖你的书。代理人和出版商不会自己去探究你的目标读者和类型，而是希望你告诉他们。如果你不知道，或不能给出一个明白易懂的回答，你的作品就有可能遭拒，无论它多么好。

职业小说家很明确自己的读者和类型。如果你想从事职业创作，那么你就需要明确这二者，以便让你的出版商制订一个营销计划。我们强烈建议，甚至在还没开始写作之前，你就要考虑读者和类型问题。如果这么做了，你就不会花上数月或数年时间写一本书，结果却发现它没有销路。

在这一章里,你将研究你喜欢读和写的东西,开始明白自己的理想读者,选择并考察一种类型。

确定你的理想小说

你可以写你最喜欢读的那类书,或者写你最适合写的那类书。尽管很多作者和编辑认为,这二者应该一致,其实并非总是如此。我们没必要统一认识。

很多成功的商业小说家喜欢读纯文学小说,却不拥有一个纯文学作者必须拥有的表达或抒情风格。同样地,世界上到处都是私下里喜欢阅读科幻小说的言情小说的作者,喜欢言情小说的悬疑小说作者,在历史小说陪伴下成长的悬疑小说作者。没有任何法则规定,你必须写你最喜欢阅读的那类书。唯一实在的要求是,你要大量阅读你选择的类型,才能写好它。

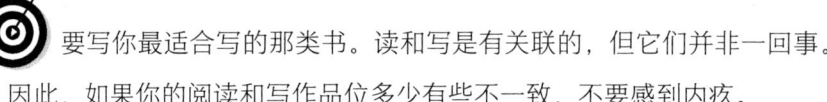

要写你最适合写的那类书。读和写是有关联的,但它们并非一回事。因此,如果你的阅读和写作品位多少有些不一致,不要感到内疚。

另一方面,如果你选择写你喜欢读的那类书,那么你已经向前进了三步,因为你已经知道那种类型的惯例(注意事项),你也知道什么使读者感到兴奋,以及什么会使他们放弃阅读。

如果你吃不准你最适合写哪类小说,该怎么办呢?这一节包含了一些练习,它们也许能帮助你做出决定。

★ 审视你喜欢读的东西

尽管知道喜欢读哪类书并非决定你应该写哪类书的先决条件,但这能够帮助你了解你的长处所在。下面是分析你的阅读的方法：

1. 就你的阅读习惯制作清单。

- 你最喜欢的10部小说
- 你最近读的10部小说
- 对你影响最为深刻的10部小说

在制作这些清单时，你不必过于严格。如果每份清单不包含正好10部小说，不要担心。关键在于发现你的阅读模式。

2. 分析这些书有什么共性。

它们是否全都类型相似（例如，都是悬疑，或都是言情、玄幻）？关于最适合你的类型，这将为你提供一条线索。

它们都背景相似吗？主要人物类型相似吗？情节类型相似吗？主题相似吗？它们都拥有感染力很强的风格吗？关于你作为作者最大的长处所在（故事世界，人物，情节，主题，或风格），你的回答也许会给你提供线索。

3. 列出你最讨厌的10部小说，思考这些小说和你在步骤1中开列的小说的不同之处。

这份清单是否暗示了你绝对不想写的类型？是否暗示了你不喜欢的情节类型？是否暗示了你根本不想研究的主题？是否暗示了会让你羞愧得潸然泪下的风格？知道自己不想写的东西，可以帮助你缩短目标清单。

4. 完成这个句子："在这个世界上，我最喜欢读的那类书是……"

这也许并非你想写的那类书，但你将来可能想吸收这些书的一些元素，将其纳入你自己的作品。

★ 思考你喜欢写的东西

在你对自己想写的那类书有了几分认识后，你需要把它详细地弄清楚。有一天，你可能需要向你的代理人和编辑解释它。

关于你想写的东西，你不必给出任何理由。你之所以要写，就是因为你想写。这就是理由。你唯一需要做的事情，就是描述你想写的东西。

拿一张纸，回答下面的问题。不要仅仅满足于想出答案，还要把它们写下来。留下关于你的想法的记录。

- **你最想模仿的作家有哪些？** 不要照搬任何人的写作风格。你的风格将会是独一无二的，但它有可能更像某些作家的风格，而非其他作家的风格。就你预想的你的风格，写下风格接近的两三位作家的名字。

- **你最感兴趣的类型有哪些？** 在这一章稍后的段落里，我们将更为详尽地探讨类型。至于现在，只要列出一两种你觉得你想写的类型就行。典型的类型包括言情、悬疑、历史、科幻、玄幻、恐怖、纯文学、启示、儿童、青少年，等等。你可以把这些类型混合起来，但其中之一必须占支配地位。

- **你最感兴趣的故事元素有哪些？** 你想写一个有着复杂故事世界的故事吗？想拥有工于心计的人物吗？想拥有快节奏、曲折的情节吗？想拥有感染力强的主题吗？想拥有独一无二、吸引人的风格吗？你可以选择其中的几种，但要记住，世界上没有哪个作家擅长所有故事元素。**记住**：选择你想写的东西，不要写你认为你应该写的东西，或你认为人们希望你去写的东西。

- **你想把你的故事设置在何时何地？** 列出一个特定的地点和一个特定的时期。

- **你能把什么特殊的背景或人生经历嵌入你的小说？** 举个例子，假如你在阿富汗长大，那么把小说设置在那里会显得特别真实。但是，如果你来自亚拉巴马，那么对你来说，南方小说也许会好写得多，也好卖得多。

• **你想写篇幅多长的书？** 短篇小说大约6万字，中篇8万—9万字，长篇至少12万字。你也许无法把长度确定下来，但你也许会趋向于中长篇小说。

上面的问题没有错误答案。然而，有些类型的书确实比其他书好卖得多。如果你想写一本小众的书，也可以。但是，你要明白，要把它推销给代理人或出版商，并最终推销给读者，将会是一场艰苦的战斗。

界定你的理想读者

关于你，已经说得够多。现在，到了考虑你的读者（这是抽象意义上的读者。在现实生活中，你拥有的读者将不止一个）的时候了。你需要发现一位愿意投资你的书的出版商，但前提是你能让他相信会有想购买、阅读你的书的读者。

很多作者认为，要想获得出版，他们需要求助于庞大、广泛的目标受众。没错，你最终可能会拥有大批读者。但是，在你事业的开始阶段，你需要考虑得窄一些，而非宽一些。早期的营销必须对准某些人。一份对准所有人的营销计划不仅代价会高得惊人，而且有可能冲淡重点信息。

书的整体吸引力将取决于你写的故事有多好，而非取决于你的目标受众的规模。你比其他作家更能吸引的是哪种小众读者群体？当你点燃你的营销之火时，这为数不多的读者会以身试热。如果你能找到他们，那么他们会帮你找到更广泛的受众。

这一节将帮助你预设你的理想读者。如果你的理想读者和你很像，那么当你创作时，你就会摸透他的思维模式。如果你的理想读者和你有天壤之别，那也没什么，只要做好功课，找出他的思维模式即可。

★ 考虑世界观和兴趣

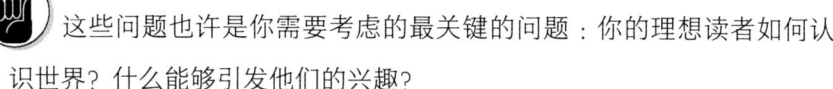这些问题也许是你需要考虑的最关键的问题：你的理想读者如何认识世界？什么能够引发他们的兴趣？

你完全有机会以一种令你的出版商感到兴奋的方式，界定你的理想读者。如果你能够证明，你已经界定某个会喜欢读你的小说的核心读者群体，那么你也就发现了一群值得对他们进行营销的读者。这里有两部目标受众明确的小说：

- 丹·布朗的《达芬奇密码》以对早期基督教的历史持怀疑态度的读者为目标。这部小说把闪电般的动作和一系列智力谜团结合起来，俘获了目标读者的想象力，收获了惊人的口碑。
- 威廉·P.扬的《小木屋》以保守的基督教读者为目标。他们想获得一个棘手的神学问题的答案："一个善良、全能的上帝怎么可能允许邪恶存在呢？"这部小说触动了这些读者的心灵和头脑，结果销售火爆。

请注意，这两部小说瞄准的是完全不同的受众。每部小说的营销活动都旨在吸引一群核心受众，而非模糊的"每个人"。由于是有目标的，这二者的营销效果都非常好。

接下来的两部小说也诉诸完全相反的受众。这二者之所以都取得了成功，是因为它们都有界定分明的受众，而非忽视不同受众的差异。

- 汤姆·克兰西的《猎杀红色十月号》创造了一个新亚类，即军事科技惊悚小说。小说旨在吸引军人和政治保守派，大受欢迎。人们发现，"华盛顿的每个人"都在读这本书，其中包括五角大楼高层，甚至（根据传言）当时的总统罗纳德·里根也是读者之一。

• 玛格丽特·阿特伍德的《女仆的故事》创造了一个后核时代的末日世界，女主人公被要求为一对因辐射而不育的夫妇充当生育工具。小说以支持堕胎权利的女性为目标读者，但它传递的强烈信息使它赢得了更多的受众。

★ 关注性别

你一定不会感到惊奇：男性和女性想的不一样，他们阅读的书种类不同，他们喜欢的东西种类往往也不同（尽管我们都知道，很多人跨越了这些讨厌的性别界限）。现在，请迅速回答这个问题：你主要是为男性写的，还是为女性写的？

如果你的回答要么是"男性"，要么是"女性"，那么你的目标受众可能会严格按照性别界限划分。这既说不上好，也说不上坏。它本该如此。知道答案既能帮助你吸引你的受众，也能帮助你的出版商制订营销计划。

但如果你拿不准，该怎么办呢？在这种情况下，你的书也许没有明确的性别指向。这同样既不好，又不坏，它只是一种事实，可以指导你的出版商明确营销方向。

★ 为特定年龄的读者写作

你预想的典型读者多大年龄？小朋友？10多岁？20多岁？30到50岁？50岁以上？这些年龄群体的阅读习惯都不同，面对封面设计、书名、封底，每个年龄群体的反应都不一样。出版商会围绕你的目标读者群的年龄制订营销计划。

出版史上最成功的系列小说是《哈利·波特》系列。它的目标受众是谁？青少年！不是"每个人"，对吧？但是，那些孩子们聊得火热，然后你会发现人人都在读那个小巫师的魔法故事，而你也会说"阿拉霍洞开"①了。

★ 确定你的基本读者群

在小说营销中，口耳相传是最好的办法。因此，你的出版商会想拥有一个界定明确的基本读者群体，以便在你的书出版时，他能够以这个群体为目标。如果你的小说足够优秀，基本读者群体会一再谈论它。然后，口耳相传把相关信息远远地传播到基本读者群体之外。

不要太担心如何使你的书销路更好。如果你的书吸引的是一小群读者，你也许不会面对多少竞争，并且你或许能够更轻松地支配你的读者群体。在小碗里当大鱼比较容易，并且大鱼可以继续前进，进入更大的碗里。

不妨写一段，尽可能精准地描述你的理想读者，其中包括年龄、性别、爱好、思维模式、喜欢和不喜欢的东西。将来某一天，你的营销总监会因此而喜欢你。

了解自己的类型

当书店雇员从纸箱里取出你的书时，他们会把它放在哪个架子上？

不妨在你喜爱的书店的小说区转一转。你会看到贴着不同标签的分区，例如虚构（或文学）、言情、惊悚、悬疑、犯罪、历史、科幻、玄幻、恐怖、儿童、青少年（或少年），等等。如果漫步十几家书店，你会发现，

---

① 阿拉霍洞开（Alohomora）：《哈利·波特》中用于开锁的常用咒语。——编者注

它们给它们的分区贴的标签有些许不同。你也许会看到一些合并标签，如"悬疑和惊悚""虚构和文学"。有时候，犯罪是悬疑的一个亚类。

标签标出了两类区分。它们大多只界定一个类型，如言情、悬疑、惊悚。但是，有些标签界定的是一个目标读者群体，如儿童、青少年。以特定读者为目标的分区中还包含着许多类型，因此，你不仅可以在以悬疑为主的分区找到悬疑小说，还可以在儿童、青少年读物等分区找到它们。

这很容易让人犯糊涂，对吧？由于书店以不同方式界定类型，我们要非常严格地遵循传统出版业杂志《出版者周刊》（*Publisher's Weekly*）界定的那套类型。下面是我们将在这一节里探讨的类型：

- 言情
- 惊悚
- 悬疑/犯罪
- 科幻和玄幻
- 恐怖
- 通俗/纯文学
- 励志
- 女性
- 儿童
- 青少年

必须为你的小说选一个主要类型。即使你混合了多种类型，仍必须突出一个类型。突出类型通常决定书店雇员把你的书上架到哪里，因此一部励志言情小说将（几乎往往）被放在励志架子上。同样地，一部青少年玄幻小说可能会和青少年小说在一起。当然了，书店雇员对把书在哪里上架拥有最终决定权，因此你可能会对上架类别感到意外。

★ **类型：基于内容的分类**

如果一种类型或亚类拥有一套非常明确的规则，界定了故事的范式，那么它就会被称作文类。典型的文类包括言情、惊悚、悬疑、科幻、玄幻、恐怖。我们将在这一节里探讨这些类型。

> ### 加入俱乐部：对应类型的写作协会
>
> 加入一个职业写作协会是个好办法，它可以让你更加了解你的类型，与其他作者建立关系，探索更多关于出版的情况，角逐出版界奖项。有些协会要求，你要有出版过的那个类型的一部长篇小说和短篇小说集，方能加入。其他协会则对任何感兴趣的人开放。

言　情

如果你想从事小说写作，写言情小说也许是条捷径。你可别笑，言情小说家确实吃香。现在，在所有售卖的小说中，40%以上属于言情类型。市场对它需求很大，言情粉的读者群非常庞大。

言情小说讲的几乎都是未婚男女走到一起的故事，并且他们几乎总是以幸福告终。它的典型读者是女性（大家应该不意外），并且包括所有年龄群。

言情小说的世界是个狭义的细分领域。你必须清楚你的定位，因为这里没有太多的空间。言情小说一般更注重人物和故事世界元素，而非情节和主题，但这一规律并非牢不可破。

有些出版商在它们的网站上列出严格的要求。需要指出的是，我们使用"严格"这个词，是有原因的。一些典型的要求规定了严格的字量，男女主人公的年龄，他们在书中相遇的时间，以及众多别的细节。

惊悚

*惊悚小说*和*悬疑小说*这两个词在出版业中常常可以互换使用。惊悚亚类繁多，其中包括动作冒险小说、科技惊悚小说、战争小说、间谍小说等。这些小说一般情节突出，在故事世界或人物上可能有亮点。主题在惊悚小说中则很少是个核心因素。

读者一般都喜爱这个类型，无论年龄、性别。一些惊悚小说，如军事科技惊悚小说，更倾向于男性；其他惊悚小说则反之，如言情悬疑小说，更多地瞄准了女性。总的说来，这一类型大体上读者性别平衡。暴力元素在你的故事中所占的分量多少取决于你的目标读者的年龄和类型。

惊悚类型范围广阔，因此你需要细心选择你在这一类型中的位置，以界定你的受众。你可以随心所欲地创造一个新亚类，或让一种现存亚类为你所用，就像汤姆·克兰西之于科技惊悚，或约翰·格里沙姆之于法律惊悚。

这一类型销路很好，因此如果你喜欢惊悚小说，可以投入精力去尝试一下。畅销书榜单挤满了这一类型的书，说明这一类型竞争激烈，因此对新小说家来说，冒险进入也许不易。

悬疑/犯罪

悬疑/犯罪类型与惊悚类型关系密切，但它总是包含着一个需要解开的智力谜团，通常是谋杀，偶尔也有其他罪案。这个类型要求罪犯被找到并绳之以法，因此在故事结束之前，读者肯定不知道坏蛋是谁。（如果你违背了这条规则，那么你写的就不是悬疑小说，而是惊悚小说。）悬疑小说往往会在书店的悬疑分区上架，但连环杀手小说似乎是个例外，它也许会被摆在惊悚小说旁边。

男性和女性都喜欢悬疑类型，它跨越所有年龄界限，因此非常宽泛，有很多亚类，其中包括警察程序小说、私家侦探小说，以及以业余侦探为主角的舒适推理小说。很多书店也包括一架真实罪案书（它们虽然确切而言并非小说，但它们使用了小说作者讲故事的技巧，因此把它们归于此类也是合适的）。就像惊悚小说那样，你可以随心所欲地界定你自己的特殊悬疑小说类型。

悬疑小说首先要关注智力谜题，但其次要强调哪种故事元素，你有很多选择。人们一般会选择情节（它是一种具有感染力的元素）或人物，但独一无二的故事世界也能够让你的书出类拔萃。

就像言情类型的读者那样，悬疑小说爱好者读起来也如饥似渴，因此市场要求不断有新书问世。悬疑类型是一个有望成功的选择，并且它赋予你很大的选择余地。你必须认真研究这一类型，然后才可以尝试创作你的悬疑小说，如果进军这一领域，不知名的小说家成功的概率很大。

科幻和玄幻

科幻和玄幻小说可以激发狂热的读者，他们会如饥似渴地追着一位作家，把很长的一个系列看完。在有史以来的畅销小说作品中，有几部就是玄幻小说，其中包括《指环王》和《哈利·波特》系列。

在科幻小说类型中，你有很多选项，其中包括硬科幻[①]小说，以及设置在遥远星系的太空歌剧[②]。这一类型似乎对崭新或非常有创意的想法门

[①] 硬科幻是以物理学、化学、生物学、天文学等"硬科学"为基础，以严格技术推演和发展道路预测，以描写极其可能实现的新技术给人类社会带来影响的科幻作品。

[②] 太空歌剧指将传奇冒险故事的舞台设定在外太空的史诗科幻作品，但太空只是冒险场所，情节展开并不受限于现有科学知识。

户洞开，因此如果你拥有某种真正奇异的构思，那么它就有可能成为下一个大热门。同样地，你能否成功将取决于你的作品的质量。

无论是在科幻还是玄幻小说中，构建你的故事世界都非常重要。这一过程就是所谓的世界建构，所有严肃作者都应该强化这一点。

科幻和玄幻并非最大的类型，但其读者特别忠诚。在科幻和玄幻领域中，就连籍籍无名的作者都有不小的获得出版的希望。某些出版社专门出版科幻和玄幻小说，因此要认真查看它们的出版要求，了解它们可能感兴趣的是哪些类型的项目。

恐 怖

恐怖小说的目的是激发读者魂飞魄散的恐惧，然后以某种方式消除它。书店的恐怖小说分区可能比多数别的分区小，但如果你想写恐怖小说，就坚持下去吧。史蒂芬·金是我们这个时代最成功的作家之一，在这个类型中成就斐然。

在恐怖小说中，唱主角的一般要么是人物，要么是情节。不过，你也可以让故事世界或主题成为主角。与别的一些类型相比，恐怖类型的规则似乎有些不太严格，因此在界定恐怖小说应该为何物上，你拥有很大自由。

恐怖小说是个小众类型，因此与别的一些类型相比，进入它或许比较困难。与别的类型相比，在这一类型中要想取得成功，你创造一种强烈情感体验的能力可能更为重要。

通俗/纯文学

通俗/纯文学小说适用于不符合任何上述类型的小说。如果一部小说是由语言和人物驱动的，那么它就是纯文学小说。否则的话，它就是通俗小说。一般说来，纯文学小说的风格独特、优美，在知识背景上比普通小说要求高。

我们之前列出的任何类型的小说都有可能是纯文学小说。例如，你可以写一部纯文学言情小说，纯文学惊悚小说，或纯文学悬疑小说。如果是这种情况，那么你的小说通常会被放在纯文学分区。

通俗/纯文学类型竞争非常激烈，新作者打入很难。就你可以写什么，或你应该如何继续，现有规则很少。在故事世界、人物、情节、主题、风格中，你可以随心所欲地选择主要导向。小说真的优秀是主要要求。很多优秀小说家在努力卖掉他们的作品，因此你不可能卖掉一份平庸的手稿，甚至相当好的手稿也可能卖不出去。

众多别的小说会和你的小说竞争书架空间，因此已出版的通俗/纯文学类型小说未必卖得很火。但是，就算你的小说的版税少得可怜，你也有可能发现这一在艺术上令人满意的类型值得创作。当然了，有一些作家在这一类型做得极其出色，因此不妨拿出最佳水平创作，看看你能在这一领域走多远。

通俗/纯文学小说，技艺精湛是主要要求，但仅仅"够好"还不行。如果把创作这类小说作为副业，你也许永远都无法辞去你的本职工作。但是，你很有可能会更加敬重每天早上在镜子里看到的那个人。

历史小说是怎样的？

*历史小说*指的是所设置的时期明显早于出版日期的小说。举个例子，如果你写一部背景设置在第一次世界大战的小说，那么它就会被认为是一部历史小说。然而，如果一部小说的写作年份为1918年，并且背景也设置在同年，那么它就不是历史小说。当代小说和历史小说之间的分界线有些模糊，但差不多是以"50多年前"为分界线。

如果你喜爱历史小说，那么你要知道，有一架子历史小说的书店为数不多，因此你可以采用别的某个类型，把历史添到它的前面。多数类型都可以和历史小说结合，各个类型中表现出色的历史小说都不少，不妨看看下面的例子。

历史言情小说：

- 玛格丽特·米切尔的《飘》非常详细地描写了美国内战时期的南方处境。
- 戴安娜·加瓦尔东的《异乡人》详细描写了苏格兰18世纪的詹姆士党起义的情况。

历史惊悚小说：

- 威尔伯·史密斯的《河神》是一部引人入胜的悬疑小说，地点设置在埃及，时间设置在公元前18世纪希克索人入侵时期。
- 肯·福莱特的《地球支柱》描述了12世纪英国一座教堂的建筑。

历史玄幻和科幻小说：

- 斯蒂芬·R.劳海德的《塔利辛》及其续集《梅林》和《亚瑟》的背景为亚瑟时代的不列颠。
- 威廉·吉布森与布鲁斯·斯特林合著的《差分解析仪》讲述了19

世纪50年代伦敦的一段架空历史，查尔斯·巴比奇在那里建造了他的机械计算机，即差分解析仪。

历史通俗小说：
- 考琳·麦卡洛的《罗马第一人》及其续集的背景为古罗马。
- 让·阿尤尔的《洞熊家族》及其续集的背景为冰河时代的欧洲。

历史纯文学小说：
- 安妮塔·戴蒙特的《红帐篷》以《圣经》里的雅格家的女人为主要描写对象。
- 安伯托·艾柯的《玫瑰之名》是一部连环杀手小说，发生在14世纪意大利一个名称不详的修道院。这是一部历史纯文学悬疑小说，但它一般被放在书店惊悚分区的架子上。
- 特蕾西·雪佛兰的《戴珍珠耳环的少女》的背景为17世纪艺术家杨·维梅尔的家。

你能够卖掉你的历史小说，但你必须首先给它指定一个现存的类型。历史小说可以让你拥有一个竞争优势：通过创造一个独一无二、令人着魔的故事世界，可以给你的小说增添风味。

★ 基于读者的分类

在一些情况下，小说的主要类型是由你的目标受众决定的，而非你写的故事的类型。我们来看一下其中的一些类型。

女性小说

女性小说指的是专门适应女性兴趣的小说。它们可以是爱情故事、友谊故事，或一切涉及女性问题的故事。这些小说的结局也许圆满，也许不圆满。女性小说仅有一个真正的规则，即它应该涉及具体的女性问题。这一类型非常宽泛，与言情和通俗/纯文学多有重叠。

你必须是一个女人，才能写女性小说？非也，不过我们猜想，那样会比较有利。因为你必须和你的读者沟通顺畅，而她们几乎全是女性。如果你写的不错，那么你就有很好的机会在这一类别中获得出版。

儿童小说

儿童小说指的是为12岁以下的孩子写的小说，其中还可以再细分成几个年龄段，专门出版儿童小说的出版社有很多。这是个高度专门化的领域，每个年龄群体的规则都不同。

儿童小说类型包括很多亚类。如果你想写哪类书，最好研究一下专门出版那类书的出版社的网站，它们可以告知你可发挥的范围有多大。

你必须尊重你的受众。如果你高高在上地对儿童说话，他们能看出来。认真界定你的受众，然后做好功课。在尝试动笔之前，你需要非常仔细地研究儿童小说。

★ 选择类型和亚类

此前各节比较详细地探讨了几种主要类型。在开始写小说之前，你需要作出两个决定。拿出一张纸，回答下面两个问题：

- 你的书的主要类型是什么？
- 你的书的具体亚类是什么？

现在就做出决定，以免辛辛苦苦写出一部长达400页的小说，结果却发现，它既不属于任何可识别的类型，也没有特定的受众。

在选择了类型后,要尽量多阅读这一类型的小说,以便成为这方面的专家。你需要知道哪些东西已被做了无数次,哪些东西会让人有新鲜感。我们无法告诉你答案,这需要你坚持阅读,直到你彻底了解你的类型。

找出对应类型的要求

类型不同,要求也大相径庭。在此前的一些小节里,我们讨论了确定你的具体类型、亚类和受众,我们也要求你确定几位你想在写作中加以模仿的作家。如果你还没做这些任务,那么现在就做,因为在这一节里,你将利用相关信息,找出对你的书的具体要求。

写出下面这些对你的小说的要求,并且在阅读这一节时,填写空白:
- 主要人物数量:
- 故事对下列元素的接受程度(0—10)

  爱情张力:

  幽默:

  冒犯性语言:

  动作/冒险:

  暴力:

  悬疑:

  谜团:
- 情感驱动:

★ 统计主要人物

你的小说会有一群出场时间最长的主要人物。如果主要人物太少,那么故事线可能就不够密集。但如果主要人物太多,主要情节可能会被冲淡，把你的读者搞糊涂。在写作之前，你不必得出一个精确的主要人物数量，但你必须要知道，这种类型的作品最合理的人物数量是多少。

《教父》至少有十个主要人物，《指环王》则有几十个。

这同样在很大程度上取决于你的作品类型。如果你写的是一部言情小说，你可能需要一个男主人公和一个女主人公，一个反面人物或第三者。虽然还会出现大量的次要人物，但主要人物大致就是这些。对一个典型的三角恋来说，这就够了。

而如果你写的是一部悬疑小说，那么你需要一具尸体和一位侦探。还需要几名嫌疑人，侦探的一些朋友，以及一些对手。把这些人物加起来，你的主要人物有可能有十几个。

试着想几本和你想写的那本书很像的书。它们有多少主要人物？两个？五个？十个？十二个？挑选一个看上去合理的数字，把它写下来。（注意：如果你考虑你需要分配的有哪些角色，如主人公、反面角色、搭档，等等，那么关于你需要有多少人物，你也许就会有个更清晰的认识。）

确定动作、爱情等元素的接纳度

关于小说中可接受的东西，不同类型和亚类的读者的想法大相径庭。你需要提前考虑他们的期待是什么。如果你写的小说不为你的读者所接受，那么出版商也不会接受它。

下面的练习目的是，让你在写书之前，知道在你的类型的读者眼里什么是适当的。这有可能会让你少做几年无用功，因此值得现在花些时间，做做下面的练习。它有助于你了解读者的期待，为你的小说设定某些准则：

1. 了解不同的故事元素，其中包括爱情张力、幽默、冒犯性语言、动作/冒险、暴力、悬疑、谜团。

我们将在这一章后面探讨这些故事元素。

2. 细想在你这一类型的其他小说中，每种元素的占比是多少。

关于可接受的元素，你到哪里才能找到正式规则呢？你找不到。这就是你应该阅读同类书籍的原因，因为只有这样，你才能找出那些人尽皆知、不言自明的规则。

我们给每种元素设定一个0—10级的标准，然后给书籍评级。举个例子，《傲慢与偏见》中的暴力量很低，我们把它定为0级；爱情张力很高，我们把它定为10级。

注意：评估量，而非质。举个例子，电影《卡萨布兰卡》中的暴力量适中，我们给它定为5级。《兰博》中暴力量高得多，可能是10级。每部电影中的暴力量大体符合其观众的期待，并且你可以认为，每个例子中的暴力的质也高。但是，只要质成为一个问题，就会生出无穷的争论。我们宁可避免争论。

3. 确定你的理想读者能接受的每种元素的量有多少。

通常情况下，你可以指定一个数值区间。举个例子，如果你要写一部言情小说，那么你的受众会期待大量爱情张力，因此你需要的区间也许为9—10。就某些类型而言，你的受众其实不会在乎特定元素，因此你可以指定一个完整的0—10区间。

在你写作时，可以调整区间的界限吗？当然可以。可以弹性地调整界限，但不要完全打破。如果不知道界限究竟在哪儿，那你不妨再读几本属于你的类型的书，或和有经验的作家、代理人、编辑聊聊。

现在，请浏览下面的清单。它界定了故事元素，可以让你对一些类型拥有一个总体认识。在这些类型中，故事元素的等级高低也许非常重要：

- **爱情张力**：爱情张力指的是故事中爱的潜能。言情小说和女性小说对爱情张力的要求一般较高。其他多数类型对可接受区间的要求比较宽泛，要么很低，要么很高，要么介于两极之间的任一数值。儿童小说的爱情张力一般很低。
- **幽默**：幽默指的是一切搞笑的东西。多数小说的魅力会因为一些幽默而得到提高，但把幽默融入故事有些棘手，因为人们对幽默的欣赏程度差异很大。在这一点上，所有小说类型的接受度都很宽泛。
- **冒犯性语言**：冒犯性语言指的是粗鲁或咒骂的话语。如今，多数类型的多数读者都能接受冒犯性语言。儿童小说和宗教小说是明显的例外，它们基本上不接受任何冒犯性语言。某些类型的惊悚小说、犯罪小说的读者对冒犯性语言的期待值一般很高。
- **动作/冒险**：动作/冒险元素包括诸如汽车追逐、燃烧的建筑、虎口脱险、爆炸的直升机、枪击所引发的刺激。它并不必然包含涉及肉体伤害的暴力。一些类型，如惊悚小说或某些种类的悬疑小说，对动作场面的要求程度较高。其他类型，如女性小说和言情小说，通常要求的程度会低很多。其他多数类型的接受程度高低不一。
- **暴力**：暴力涉及肉体伤害或死亡。在多数惊悚小说和众多悬疑小说中，暴力不仅能被接受，甚至会被期待。言情小说、女性小说、儿童小说的接受度则低得多，不同类型对暴力的接受度差异很大。
- **悬疑**：悬疑指的是对某种可怕事情的预期，与动作、暴力都不同。电影《目击者》就是个例子，它所讲述的故事包含大量悬疑，但动作或暴力不多。惊悚和悬疑小说的悬疑度一般很高。言情小说、女性小说、儿童小说则低得多，不同类型对悬疑度的要求高低不一。
- **谜团**：谜团指的是未解开的谜、秘密，或需要解答的悬疑事件。悬疑小说显然对这方面要求很高。惊悚小说通常包含大量谜团（在一些情况下，读者不知道反派人物是谁），但也可能完全没有（在一些小说中，读者看到主人公和反派人物的时间大体相当）。由于任何未得到解释的秘密都有助于营造谜团氛围，这一元素在所有类型中的接受度都很高。即使在儿童小说或言情小说中，也是如此：在它们中，秘而不宣的家庭秘密是主要成分。然而，除了悬疑小说，所有类型对谜团都没有确定的要求。

关于所有类型的可接受度，我们为什么不给你列一个表呢？因为我们办不到。亚类太多，谁都无法追踪所有年龄层的读者的口味。作为作者，你的任务是确定你的目标读者和类别，调查你小小的市场位置，为你自己划定界限。

确定故事的情感驱动

小说要给予你的读者一种强烈的情感体验，因此，每个故事都必须有至少一个情感驱动，即你试图在读者心里激发的特定情感。关于可能的情感驱动，要列一份长长的清单很容易：爱，欲望，恐惧，恐怖，嫉妒，愤怒，报复，贪婪，悲伤，内疚，等等。

决定你的小说将传递哪些情感，可以选择两三种。它们应该适合于你的类型，而且完全可以选择大相径庭的情感。其中应该有一种主要情感，但你可以添加其他情感，赋予故事额外的风味。请牢记：驱动太多和驱动太少都不好，因此要限制你自己。你可以留出一些，用于你的下一部小说。

这里的主要要求是：如果你写的类别要求一种特定的情感驱动，那么它就应该成为你的主要驱动。如果你写的是言情小说，爱就必须成为你的主要驱动。如果你写的是惊悚小说，那么你则应该使用恐惧。除了这种限制,你可以随心所欲地选择你想要的任何情感驱动的结合,只要在你的类型里,它们被认为是可以接受的。(举个例子,在儿童小说或宗教小说中,欲望驱动是不被接受的;同样地,在詹姆斯·邦德类型的间谍小说中,不会表现抑郁情绪。)

第四章
创作优秀小说的四种方式

在这一章里：

· 先写，再写对

· 研究完成一部小说的四种范式

· 理解范式的重要性

· 找到并使用适当的创作范式

人们写小说通常几易其稿。作者们也一致认为，初稿不必完美。很多作者会坦率地告诉你，他们的初稿简直一塌糊涂。但是，他们无论如何都要写初稿，因为不写初稿，就写不了二稿。因此，作为作者，你的首要任务是，要允许自己的初稿写得一塌糊涂。

要知道，完成初稿，然后编辑它，使它臻于完美，方法不止一种。你需要找到对你最管用的创作范式。我们所谓的创作范式，指的是一种方法。你可以用它先写初稿，然后编辑它，几易其稿，直到它臻于完美。

你也许会吃惊地发现，职业作者的创作方式有着天壤之别。一些人细心计划一切，有的人则说干就干，马上开始打字。在这一章里，我们将详细考察有经验的作者采用的一些方法，帮助你找到你自己的创作模式。说到底，适当的创作模式就是对你管用的模式。

要允许自己写得烂

在你坐下来开始写你的第一部小说的那天,你会对自己有更深入的了解。一些作者会朝空白文档猛扑过去,渴望以风卷残云之势搞定故事。另一些作者则盯着第一个空白页,吓得发呆,生怕写错什么。你属于哪一种?

先不要进入编辑模式

假如在以创作模式写作时遇到麻烦,不妨尝试下面的技巧,以打破习惯:

- 以手写方式写初稿。编辑手写作品要难得多,因此你也许不容易受到诱惑。
- 给你的退格键上放个棉球,以便提醒自己,不要编辑。
- 挑战自我,以最快的速度写500个字。给自己计时,看看你是否能在15分钟内写出来。

多数作家在两种截然不同的模式下工作。

- **创作模式**:在创作模式中,你赋予自己尝试不同事物的自由,明白它们也许管用,也许不管用。在创作模式中写得烂没什么。每个人都能预料到,你以创作模式写的很多东西都很烂(当然了,有些可能还不错)。创作是一种自由、无组织的状态,因此在你拥有创造力时,要多少疯一些。
- **编辑模式**:在编辑模式中,你的目标是清理你在创作模式中产生的问题。分析你写的东西,辨认出好的东西,删掉坏的东西,把一切都整理干净，从而使之臻于完美。

当一个作者试图同时以创作模式和编辑模式写作时，写作的阻碍就会出现。不要那么做！这就像同时既踩油门，又踩刹车。创作一部分，然后编辑一部分，这样还行，但千万不要其实还没写多少，就开始编辑！老话说的好，先写，后改。

你总是以创作模式写你的初稿。当我们谈论初稿时，我们指的是你写在纸上或打在屏幕上的第一版本，之后的一切都是编辑副本。如果你做好分内之事，那么你的初稿中的一些部分会很精彩，另一些可能会比较烂。你的目标是确保你的定稿整体优秀。要完成这个目标，唯一的办法是从写初稿开始，无论它有多烂。

要允许自己的初稿写得烂。毕竟，你的编辑是不会看初稿的，写就是了。稍后，当你进入编辑模式时，你可以考虑如何润色它。在你完成编辑后，大家会认为你一直都挺有才气。只有你会知道真相，并且你无须告诉任何人。

拿出一张空白纸，在上面写下这句话："我完全可以写一份糟糕透顶的初稿，因为我知道，多数作家写的初稿差不多都挺烂的，我会在修改时把它改好。"把今天的日期写在页头，你的签名写在页尾，张贴在你的工作间。

创作模式：研究各种写作方式

就小说家用来创作其故事初稿的创作模式或写作方式来说，我们至少已经识别并命名了四种：

- **跟着感觉走**（Seat-of-the-pants）：就那么径直写下去，既无计划，亦无编辑。

- **一边写，一边编辑**（Edit-as-you-go）：没有计划地写，但一边写，一边编辑。
- **雪花式**（Snowflake）：先做个大致计划，然后再写，随时改变计划。
- **提纲式**（Outline）：先做个详细计划，然后再写，写时严格遵守计划。

在我们策划这本书时，我们的编辑请我们确定，在这些模式中，哪一种是创作小说最恰当的创作模式。但是，老实说，这样的模式是不存在的。优秀的小说家可能会采用这些模式中的任何一种。

在这一节里，我们将分别描述这些创作模式，解释它们怎样运作以及为何有效。然后，我们将帮助你找出适合你的那一种。

★ 在不做计划和编辑的情况下写作

在不做计划和编辑的情况下写作的方式通常被称作跟着感觉走（SOTP）式写作。一般说来，在开始时，你脑子里仅有故事的一些碎片。当你坐下来写作，你只是开始打字，写到哪儿就是哪儿。

这种方式无疑是令人兴奋的。当你跟着感觉走写小说时，你对情节的一波三折的惊奇不亚于你的读者。故事似乎拥有了自己的生命，你也许会说，"我没杀理查德。我走进房间，发现他死了！"

对一些跟着感觉走的作者来说，写初稿时充满乐趣，而编辑它则是他们不得不承受的煎熬。他们根本不知道前面会发生什么，只是享受着过程。他们写啊写啊，以每小时2000个字的速度，快活地写出故事。然而，对这些作者来说，清算的日子将在第二稿到来，届时他们将不得不从头到尾编辑书稿。由于整个故事是缺乏计划的，他们不得不重新考虑一些人物，一些情节转折现在显然是错误的，他们不得不删掉整章整章的内容，或一连好多章内容，他们还必须调整或大修其他章节。

对另一部分跟着感觉走的作者来说，初稿令人痛苦，但编辑它却很幸福。由于缺乏计划，初稿的每个新场景都充满隐患。如果这个场景根本没有用，该怎么办呢？如果新人物企图接管故事，该怎么办呢？如果突然发现今天的工作毫无意义，该怎么办呢？但是，在辛辛苦苦完成初稿后，这些作者的乐趣就来了，因为他们喜欢修改。现在，他们愉快地剪接、粘贴、删除。他们重新考虑他们的人物，为他们找到了全新的背景故事、价值观、动机和目标。

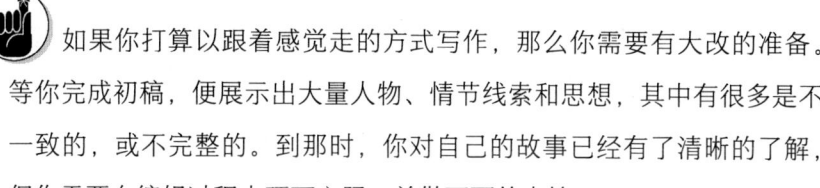如果你打算以跟着感觉走的方式写作，那么你需要有大改的准备。等你完成初稿，便展示出大量人物、情节线索和思想，其中有很多是不一致的，或不完整的。到那时，你对自己的故事已经有了清晰的了解，但你需要在编辑过程中硬下心肠，并做下面的事情：

- 重新考虑你的整个小说结构。
- 固定情节，系牢松散的线索。
- 去掉一些人物，合并其他人物，把他们全都加以深化。

你需要有勤奋的意愿，有为完善故事不惧重写多遍的意愿。究竟要修改多少次？这要看情况。一些作家宣称，他们重写他们的小说达10—20次之多，甚至更多。这听起来挺吓人，但那些做过多次重写的作家之所以重写，是因为他们喜欢这么做。

史蒂芬·金就是一位跟着感觉走的作者，《一只鸟接着一只鸟》的作者安妮·拉莫特也是，与他人合著《末日迷踪》的杰瑞·詹金斯也是。如果你想按照跟着感觉走的方式写作，那么你的伙伴还真不少。

★ 一边写，一边编辑

你也许喜欢跟着感觉走式写作所赋予你的那种无拘无束的自由，但与此同时，你可能也害怕失去对故事的控制。一些作者选择的解决之道是，一边写，一边编辑。下面是它的运作方式：

1. 在没有计划的情况下写一个场景。

2. 停下来，编辑，然后继续写。

3. 然后根据要求一再编辑，直到场景光彩夺目。

这是累活儿。你也许要编辑五次、十次或二十次。为了那个场景，你可能需要辛苦整整一天，或整整一个星期。

一边写一边编辑有个好处，就是你每研究那个场景一次，你对你的故事的了解就深入一些。只有当你终于决定向下个场景前进，确信故事到此为止已足够精彩，你完美主义者的心灵才会感到安全。

一边写一边编辑的坏处是：你不过是一边写，一边编故事。由于你可能不知道故事将如何呈现，你会非常担心你的写作无法进行下去。你的担心也许不无道理。在你辛辛苦苦地打磨场景后，你可能已经走进死胡同，想出都出不去。

幸运的是，你是个小说家。你是个非常有创造力的小说家，你的潜意识一直在积累各种奇特的、极好的技巧。如果你咖啡因水平够高，那么你也许能勉强找到一条新的、好得不得了的路，走出死胡同。那是写小说的喜悦和兴奋所在。老实说，如果你在凌晨三点出色地搞定了一个有问题的故事线，然后在你的编辑正要开始工作之时，用电邮把书稿按时发给她，那种感觉就再好不过了。如果你整夜惊慌失措地盯着屏幕，知道你无论怎么做都搞不定故事，只能可怜巴巴地请求延期，那种感觉就糟糕到了极点。

如果这就是你的创作模式,那么你就会知道,这种模式管用,并且一旦用对了就分外管用。

★ 计划一点儿,写一点儿

很多作者想拥有一点儿跟着感觉走的作者的自由,但他们也想确知,故事将如何顺利展开。这些作者会先做一些故事规划,生成故事大框架。他们也许会为人物创造一个背景故事,设计一个三幕结构,写一份概要,制作一份场景清单。但是,他们不会预先想好每个细节,给写初稿留出了一些创造性。然后,当他们开始创作时,他们已经做出多数重大决定。他们仍有一些小决定要做;但都是基于故事的主要策略,他们在开始写作之前就知道整体的走向,只是不清楚细节而已。

兰迪喜欢这种写作方式。数年前,他就他的方法写了一篇短文,把它比作一种有趣的数学模型,即雪花分形。(分形指的是,一种物体你一再画它,画得越来越细,但实际上根本没有完成它。)虽然这种类比最初是个笑话,但它却火了。让兰迪感到惊奇的是,雪花写作法现已风行世界,每年都有成千上万的人浏览他的网站。

雪花写作法(或在开始写作前,为进行一个大致的设计,你所采用的别的任何方式)的优点在于,你有理由相信,你的故事将从你所选择的开头,顺利抵达你所选择的结尾。你可以快速写作,因为你就任何特定场景所做的决定,可能都不会破坏主要故事。无论引入什么人物,你都不需要再对它进行加工。

雪花写作法的坏处在于,你也许会认为,你的不完整设计足以让你万事大吉。事实并非如此。你最初为故事情节所做的设计总会出现瑕疵。

如果你继续盲目地写下去，不停下来重新设计，那么以后恐怕就要对故事进行大修了。

🎯 如果你采用雪花写作法，那么我们建议你定期检查你的故事设计，确保它没有偏离正途。你的情节跑偏了吗？你引入什么需要更多出场时间的新人物了吗？最重要的是，你是否引导故事走向了一个非自然的方向？

每写完四分之一，兰迪通常会对他的故事进行一次全面回顾。因此他不大可能使故事严重偏离最初的计划。这就够了，因为他发现，每次回顾几乎都会使最初的设计变得更加完美。

★ 在写作之前列出大纲

很多作家真的是不拟定好整个故事，就写不了任何东西。在他们看来，先写一份故事概要必不可少。这种概要一般被称作长篇提要，或大纲，或分析。我们把它称作大纲，以便不和提要（两三页对故事的概括）混淆。在收购书稿之前，多数出版社会要求作者提交大纲。一般情况下，一本400页的小说的大纲可能在20—50页之间，甚至更长。

大纲拟定者不希望浪费初稿的任何素材。他们希望找到故事逻辑中的所有漏洞，把它们堵上，然后才开始下笔。他们拟定大纲也许会五易或十易其稿，然后才宣布他们拟定好了。接下来，他们会嗖嗖地写初稿，因为故事已就绪，他们只需打字即可。如果他们文笔不错，他们的初稿也许会非常接近于他们的定稿。

列大纲的好处是，写作时有50页的大纲在手，比直接写500页的手稿容易得多。你可以把写作的速度提高10倍，把编辑的速度提高10倍，可以大段大段删除，而不必哀叹浪费笔墨。当你写作时有大纲在手，脑袋里装着故事的主要情节，比直接写手稿容易得多，因为你要记住的东西少了。

✊ 列大纲的弊端是，大纲基本上是以情节为导向的，而非以人物为导向。因此，如果你是个以人物为导向的作者，那么你可能需要用你故事中的人物的某些详细素描，来充实你的大纲。如果你是个以情节为导向的作者，那么你可能会把你的人物锁在一个不太适合他们的故事中。你也许会发现自己需要调整人物，以便让他们适应故事情节。每当你这么做，你都会面临为适应故事而塑造扁平化人物的危险。

罗伯特·勒德拉姆（《伯恩的身份》的作者）在拟定大纲上是出了名的。他的一些大纲据说长达100多页。如果你是勒德拉姆的粉丝，那么你就会知道，他的情节极其复杂。然而，他很少会抛出一条最后没有解开的线索。

找到自己适用的创作模式

✊ 人人都适用的最佳小说创作方式是不存在的。每个作者都是独特的，有着特定的长处和弱点。你需要找到利于发挥你的长处的创作模式。如果你找到了，那么你就会发现，写小说挺有趣（即使它同时又很难）。如果你选择的模式正巧暴露你的弱点，那么你将发现写小说是一种可怕、令人难受的工作，你可能就会收笔不写。

在前一节，我们介绍了四种创作模式，这一小节我们阐述了为什么你要思考自己的写作模式，并帮助你找到一种最适合你的写作策略。

多重性格：扼要描述作家

人人都知道，世界上有各色人等，有自由主义者，有保守分子，有谨慎的人，有鲁莽的人，有深刻的人，有肤浅的人，有具有创造力的人，有长于分析的人。如果你曾经做过性格测验，如迈尔斯-布里格斯性格分类法（MBTI），那么你就会知道，人们有可能在多少方面出现不同。可以说，至少在人们试图命名的方面是这样。在MBTI分类体系中，你的性格包含四种元素，且每一种都有两个主要选项：要么外向，要么内向；要么凭直觉，要么凭感觉；要么爱思考，要么爱感受；要么爱判断，要么爱感知。这些特点可以有16种组合，你的特殊组合可以透露你的很多情况。

但是，与那些非作家的大众相比，作家们之间应该更相像，对吧？作家们属于创造型的人，一般都非常聪明，他们可能会过度焦虑，但这是因为他们是深刻的思想家，对吧？作家们的共同点太多，甚至有可能存在某种典型的作家性格，是这样吗？

唉，非也。兰迪曾参加过一次写作会议，另有80位出版过作品的小说家参加。一位演讲人谈了谈MBTI分类方法，然后分发测验卷子。兰迪想知道，多数小说家是否会殊途同归，落入16种可能的群体中为数不多的几种。让他感到意外的是，近乎每种可能的性格特点组合都至少有一位小说家。兰迪属于内向—直觉—思考—感知组合，但他的一个好友恰恰相反，属于外向—感觉—感受—判断组合。彼得属于内向—感觉—感受—判断组合，至少这个星期是。

这引发了兰迪的兴趣。他开始和小说家同仁交流，想看看他们用什么方式写小说。他发现，他们的创作模式多种多样，就像他们的性格类型。个体作家特点迥异，每人都拥有自己的应对写作过程的方式。这里无所谓对错，适合就好。

★ **弄清楚方式为何重要**

你也许想知道，你到底为何需要考虑创作模式。就那么写不就行了？问题是，"就那么写"就是一种创作模式，即跟着感觉走的方式。它对你也许管用，也许不管用。

创作模式为你提供了一种处理小说的方式。小说是一种非常复杂的艺术作品，原因有三：

- **人物是真实的人物，而真实的人物是复杂的。** 如果想更为深入地了解如何塑造深刻的人物，可阅读第七章和第十二章。

- **情节拥有六层不同的细节，所有这六个层面都需要在你的故事里正确运转。** 可阅读第八到十章，第十三到十五章，获取对这六个层面的详细探讨。

- **小说的主题必须贯穿你故事的字里行间，但又不能直接阐明。** 你甚至也不明白你的小说的主题，直到写完初稿。（如果你的主题很大，未来数个世纪的文学批评家就有可能争论不休，说你根本不理解自己的主题。）

一下子接受大量复杂的东西，人的脑子还真吃不消。多数人的脑子最多能同时装七件事。如果需要处理的事情超过了七件，那么它们就会在精神上创造隔间，把多出来的事情堆在这些隔间里。

我们在这一章里探讨了四种创作模式，它们其实是四种常见的策略。小说家利用他们来应对小说极其复杂的状况。如果你为自己找到了适当的创作模式，那么作为一个作者，你将拥有极大的竞争优势。就我们的经验来看，有才华的作者如果未能完成小说，主要原因在于，他们选择了不当的创作模式。

★ 培养你的创作模式

无论你想还是不想,你都要选择某种创作模式来写小说。你的问题是,哪种方法能帮助你掌控小说的各个层面,写出你所能够写的最佳故事。在多数情况下,那会是对你来说最容易的方法,因为它能利用你的自然优势。但是,无论难易,最重要的是与其他方法相比,你的创作模式对你更有利。到最后,没人会知道或在乎你是如何写小说的,人们只在乎你的作品是否能给予他们一种强烈的情感体验。

多数职业作者在他们的事业早期就发现了一种写作方法,并坚持了下去。经验丰富的小说家尝试改变其创作模式的时候不多,偶尔想改变也以失败告终。如果你是个新手,那么你现在就应该考察所有模式,试验一下,选出对你管用的那一种。

表4-1也许可以帮助你断定哪种方法最适合。不妨试一下听起来最具吸引力的那种创作模式,看看你的作品是否能够给予读者一种强烈的情感体验。如果它能,那么就坚持运用它;如果它不能,那么就把吸引力居次的创作模式的一些做法添加进来,或提出你自己的方法。不需要让任何人告诉你,你必须采用某种特殊方法才能写小说。

运用你的创作模式,找到你的故事结构

现代小说的故事结构非常复杂,多达六层。你需要控制每一层以便在每个阶段都保持方向清晰。你的读者必须随时都知道人物认为故事会向哪里发展,以及原因。因此,你必须随时清楚故事的走向、原因,以及你怎样设置路障,能让你的人物和读者感到意外。你在初稿里也许还不明白这一点,但你需要通过定稿弄明白它。

问题是,如果小说太复杂,你无法一下子想出所有六个层次。你必

表 4-1 选择一种创作模式

问题	跟着感觉走	一边写，一边编辑	雪花	提纲
你喜欢提前计划，还是直接投入？	投入	投入	计划（很少投入）	计划
你喜欢把一个项目的每个阶段都做到尽善尽美，然后再转向下一阶段，还是觉得留下未了事项也没什么？	留下未了事项也没什么	先做到尽善尽美	留下未了事项也没什么	先做到尽善尽美（你也许会写一份存在漏洞的提纲，但会在另一稿提纲中把它们堵上，然后再开始写作）
你是讨厌、能接受还是喜欢把事情安排得井井有条？	讨厌、能接受或喜欢	能接受或喜欢	能接受	喜欢
你是个线性思考者，还是喜欢想出一些杂乱的故事想法，然后把它们的全都拼合在一起？	一般是线性思考者（你按照故事发生的顺序写它）	线性思考者	线性思考者，或杂乱	线性思考者，或杂乱（你也许会随机设计一些场景，然后让它们运转起来）
你是喜欢先看总体，然后再琢磨详情，还是喜欢先考虑详情，然后再解决总体？	详情为先	详情为先	总体为先	通常是总体为先

须分阶段进行，先想出故事结构的一个层次，然后另一个层次，接着尝试把它们一点一点地组合到一起。这需要花不少的时间和辛劳，一下子就把它们都组合在一起是不可能的。这意味着你需要数次通读你的小说，每次都修改一些东西，以便让不同的层次相互咬合。你想按照什么顺序做这些都可以，取决于你怎么做效果最好。

我们在此前几节论及各种创作模式，每一种模式都旨在使故事的各个层次咬合在一起，解决不协调的地方，修改不适合的段落，然后再次

运用创作模式创作较短的作品和影视剧本

说到其他类型的虚构作品，例如短篇小说和影视剧本，又如何呢？要创作它们，你也需要一种创作模式吗？如果需要，那么它和你用来写长篇小说的模式一样吗？

一部长篇小说有很多人物和六层故事结构，全都在脑子里处理它们极其困难。选择你的创作模式，可以帮助你以一种对你的性格和大脑最佳的方式来处理所有这些复杂问题。鉴于此，下面我们要谈谈运用创作模式创作其他类型虚构作品的问题：

- **短篇小说**：我们相信，你在处理你的短篇小说上没多大问题，无论你运用哪种创作模式。在短篇小说中，你其实无须处理多少问题。短篇小说仅有几个人物，通常只有四层或五层故事结构。

- **影视剧本**：影视剧本一般有100多页，其复杂性更为接近长篇小说，无论是在人物的数量上，还是在故事结构的层次上。因此，我们相信，你应该采用你写长篇小说的创作模式，来写影视剧本。

把它们组装起来，反复这么做，直到故事在故事结构的所有六个层次上都畅行无阻。下面是每种模式的工作流程：

- **跟着感觉走**：跟着感觉走的方式始于低层细节。一行行，一段段，这些细节顺利展开。但是，在组织的较高层次，如场景和动作，故事也许根本展开不了。因此，在编辑阶段，你必须全面修改，赋予那些场景和动作清晰、可识的方向。这是一种自下而上的方式。

- **一边写，一边编辑**：一边写一边编辑方式同样始于细节。但是，在写好一个场景后，你回过头来编辑它，马上就考虑这一场景和其他场景结合的问题。如果你需要对此前的场景稍作调整，那么现在就该下手。当场景终于臻于完美，故事将作为一个整体（在这个时间点之前的故事）运作。如果一切顺利，那么到了故事结尾，一切仍将顺利。

- **雪花式**：雪花写作法始于总体概括，通常先是主要故事线索，然后是标准三幕结构。其次，你需要拼装一份概要，然后给场景填充细节。如果这里面有一样东西改变了总体状况，那么你就要调整故事情节和三幕结构。在反复这么做数次后，你就为开始写初稿做好了准备。在写作过程中，你要不断检查，以确保总体概括依然管用，并做一些必要改变，以使故事不偏离正途。在初稿结束时，故事应该达到结构合理、只需稍加编辑的水平。这是一种自上而下的方式。

- **大纲式**：作为大纲拟定者，你始于总体概括，安排好故事情节和三幕结构。一旦这些成形，你就制作了一份摘要和系列场景。到这时候，你和雪花写作者的做法很像。但是，你现在要写一份长篇概要，而非初稿。这份长篇概要包含大多数故事想法，但你是在讲述每个场景，而非展现它们。在你完成之后，如果故事顺利运转，那么你就可以开始写初稿。在初稿结束之时，你就会拥有一个结构合理的故事，之后只需要稍加编辑。

第五章

安排时间……和你自己

在这一章里：
- 制定一份写作时间表
- 创建一个启发灵感的写作空间
- 安排你的金钱

要想拥有一段成功的写作生涯，你需要三种主要资源：时间，写作空间，金钱。如果你想作为小说家取得成功，那你就必须聪明地利用这些资源。在你整个写作生涯里，你会希望不断在这三个方面提高你自己，但你必须从某个地方开始。

在这一章里，我们将考察所有这三种资源。我们将从任何人都无法再创造更多的那种资源开始，也就是时间。虽然存在与此相反的言论，但一天仍只有24小时，一星期仍只有7天，一年仍只有52个星期。然而，如果你认真、专注地安排你的时间，以及你自己，你还是有可能找到写作时间的。在这一章里，我们也将考虑为写作创建个好环境的重要性，最后会对安排金钱做简单探讨。

找到写作的时间

写作是一种时间密集型职业。不仅如此，你用于写作的时间越长，你的写作技艺就越精湛。我们可以保证,如果你投入时间学习、练习,锤炼你的写作技艺,那么你就会成为一个更好的作者。更好的作者获得的出版机会一般较多,并且是由品质更高的出版社出版。

如果你只是因为喜欢写作而写作,那么你其实不需要考虑制定一份正式时间表,或对日程进行安排,挤出写作时间。然而,如果你希望出版你的作品,或你希望精进技艺,从出版商那里获得更多预付款或稿费,那你就需要向写作投入大量时间。

★ **确立并坚持周、年写作目标**

威廉·福克纳曾经说,"我来了灵感时才写,灵感每天都来"。如果你的终极目标是成为一位职业小说家,那么你终将达到每天都写的程度。但是,一开始就按照那种时间表写作的作者少之又少。当你刚刚开始写作时,你也许不可能每天都写,因为你还有别的事要做。但是,你想每个星期都写,也许一个星期至少写几次。为什么?因为你需要这些时间,集中精力学习写作技艺的工具,提高你的写作技巧。

关于每周留出时间写作,我们提出如下建议:

1. 制定一个具体的写作目标。

根据我们的经验,你最好一开始先用较少的时间写作,然后逐步增加时间。如果刚开始用较少的时间写作,那么你就可以庆祝你在成为小说家的路上取得的较小或短期的胜利。例如,刚开始可以每个星期写半小时或1小时。然后,你的目标可以变成每个星期实实在在地写3小时,每天写5页纸或700个字。要确保无论你选择什么目标,都要让它既可以衡量,又可以实现。

2. 写下你的目标。

研究显示，与不把目标写下来的人相比，把目标写下来的人实现目标的可能性要大得多。要么在一张纸上写下你的目标，把它用胶带粘到你的电脑显示器或墙上；要么把你的目标写在待办事务清单上，或保存在你的日程软件上。你写下来的目标也许如此："这个星期，我要花1小时写作。在这1小时里，我要写200个字，我不在乎它们是不是我曾经写过的最差劲的文字，我不写完不停。"

3. 找出时间，争取实现你的目标。

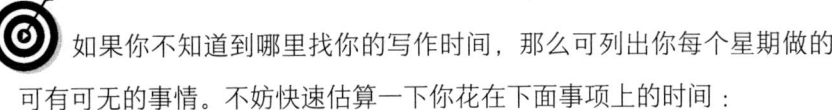
如果你不知道到哪里找你的写作时间，那么可列出你每个星期做的可有可无的事情。不妨快速估算一下你花在下面事项上的时间：

- 看电视
- 读杂志或报纸
- 浏览网站
- 和朋友闲谈
- 做和你的工作、学校、家庭相关的可有可无之事
- 从事其他娱乐活动

这里面的一些活动有可能每星期消耗你1—10小时的时间，甚至更多。因此，难做的事情来了：你需要放弃这里面的一些活动，把时间用于写作。刚开始不妨把步子迈得小一些，可以花几个月时间，放弃那些你可以少做的事情，或可以完全不做的事情。在第一个星期里，你也许可以在星期三晚上，少看1小时的电视。

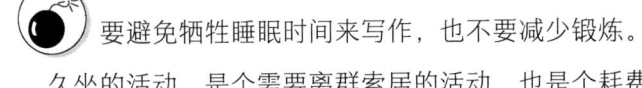
要避免牺牲睡眠时间来写作，也不要减少锻炼。写作不仅是个需要久坐的活动，是个需要离群索居的活动，也是个耗费体力的活动。把身

体累垮你承受不起,因此不要认为可以牺牲睡眠和锻炼。

4. 把需要通知的人都通知到。

他们也许是你的配偶、伙伴、孩子、父母、同事。通知所有需要通知的人,以便在你为实现目标而努力时,他们不会打扰你(因此当你不再参与每周的社交活动时,他们也不会感到纳闷儿)。

5. 找个人,让他监督你实现目标。

尽管你或许完全能够为实现一个目标而努力,并坚持到实现它为止,但让别人(朋友、工作伙伴、配偶或别的某个重要的人)监督你,可以对你起到促进作用。给这个人一份关于你目标的文件,请他定期检查你,看看你是否正在兑现你的诺言。你可以考虑建立一个机制,承诺假如没能实现你的目标,你就要支付某种罚款。罚款不能仅仅是象征性的,而应该足够高昂,可以让你竭尽全力来实现你的目标。

兰迪曾经和一个笔友达成了如下交易:如果哪个星期他没有完成他的写作指标,他就必须支付50美元。那个笔友刚刚研究生毕业,做着一份低收入的工作,损失50美元会让他手头拮据,所以他很少完不成指标。你猜怎么着?在兰迪最近和他通话时,他喋喋不休地称赞了他的第六部小说漂亮的封面,那是他的出版商刚刚寄给他的。

在你以每星期1小时的节奏平稳写作一个月后,可稍微提高节奏,达到每星期2小时。我们建议,在从事写作的第一年,写作新手可逐渐增加到每星期写作约5小时,更有经验的作者一般每星期至少写作20小时,职业作者的写作时间则往往要多得多。

每次都要经历同一过程:重新设定你的目标并把它写下来。决定你可以从生活中省略掉什么来赢得你所需的时间。把你的新目标告知所有需要知道的人。最后，要让你自己接受某个人的监督，如果你未能达到你的目标，他可以来收罚款。

要始终如一地按照你的时间表做事，但如果你偶尔哪个星期没有做到，也不要过于自责。只要做出努力，在下个星期返回来写作就行。无论你多么忙，你都可以通过检查你消遣的方式，确定哪些时间可以稍作改动，从而挤出写作时间。那些时间原本都被浪费了，你只是改作他用而已。

如果你这么做了，那么作为作者，你一定能得到提高。练习的确能够臻于完美，并且成为一个更好的作者是你的首要目标。你写的越多，就会写得越好。

★ 安排你的时间

老话儿说得好：如果你不安排你的时间，你的时间就会安排你。要控制你的时间表，最佳方式之一是把你的一天分成若干时段，并把每个时段用于一个具体目的。举个例子，你的一天的第一个时段（在吃过早餐之后）可以用于阅读或回复电子邮件。第二个时段可以用于去图书馆做研究，或实际用于写作。你需要决定每个时段的时长，以及每个时段所要做的任务。

要把你的写作时段安排在一天中状态最佳的时段。可以试试不同的时段，看看你在什么时段最有活力、注意力最集中、最有灵感。

每个作者的注意力都会受到无穷无尽、形形色色的活动的干扰，其中包括倒垃圾、回电话、读同类书、参加你朋友的足球赛。制作一个优先事项清单可以确保非写作任务不会窃取你的写作时间。优先事项（或待办事项）清单可以帮助你决定你每天要做的任务，以及你做它们的顺序。彼得有一本笔记本，就专门记录这样的清单。

之所以想出优先事项清单这么一个主意，目的是要你在你的工作日中把最重要的任务放在前面和中心位置。不要列一份长长的清单，把你下一年可能要做的所有事情都罗列出来。清单上的事项不要超过7—10项。要按照重要程度详细描述每项任务，在完成任务后要删除或划掉它们。

每天早晨查看你的清单，了解一下你要做的事情，以及你将按照什么顺序做它。你可以根据需要做任何更改，以及时更新清单。有没完成的任务吗？或者，你是否看到一些任务无关紧要，应该移除？顺序正确吗？有没有哪项任务已变得比另一项任务更加重要？要保持你的清单目标明确，具有时效性，并且一定要使用它。

要经受住诱惑，不滑向一些虽比较容易但不太重要的任务。为什么？因为如果那样，你将永远没时间做你最重要、优先的任务。但是，如果你发现自己被困在一个非常优先的事项上，并且似乎真的无法找到继续下去的灵感，那么可以下移到清单上你的次优先事项。通过成功完成你的下一个任务，你也许会积累完成最优先事项所需的动力。

创建理想的写作空间

为什么需要为你的写作找一个创作空间？为什么不能直接去一个咖啡馆，再啪地放下你的笔记本电脑？是呀，你当然可以这么做。如果是那种情况，那么咖啡馆就是你的写作空间的一部分，另一部分则是笔记本电脑。每个写作空间都包括三个基本部分：

- 一张书桌（或一般的桌子，抑或其他平面）

- 一把椅子
- 一台电脑（或一叠纸，一支钢笔或铅笔）

如果你去咖啡馆占桌子和椅子的便宜，那没问题，只要店主不介意。

无论提供空间的是谁，都要确保它能被专门用于你的写作。所有人都是习惯的奴隶。一个专门空间，可以让你的创造性习惯性地爆发出来，因而你就具有创造力了。

★ 获得最佳写作台

每位作者都需要一个可以在上面写字的平台。尽管创作灵感突然来了，把一叠纸或一台笔记本电脑放在膝头也许可以救急，但你可能需要一个更舒适、稳固的台面，以便在上面写更长的时间。对多数人来说，这个台面可能是一张书桌或一般的桌子。要确保你的书桌高度合适，不要太高，也不要太低。（人体工程学专家通常会告诉你，打字时手腕要放直，不偏不斜）

如果你的家空间有限，那么可以把餐桌当成非常不错的写作台。如果你家有可以放一张书桌的合适空间，那么要确保它带有抽屉或储物架，并且要足够结实。

如果这样的空间也稀缺，比如你也许住在小型公寓里，或和另外几个人合住，那么可以考虑购买一个可折叠的书桌，把它安装在墙上。这些东西在你需要它们时，马上就可以用，不需要时又不会妨碍你。

★ 找到合适的椅子

如果你坐过办公室，那么你就会知道在久坐期间椅子对保持舒适究竟有多么重要。请相信我们：写作者往往要坐很长时间，你在买一把椅子时，下面的这些千万注意：
- 良好的上下背部支撑
- 可调节靠背
- 舒适的坐垫
- 臀部和大腿周围充裕的空间
- 可调节软垫扶手
- 带脚轮的五点基座

★ 选择一台电脑

现在很多作家无论写什么东西都用电脑。对他们来说，电脑是不可或缺的东西。那么，为什么要使用电脑呢？电脑有如下功能：
- 易于对你的文件进行修改和校正
- 记录字数
- 把你的手稿转化成文档，让你可以通过电子邮件迅速、轻松地发送给世界上任何人
- 做在线研究
- 易于把图形和图片插入你的文本（这种情况对你的小说的实际文本来说很罕见，但在你做研究或设想你的人物时却很常用）
- 在一个很小的U盘上存储、传输数千页文本

并非每个作者都用电脑来创作。很多作家发现，他们的写作离不开手写（用钢笔、铅笔和纸）。如果你就是这种情况，那也挺好的：什么方式能最好地激发你的创作灵感，就采用什么方式。但是，无论你的手迹有多棒，你都需要用电脑把你的手稿打出来，交给你的代理人，或带到写作会议上。

对作者来说，幸运的是，现在电脑速度快、可以做的事情多且价格

划算。下面是一些需要考虑的情况：

• 如果你打算随身携带电脑（如果你打算在外面创作，就必须如此），那就买一台笔记本电脑吧。如果你打算在家里或办公室里完成你的全部创作，那么对你来说，买一台台式电脑也许是最佳选择。

• 如果你买的是一台台式电脑，那么就再买一个你大体上能够买得起的大显示器吧。你总不想非得眯着眼，才能看清屏幕上的你的文本。多数笔记本电脑屏幕比台式电脑显示器小得多，因此如果你买的是一台笔记本电脑，那么你是在用便携性交换可见性。然而，你可以把你的笔记本电脑和放在你书桌上的一个更大的显示器联起来，充分利用二者的长处。

• 要联网。网络连接几乎必不可少，它可以让你在电脑上做研究和查证事实（如果你就想休息一下，也可以用来看看电子邮件）。

你再也无须担心下面这些情况：

• **速度和存储**。所有现代电脑的速度都够快，拥有的记忆和存储远超你的需要。

• Mac / Windows / Linux。这些操作系统都挺好，喜欢哪种就用哪种。兰迪用的是Mac，彼得用的是Windows。我们互发文档，没有任何兼容性问题。我们甚至不知道我们的编辑用的是什么，没人在乎你用的是哪种系统。

把一切安排到位

在投入写作过程之前，要把你的写作空间建立起来。如果你试图在一张书桌上写作，但书桌上乱放着脏衣物、一堆堆的报纸和其他垃圾，那么你不可能达到最佳写作状态。要把与完成你的写作目标无关的东西清理干净。

把你的电脑放在前面，书桌中央，键盘和显示器则放在一个舒适的位置，不要让它们从书桌边缘掉下来。把你的打印机摆在附近（这样一来，在打印文件时，你就不用每次都站起来）。拿一个小杯子，放在容易够着的地方，用来放铅笔和钢笔。虽然很多作者现在使用线上词典、百科全书和其他参考资料，但你也许会发现，把一本词典和其他参考书放在案头，是有用的。

我们自己的创作空间

兰迪的创作空间一向拥有一张大金属办公桌，一把上好的人体工程学椅子，一台电脑。有那么几年，这张桌子放在家庭娱乐室，距离门有3英尺。他的孩子整天从门里跑进跑出。但是，它是兰迪的空间。他在那个空间里写了数十万个字，获得了四五个奖。对兰迪来说，那个空间就代表着写作。

最近，兰迪拥有了一间真正的办公室。办公室的门关着，房间里有两个大文件柜和三个大书柜。但是，桌子、椅子、电脑还是原来的，那仍是他神圣的写作空间。

彼得过去常常在喧闹的咖啡厅里写作，写了不少东西，往往写到深夜。实际上，他最初几本书都是在黄色大信笺纸上写的，纸上散发着浓郁的咖啡和香烟味儿。置身熙熙攘攘的人潮，喧嚣的音乐，融化的咖啡因和闷燃的烟，某种东西激发了他的创造力。

彼得如今拥有一间家庭办公室，和他家的主要生活空间是分开的。他有一张大书桌，一台电脑，以及可以让大量自然光线射进房间的几扇大窗户。

要找到一个写作空间，让它成为你自己的空间，一个专用空间。如果有可能，要专门把它用于写作，只对你一个人开放。你需要这种创作空间。获得它，守护它，保住它。

解决分神问题

无论你选择在哪里写作，在家里、公园还是你们当地的咖啡馆，你很快就会发现，让人分神的东西很多，它们会诱使你停止写作。虽然偶尔的分神也许是好事儿（可以让你摆脱乏味的生活，使你对工作产生全新看法），但持续的分神会让你脱离写作，无助于你的作品的出版。关于如何应对分神，下面有一些提示：

- **完成目标要奖励自己。** 目标也许包括写特定量的页数或字数，每个星期用特定量的时间写作，或把你的手稿提交给代理人、出版商。当你因为完成目标而奖励自己时，你甚至会对继续写作产生更大的动力。最好的奖励是那些你个人觉得具有激励性的奖励，其中也许包括到当地的饭店去搓一顿，看会儿电视，或抽空给自己舀一勺冰激凌。

- **张贴一个"请勿打扰"标志。** 如果你身边有一群野孩子或其他让人分神的人争夺你的时间，那么就要为你的写作空间和时间设置清晰的界限，然后向他们宣布，请求他们给予配合和支持。执行规则、维护你的界限时，既要礼貌，又要坚决。例如，如果你来访的岳母不断找你闲聊，要礼貌地向她解释，你乐于闲聊，但得等到你完成写作。如果能为朋友和家人留出时间最好，这样他们就不会觉得他们在干扰你的写作。

要明白，你也许必须学会灵活。如果你是个单亲父母，有孩子要照顾，那么你也许会发现，你需要白天照顾他们，晚上等他们睡熟了再写作。

- **避开或移走令人分神的东西。** 在碰到不断打扰你、让你无法完成你的写作目标的东西时，你也许可以尝试摆脱它们。如果你的写作空间里的电视机不断诱惑你去看，就把它搬到另外一个房间；如果你的电脑上不断有大量电子邮件发来，让你无法集中精力写作，就关掉你的电子邮件程序；如果一个朋友打电话来，和你唠叨个没完，那么在写作时，你也许可以让语音信箱接电话。写作是一种工作，要把它当工作来对待。

- **稍微休息一下。**定时休息可以帮你清清脑子，恢复精力，恢复注意力，再回去工作。我们建议，可每60—90分钟休息一次，每次至少5分钟。这将有助于确保你不会失去宝贵的写作势头。

兰迪喜欢散步。如果天气不错，那么每隔一两个小时，他就会绕着他家的池塘散步五分钟。如果天气恶劣，他就会去他的起居室，在踏步机上走几分钟。无论采取的是哪种方式，都提高了他的精力。然后，他会喝一杯水，望望外边池塘里的鸭子，和他的猫咪深聊一次。为暂时恢复精力，彼得会抓起放在他家庭办公室里的电吉他，插上电源，吼上几分钟。等他真的需要提神了，他会打开他的意大利式浓缩咖啡机。

考虑金钱问题

借助很受欢迎的《哈利·波特》系列，J. K. 罗琳成了英国（可能也是全世界）最富的作家。你知道吗？在写第一部《哈利·波特》小说时，她还是个单亲妈妈，要靠福利生活。在克兰西的第一部小说《猎杀红色十月号》出版后，他辞去了卖寿险的工作，成了一位势头迅猛的畅销书作者。在《糖衣陷阱》使约翰·格里沙姆成为一个超级巨星后，他辞掉了律师的工作。

虽然一些非常成功的小说家的生活编织了一种宏大的白手起家的故事，但多数作者无法完全靠写作谋生。对很多作者来说，写小说恐怕挣不了大钱。如果能找到某个人，这个人认为他们的作品够好，可以在杂志、电子杂志、日报或书籍里发表，或让人们读他们的作品，喜欢得足以向朋友和家人推荐，这些作者就满足了。

然而，很多作者的确想凭借他们的技艺谋生，或至少偶尔挣些私房钱。如果那就是你的目标，那么你就需要一种策略。就算把写作当成爱好，你仍需要为写作安排一些资金。在这一节里，我们将认真看看钱为什么重要，以及你可以用什么方式筹钱。

★ 安排写作资金

想法也许是免费的，但把它们写下来却要花钱。作为作者，在接下来的几年，你要支出一些开销。就算你从写作中获得不了收入来抵消它们，开销也是存在的。究竟要支出哪些开销呢？我们可以把一些可能的开销列在下面：

- 电脑，打印机，网络连接
- 一张桌子，一把椅子，各种办公用品
- 用于研究的书籍，其中包括与你同类型的小说等非虚构作品
- 实地考察，公路旅行，博物馆门票，或你想做研究的其他方式
- 写作班或研讨班
- 写作论坛（包括报名费和旅行费）
- 加入写作协会的会费
- 和一些人共进晚餐的费用，其中包括你的批评伙伴，监督你遵守写作时间表的人

你应该认真考虑为写作会议安排一笔资金。道理很简单，要想建立出版所需的关系，写作会议是最快、最容易的途径。这就使参会费用变得不可或缺。

★ 靠写作谋生：（暂时）不要期待这成为你的正职

我们曾听说，世界上挣钱最多的五个作者挣的钱大约占了所有作者挣的钱的60%。这不容易证实，但我们的经验告诉我们，这应该是可信的。馅饼被分成了几大块和众多小块。在每年出版的所有书籍中，当年只有约2.5万部能卖出5000本以上，只有几百部卖出了10万本以上。根据《出版者周刊》提供的数据，美国书籍平均销售量约500本。

也就是说，能通过卖出足够的书、依靠写作技能挣些外快的作者屈指可数，更不要说以此谋生了。然而，如果你希望成为一个专职作者挣专职薪水，那么你就应该考虑问题的两面。一方面，你需要获得报酬优渥的出版合同来维持你的财务平衡；另一方面，你需要削减生活开支，前提是你有充足的写作时间。

你能靠更少的开支活着吗？如果可以，能有多少？我们之所以这么问，有两个理由：

• 你生活所需的钱财越少，你就会发现通过写作挣得你的全部收入越容易。

• 如果你立即就开始降低生活成本，那么你就可以把节省的钱财存入银行，为自己建立缓冲资本，从而可以更快地辞掉你的正职。

立即检查你自己的财务状况，以及你的家庭的财务状况。把它们摆到你面前，现在询问自己如下问题：

• 你每个月挣多少钱？

• 你每个月花多少钱？

• 你每个月存多少钱？

• 你可以削减你的开支、增加你的存款吗？举个例子，如果你有按揭贷款，或其他大笔债务，那么你能否偿还它们，从而减少你的固定开支？

重要的是，你写作所获的是不稳定的一次性报酬。通常合同会明确规定，你在签合同时会获得一部分预付款，另一部分预付款会分期支付；至于剩余稿酬，出版社会在你提交质量合格的手稿时支付。某些合同甚至把部分预付款延迟到出版日期支付。很多书赚不出它们的预付款，这意味着，在获得最初的预付款后，你在这些书上再也挣不到半毛钱。小说家无法按照一个合理的、每周一次的时间表获得稿酬。这意味着你需要合理控制你的现金流（除非你富裕得不愁吃穿，或在你写作时，有人在金钱上支持你）。

我们的建议是，一定要保留你的正职，直到你完全建立起你的小说写作帝国，并使其运转起来。如果你无法大幅削减开支，那么你就需要你现在每个月获得的稳定收入以维持生活，支撑你走向成功。相信我们：对任何作家来说，揪心下一笔钱从哪里来（以及何时到来）会让人方寸大乱。你不应该让财务压力干扰你的写作，因为让人分神的事情已经够多了。

第二部分

创作引人入胜的小说

《第五波》 里奇·坦南特

在这一部分……

如果你打算写小说，那么就要创作引人入胜的小说，讲述能让你的读者产生强烈情感共鸣的故事。在这一部分，我们将考察如何构建你的故事世界（故事的背景），以及如何塑造真实、有吸引力的人物。然后我们会审视情节的各个层面，其中包括故事结构（上层）、摘要和场景（中层），以及动作、对话、内在情感、内心独白、描写、闪回、叙事概要（底层）。我们还将给这一部分增添一些内容，看看怎样全面考虑你的主题。

第六章
创建你的故事世界：故事的背景

在这一章里：
- 考察你的故事世界的三元素
- 创造一个物质世界
- 决定你的人群的驱动因素
- 建立一个冲突世界
- 研究、推销你的故事世界

每部小说都发生在它自己的世界里，而这个世界是你创造的。这个世界不是某个更大世界的碎片，而是一切。鉴于此，我们更愿意采用故事世界这个词，而非范围较小的*背景*或*社会环境*。

你是你创造的故事世界的上帝，能完全控制那里发生的一切。但是，这并不简单地意味着，你的故事世界里什么都能发生。你的故事世界需要一个驱动它的内在逻辑。

对新手来说，故事世界必须符合物理、化学、地质学、气象学、生物学。换句话说，你不能无视科学规律（即使你自己编造了这些规律）。除此之外，你还必须增添一两个文化群体。每个群体都有规则，界定着人物的交流方式。无论你创造的是哪种故事世界，它都必须能够有一场冲突，因为没有冲突，也就没有故事。对小说作者来说，完美的世界是无用的。你的故事世界既需要善，也需要恶。你有责任创造一个故事世界，让其中的一方有可能获胜。

感到气馁？一笑置之！你一辈子都生活在一个故事世界里，并且你对它的驱动因素有着深刻的直觉。在这一章里，我们将帮助你剖析你已经知道的东西，看看哪些东西对讲故事具有核心作用。我们也会帮助你研究你的故事世界的详情，以便你能让它运转起来。

需要指出的是，相比于其他类型，在某些类型中，你需要在你的故事世界上下更大功夫。如果你要写的是一部关于你的故乡城镇的小说，时间设置在当代，那么你就不需要下多大功夫，来营造你的故事世界。但是，某些类型的小说，尤其是科幻、玄幻、历史小说，则需要你想象一个也许迥异于你的世界的故事世界。即使你的类型允许你不用太留意故事世界，也要记住，以一种新视角看待你自己的世界，可以赋予你一些新的认识。

确定故事世界的各个部分

每个故事世界都拥有三种基本组成部分。三者缺一不可，否则你真的讲不了故事：

- **自然世界**：当你描述自然世界时，你创造了一种地方感。自然世界包括认识物质环境的一切东西。你一般不会搞乱你的小说中的物理或化学规则，但你真的需要了解地理、典型天气模式，以及其他众多细节。
- **文化群体**：如果你的故事发生在一个小镇，那么你也许只有一个文化群体。如果是发生在纽约城，那么你拥有的人物也许来自五六个相互影响（以及相互误解）的种族群体。如果你要写的是佐尔巴星球，那么你也许会拥有十多种智慧生物。

• **冲突背景**：这指的是政治、文化、宗教或人际关系，可以使你的小说拥有冲突。没有冲突，就没有故事。

表6-1显示了这些组成部分是如何在三部小说中发挥作用的。

表6-1　三部小说中的故事世界元素

小说	自然世界	文化群体	冲突背景
哈依姆·波托克的《选民》	20世纪40年代的布鲁克林	哈西德犹太人社团，周围比较自由的犹太人社团，以及更宽泛的非犹太人的世界	宗教的：哈西德犹太人社团倾向于在一个高度封闭、弃绝世俗思想的社团里养育其孩子。但是，在美国，你无法阻止儿童听收音机、读报纸，或去图书馆
让·阿尤尔的《洞熊家族》	冰河时代欧洲黑海周边地区	人类和尼安德特人	文化的：发生在两种相互不理解、不信任的文化之间的自然矛盾
乔治·卢卡斯的《星球大战：卢克·斯凯沃克的冒险》	"一个非常遥远的星系"	人类、机器人、乌奇族人，以及大量其他物种	政治的：反叛联盟威胁着专制的星系帝国

创造一种地方感

作为小说作者，你的目标是创造一个让你的读者觉得鲜活的故事世界。这被称作创造一种地方感。这很难，因为你拥有的词汇有限。一部篇幅一般的长篇小说约10万字，其中多数文字要被用来讲故事，而非描述你的故事世界。

这意味着你一个字都浪费不得。（如果一幅画要用1000个字来描绘，那么一部10万字的小说只能向读者展示100幅画，而这会使故事相当蹩脚。）你必须比那做得好，这一部分将解释如何做。

★ **使描写承担双重责任**

在19世纪，作家们一般会用一两页的篇幅，来描述故事世界的每个细节。不妨看一下卢·华莱士的《宾虚（Ben-Hur）：救世主的故事》的开头那段。这部小说出版于1880年，是19世纪美国畅销小说：

祖布拉赫山绵延50多英里，但非常狭窄，结果它在地图上的样子让它看上去像条虫子，从南爬向北。站在它红白相间的悬崖上，把视线从旭日的路径上移开，只能看见阿拉比亚沙漠。沙漠上自古以来就东风肆虐，令杰里科的葡萄种植者头痛。幼发拉底河冲刷下的沙子躺在那里，把山麓覆盖得严严实实。祖布拉赫山宛如一堵墙，遮蔽着西边摩押和亚扪的牧场。其他土地则曾经是沙漠的一部分。

这是*静态描写*，很像静物写生。这里什么都没有发生。你看不到人物、动作，也看不到情感。它是纯粹的地理。

19世纪的读者喜欢对环境的静态描写，因为这些描写可以在他们的头脑里生成照片，而照片在19世纪是稀罕的东西。但是，不要为那些读者写作。他们现在都死了，不会买你的书。你写作是为了取悦21世纪的读者。他们看过成百上千的电影，希望事情直接切入，不要啰里啰嗦地描写山脉、街道、宫殿或别的任何东西，那会让你的读者厌烦。你承受不起这个。

在第二章里，我们探讨了要向读者传递信息，你应该掌握的七种基本工具，其中五种为动作、对话、内心独白、内在情感、对感官接受的描写。它们像电影那样，在你读者的头脑里展开（就像通过现场的某个人物的眼睛观看那样）。如果仅仅使用这五种工具来写你的故事的一个部分，那么你可以说，这个部分呈现了一种*直接现场*。直接现场里没有叙事概要和静态描写。现代小说作者往往使用直接现场较多，使用静态描写或叙事概要则较少，因为现代读者往往喜欢直接现场。

当你描写你的故事里的某个地方、某个人、某个东西时，要尽可能使描写负起双重责任。它应该做到以下内容：

• 给予读者一种强烈的情感体验。

• 通过与动作、对话、内心独白、内在情感的流畅结合，使故事向前发展。

★ 把描写安排到故事里

如果可以的话，要像感官接受那样，把你的描述和故事的其他直接现场（动作、对话、内心独白、内在情感）编织在一起。那些部分会在读者的头脑里一秒一秒地展开。在描写你的故事世界的一些片段时，你一刻也不能停止。如果你不能在故事的动作内自然地描述某种事物，如果你不能从一个人物的头脑出发描写它，那你就要自问，你究竟为什么需要描述它。

你真的需要以像素那样完美的细节描写火山吗？如果你的人物是一位焦急的母亲，正在炽热的熔岩原旁的小径上飞奔，寻找她走丢的5岁孩子，那么你可能需要这样。如果你的人物是一个少女，正被迫走上石径，献祭给山里的诸神，那么你可能需要这样。如果你的人物戴着权力之环，正在艰难攀登山峰，搜寻末日裂隙，那么你可能需要这样。即使相似的场景有1000个，你都需要在其中的任何一个场景里展示火山。要让你的读者眼里冒火，让她在高炉的热浪中淌汗，让她的肚子伴着从山的内部发出的亚音速轰鸣波浪般起伏。

但是，火山也许没有在你的场景里发挥直接作用。直接引发读者兴趣的也许会变成珍稀的蝴蝶，在山脚下，它们从花丛飞到树丛；那也许是飞速穿过游客中心停车场的兰博基尼，有六辆闪着红光、蓝光的警车在追赶它；那也许是一台笔记本电脑，硬盘里藏着一家财富五百强公司的秘密。它很有可能被偷走，因为它躺在停车场的一张长椅上，它的主人正透过望远镜看着风景。在这些情况中，不要向你的读者展现火山，要展示蝴蝶、兰博基尼、笔记本电脑。要动态地展现它们，从一个在乎它们的人物的视角展现它们。如果你的人物在意，那么你的读者也会在意。

如果你没有故事上的理由来描写某种东西，那么就不要描写。如果你有理由，那么就描写它，但要让描写个人化，要把它与一个人物的感觉和情感联系起来。适当的描写，正如通过适当的人物的眼睛所看见的那样，能够在你的读者心中唤起一个地方、一段时间和一种情绪。

在写一段静态描写之前，要脱离任何人物，首先问你自己一个问题：你愿意为使用静态描写交付罚金（以你一个小时工作所得为宜）吗？如果你愿意交付那么多罚金，以取得你想通过使用静态描写所达到的效果，那你就那么做吧。不然的话，就采用感官描写，就像被一个人物所看到的那样，并且把它和动作、对话、内心独白、内在情感结合起来。第十章将更为详细地解释这一概念。

★ **把情感力量编织进你的描写**

对每个人物来说，你故事世界里的一切都归属于三种基本意义之一：好、坏或中性。对你的人物来说，多数时间你的故事世界的多半东西将会是不好不坏的。因此，先略过描写不提，除非下面情况之一适用：

- 为推动故事向前，你极其必要描写某种东西。
- 你需要设置某个以后会变得重要的东西。

例如，假设在你的人物特拉维斯生活的街角，有一座空房子。特拉维斯每天都步行经过它，赶公交车上班。它对他而言毫无意义，因而是中性的。如果它以后会变得重要，那就要顺便提一下它。要告诉读者它的存在，但不要浪费笔墨来描写它。如果特拉维斯总是需要走到它里面，那就要描写它。

然而，在那座房子的门廊上，特拉维斯的妻子克丽斯塔或许曾吻过她的第一个男友。对克丽斯塔来说，房子前面的玫瑰丛携带着初恋的记忆，是好的。当她漫步经过它时，你也许可以通过她的眼睛来描写，使用一些能唤起爱的词汇。把笔墨集中于描写红玫瑰的芬芳，映在窗户上的和煦、淡淡的阳光，草草刻在门廊旁边的树上、连在一起的心。当你这么做时，你不仅仅是在描写房子，也是在展示克丽斯塔的心灵世界。

特拉维斯和克丽斯塔10岁的儿子杰基也许认为，那座房子闹鬼。鬼魂为了杰基而在那座房子里逗留，因此他害怕在入夜后经过它。对杰基来说，那座房子是坏的。当他在午夜快步经过它时，要通过他的眼睛描述它，使用能激发恐惧的词汇。要展示黑黢黢的窗口盯着街上，就像一个骷髅的眼窝。要听见风哗啦啦地刮过树木，发出恶魔般的威胁。再说一遍，你描写的不仅仅是那座房子，而是在给予你的读者情感冲击。那就是读者阅读的原因。

🎯 要毫不留情地精简你的描写，以便它们能够在你的读者心里制造一种情感反应，但在这么做时，不要止步不前。要向你的读者展示一部电影，利用直接现场的五种元素。要使用实实在在的细节，触动人物的感官。

确定驱动文化群体的因素

你的每个人物都是独一无二的个体,有欲望和需求。第七章将详细论述你如何创造作为个体的、令人痴迷的人物。然而,每个个体都来自一个更大的社群,一个文化群体,拥有共同的历史、语言、科学、技术、宗教、神话、目标,等等。对你的人物来说,所有这些东西都决定了什么是合适的,什么是可能的。我们把这些东西称作文化驱动,因为它们在多方面驱动着你的文化群体。

稍后,在"研究你的故事世界"里,我们将探讨为全面了解你的文化驱动,你所需要做的研究。你应该向你的读者展示多少那种研究呢?答案取决于你正在写的小说的类型。一般来说,历史小说、玄幻小说、科幻小说向读者展示的文化驱动更为全面。其他类型的小说也许展示得较少。你应该尽可能多地向你的读者展示她所期盼的东西。

不要花时间描写文化背景,除非它对你的人物意味着点什么。如果文化驱动对你的某个人物而言很重要(足以影响故事线),那么就一定要向读者讲述文化驱动。正如描写那样,你需要找到一种办法,向你的读者解释它,以便

- 赋予你的读者一种强烈的情感体验。
- 运用动作、对话、内心独白、内在情感、感官描写,推动故事发展。

★ 用直接现场揭示文化驱动

多数文化驱动不容易显现在动作、思想或话语里,因为这样描写它们也许显得不自然。这就为作者制造了一大挑战。不妨思考一下存在于汤姆·克兰西的小说《爱国者游戏》中的一种文化驱动:天主教徒和新教徒在北爱尔兰的冲突。如果某个人对爱尔兰或西方基督教历史一无所

知,你又该如何向它解释这种冲突呢?

你可以用动作来展现它的一部分,就像克兰西所做的那样,让一个强横的恐怖分子攻击伦敦的王室。你很容易就能看出是文化驱动的结果。要解释文化驱动的原因是很难的。为什么有那么多的仇恨?没有什么枪击现场能够解释这一点。要解释这么复杂的东西,你需要话语。这意味着,你要么需要对话,要么需要内心独白。

使用对话的问题在于,人们并不会谈论尽人皆知的东西。爱尔兰天主教徒不会浪费时间,相互背诵他们与新教徒发生冲突的古老原因。

如果要在对话中放入对一种文化驱动的解释,你需要一个不了解这种文化的局外人(或一个孩子),这些人物可以自然地提出你的读者要问的各种问题。如果你无法使用一个局外人或孩子,那你可以用一小段一小段的对话,把信息传达给读者,让读者自行填补其间的空白。

你还拥有另外一个选项:内心独白。但是,这甚至比对话更棘手,因为人们几乎不会花太多时间解释他们自己知道的东西。你也可以向你的读者展示一小段一小段的内心独白,相信你的读者足够聪明,能够把零碎的信息拼凑到一起。

★ 阐述:通过叙事概要解释文化驱动

为什么不使用叙事概要向你的读者解释文化驱动呢?叙事概要是有效的。要解释一种特别复杂的文化驱动,它也许是你唯一的选择。但是,叙事概要往往枯燥。你真的承受不起停下故事,用长达三页的篇幅讲述英国统治下的苏格兰历史,或俄语名词的词形变化,或探戈和波尔卡有着怎样的不同,或物理学家对希格斯玻色子的研究,或佛教禅宗的复杂问题,或天命论在1882年对美国人意味着什么……

如果你使用叙事概要，那么要尽可能地使它既短又有趣，要令人愉悦，巧妙，妙趣横生。要了解叙事概要的详情，可翻到第十章。

结合各种因素，显示文化驱动

如果给予读者一座信息仓库并非描述社会力量的一种选择，那作者又该做什么呢？这就是为什么小说就像一场战斗，并且你需要认真选择你的战场。有没有一种合理的故事理由，来解释一种特定的文化驱动？如果没有，那么就要考虑略过它。

如果你真的拥有一种合理的理由来解释一种文化驱动，那么把所有工具都拿来混合使用，是你的最佳策略。要把动作、对话、内心独白结合起来，向你的读者展示一小段一小段的文化驱动，然后用一小段一小段的叙事概要把它加以巩固，并且在篇幅上要尽可能地短。这是小说艺术的一个重要部分，还从来没人能够完善它。

为冲突选择背景

当改变开始时，你的故事就开始了。这引发了一个问题：究竟是什么的改变？答案是现状的改变。你需要知道现状是什么，把它清晰地传达给你的读者，此外你还要知道，变化为什么正在发生。这里有个关键问题要问：是体系中的什么弱点，使变化现在成为可能，而非上个月或去年？请继续读下去，获取关于创造背景的信息。

★ 界定你的背景

我们使用*背景*这个词，来指标志着你的故事的开端的变化环境。背景有两个部分：

- 现状：事物的本来面貌
- 使事物发生变化的条件成熟的弱点

要创造背景，你拥有大量选项。下面是一些最常见的故事梗概，以及它们的背景。如果你的故事与城市、国家或世界有关，就像表6-2那样，那么背景就必须包括城市、国家或世界的部分历史。

表6-2　与社会变革有关的常见故事背景

梗概	现状	弱点
战争一触即发	和平	国家之间的问题，导致它们断定战争是最佳解决方式：水或石油等自然资源消耗严重？一个国家研发出一种新武器？一方与第三国签署了一纸同盟协议？
战争即将结束	战争	一方已遭到严重削弱，不得不求和。
战争即将抵达拐点	战争	一般是指某种战况，一方可以利用它改变战争态势；一座突然变得易受攻击的桥梁、山口、补给线、兵工厂，成了主要战术目标。
文化变革即将发生	一如既往的生活	使社会易于发生文化变革的几乎所有东西，如新技术，一种外来文化的移入，新思想，甚或一部引发激烈争议的新小说。
一种自然灾害威胁着一个社群或国家	一如既往的生活	只是在面对这种灾害时，社群或国家猝不及防；无论自然灾害是海啸、飓风，还是地震，它都将严重干扰正常生活。

表6-3描述了聚焦个人变化的故事的一些背景。如果你的故事与个人变化有关，那么背景大多为一个或几个人物的背景故事。但是，即使是在这些高度个人化类型的故事里，故事世界依然重要。例如，在一个对殴打妻子零容忍的故事世界里，遭殴打的妻子的故事就不可能发生；在一个认为殴打妻子正常的故事世界里，遭殴打的女人的选择将非常有限。与之相似，更大的故事世界设定了一些指标，人物只能根据它们设定个

人目标。

表格6-3 与个人变化有关的常见故事背景

梗概	现状	弱点
一个人想让他的生活变得更好	"我平庸、无聊或悲惨的生活"	"我再也不能这样活了":一个妻子也许会决定,她再也不能任丈夫殴打;一个酒鬼也许会达到无法自拔的程度;一名工厂工人也许会意识到,他再也无法面对考勤钟,再多一天都不行。
一个人试图完成某种个人目标	"我迄今为止的生活"	"我现在准备完成某种新东西":一名毕业的大学生也许会设置一个获得博士学位的新目标;一个跑步从没超过10千米的人也许会设置一个跑完马拉松的新目标。
一个人决定获得他所缺乏的某种东西	"我那套个人财产"	"我现在知道,如果不拥有这个很棒的东西,我就活不了":无论是一台新电脑、一辆新车,还是失落的约柜,当一个人物决定不得到它决不罢休时,任何读者都想获得两个问题的答案:为什么是这个东西?为什么是现在?
一个人遭受到恶化的威胁	"我安全的生活"	"我没有为进入我的生活的这种可能性做好准备":临时雇佣,某些蛮横的新邻居,或可能突然落在你的人物身上的一场意料之外的离婚。

你要选择人物或文化群体的历史。你要决定什么弱点使变化成为可能。你要决定哪个特殊事件标志着变化的开始。然后,你需要向你的读者详加解释,使用我们此前谈到的展示文化驱动的工具,尤其是对话和叙事概要。在展示一个人的历史时,你还可以使用一种工具:闪回。

★ **确定你的故事问题**

一旦知道你的背景是什么，以及即将发生什么变化，你就必须确定一个故事问题。这几乎总是与你故事中的一个人物有关的问题。这个人物是你的主人公，而故事问题基本上问的都是那个人物会成功，还是会失败。

一个好的故事问题会把你的故事集中到一个事项中，清晰地确定什么是成功，什么是失败。你的故事问题应该是：

- **客观的**：读者（通常）应该知道如何分辨主要人物是否取得成功。
- **简单的**：读者应该能够想象出成功的样子。
- **重要的**：读者必须认为故事问题与人物有关。
- **可实现的**：读者必须相信故事问题会得到肯定的回答。
- **困难的**：读者应该认为，故事问题也可能得到否定的回答。

每部小说都需要一个故事问题。故事问题越好，读者越有可能把书从头读到尾。

著名小说中的故事世界举例

在这一节里，我们将给出几部小说的故事世界的例子，其中包括一部言情小说、一部惊悚小说、一部科幻小说。我们将探讨文化驱动，并展示每个故事世界的背景如何自然而然地引出决定故事基本冲突的故事问题。

★ **《傲慢与偏见》**

《傲慢与偏见》是简·奥斯丁创作于19世纪初的一部言情小说。故事发生于1811年和1812年的英国。小说以朗伯恩的班内特家族为中心，并涉及伦敦和德比郡。小说的自然世界因而非常狭窄，它是世界上的一小片地方，并且没什么特别。

然而，一种文化驱动使小说直到现在仍有吸引力，就像它首次出版时那样。班内特夫妇有五个女儿，但她们都不能继承朗伯恩的班内特庄园，因为它已经被"遗留给"了最亲近的男性亲属，烦人的牧师科林斯先生。作为一位绅士的女儿，班内特家的五个女孩拥有良好的社会地位，但她们没有钱，因而前景黯淡。她们没有工作技能，养活不了自己。她们最大的希望是嫁给富裕且不在乎她们身无分文的男人。在1811年，嫁入豪门不像21世纪那么容易。这种文化驱动，也就是限嗣继承，直接转化成了性别不平等，赋予《傲慢与偏见》一种永恒的吸引力。

当故事开始时，现状是班内特家的五个女孩都没有结婚。现状的弱点在于，两个最年长的女孩，简和丽兹，已到了谈婚论嫁的年龄；如果她们不能迅速找到体面的丈夫，那么她们就有成为老姑娘的危险。她们的母亲决定，把握一切机会嫁掉她们。

故事始于那一地区出现了变化。富裕青年宾格利先生租下了附近的内瑟菲尔德庄园。宾格利年收入5000英镑。如果班内特家的一个女儿嫁给他，那么别的女孩的社会地位就会提高，她们也可能嫁给好人家。女主人公丽兹·班内特在班内特家五个女儿中排行第二。丽兹梦想为爱而结婚，而非为金钱，这使自己的处境变得更加困难。

因此，故事问题是这样的：丽兹能找到一个品行良好、爱她、不嫌弃她穷的男人吗？

★ 《爱国者游戏》

汤姆·克兰西的《爱国者游戏》是一部惊悚小说，出版于1987年，时间设置在20世纪80年代初。故事部分发生在伦敦，部分发生在爱尔兰，部分发生在美国。

这部小说的主要文化驱动是发生在北爱尔兰天主教徒和新教徒之间的长期内部冲突，现状是爱尔兰共和军（IRA）从未攻击过王室，弱点是新派别乌尔斯特解放军（ULA）已经成立，发动起攻击来无所忌惮。乌尔斯特解放军规模不大，秘密，资金充裕，训练有素，武器精良。它的目标包括绑架王室成员，颠覆临时爱尔兰共和军。

故事开始时，乌尔斯特解放军在光天化日之下，于伦敦攻击了查尔斯王子和他的妻子、幼小的孩子。只是由于杰克·莱恩行动迅速，才使乌尔斯特解放军没有得逞。莱恩是海军学院的历史教授，但正在受到美国中情局的青睐，它希望雇用他为分析师。在营救王室后，莱恩一时间在大不列颠成为英雄，但也立即成了悬疑莫测的乌尔斯特解放军的敌人。

故事问题是这样的：杰克·莱恩能否在乌尔斯特解放军对他和他的家人实施报复之前，追捕到他们，并将其绳之以法？

★《安德的游戏》

《安德的游戏》是奥尔松·司各特·卡德创作的一部科幻小说，出版于1985年。故事部分发生在地球上，部分发生在一个名为爱神的小行星上，但主要发生在战斗学校这艘绕着地球运转的大型太空船上。时间则至少是未来一个世纪。

《安德的游戏》里有几个文化群体。地球拥有三个主要的政治领导人：霸王、执政官、将军。多数国家讲一种名为"标准"的语言，但其中有很多国家把自己的语言教给孩子作为第二语言。人们在"网络"上进行热烈的讨论。在国际团结的表象背后，存在着一个丑陋的民族主义，但由于外部入侵的威胁，这些已被暂时搁置起来。

背景很复杂。在故事开始前约80年，一个蚂蚁状的外星智慧物种（"坏蛋")试图入侵地球。人类艰难地击退了第一次入侵。当第二次入侵到来时，似乎大势已去，但非凡的战士梅泽·瑞克汉姆勉强击败了坏蛋。地球现在正紧张地等待着第三次入侵，预料会出现更加可怕的武器。

自第二次入侵以来，人类的技术已经得到发展。人类在发展"安塞波"[①]技术时取得关键突破，使得他们可以和银河系的任何地方进行即时联系。在安塞波技术之前，无线电通信使国际舰队只能以光速发送信息。要穿越浩瀚的银河系，那种速度实在太慢了。安塞波给了人类一个战斗机会，但它并不够，因为坏蛋的数量远超人类。

人类唯一的希望是找到某个梅泽·瑞克汉姆那样的军事天才，来击退坏蛋。国际舰队搜索地球，招来特别有希望的儿童，把它们送上一所绕着地球旋转的战斗学校接受训练。现状是坏蛋随时都有可能到来，但人类没有做好准备。现状中的弱点在于，一个6岁的男孩看上去像是最有可能的候选者。

地球上人口过多，允许生育二胎以上的家庭没几个。安德鲁·维京（绰号安德）就是比较少见的老三。安德显示出非凡的军事前途。他聪明，坚强，在罕见的同情能力和冷酷的残忍间保持着完美的平衡。

《安德的游戏》讲述了安德如何愿意接受一项可怕的训练计划，以便为即将到来的入侵做好准备。安德的培训员认为，下一场战争将以人类或坏蛋的毁灭告终。

故事问题是这样的：安德·维京能否在战斗学校里晋级，及时毕业，拯救他的人民？

[①] 安塞波，一种虚构的超光速共时通信设备。著名科幻作家厄休拉·勒古恩在其1966年创作的小说《劳卡诺恩的世界》(*Rocannon's World*) 中第一次使用了这个词，并解释说该名称来自英语单词 answerable，即"能够回答的"。——编者注

研究你的故事世界

关于世界运作方式的知识让你能活着，吃饭，拥有一份工作，获得一个配偶，成立一个家庭，拥有朋友，举办聚会，欢度假日，旅行，写一份遗嘱，打官司，免受你的敌人的伤害。如果你不知道这些东西如何在你的故事世界里运作，那么当你的人物试图做这些事时，你又该如何描写他们呢？

研究能够提供一些帮助，让你不至于患上那种名为*写作障碍*的可怕疾病。如果你患上这种疾病，那么往往只是因为你对你的故事世界不够了解。研究可以赋予你非常有效的新见解。这些新见解不仅会激励你，最终也可能会激励你的读者。

关于你的故事世界，你有什么需要了解的吗？你需要了解一切！但是，由于获得面面俱到的知识是不可能的，你的研究往往不会完整。实际上，你只需要做足够的研究，满足读者的期待。在这里，我们不打算探讨你该如何做研究，仅仅指出你显而易见的信息源：

- 个人经历（你可以不停地拓展它）
- 其他人
- 书籍
- 网络
- 你在漫长的学习生涯中开发的众多别的来源

在这里，我们主要想告诉你，为了写书，关于你的故事世界你实际上需要研究哪些种类的东西，以及需要做多少研究。

★ **确定你需要知道的你的故事世界的情况**

你也许已经想好了你的故事世界的自然世界、文化群体、背景（见于此前一些章节），也许你仍在尝试找出它们。不管怎样，问自己一些问题可以帮助你达到你所需要的详细程度，从而为读者创造一种时空感。

我们可能永远也给不了你一份完整的清单，但关于你的故事世界，这里有一些你需要研究（或已经知道）的主要课题：

- **地理**：地理是你的故事世界的物理布局，其中包括大陆、大洋、河流、湖泊、山脉，等等。如果你的故事发生在多个星球上，那么你就需要知道每个星球的地理情况。如果你的故事局限于一国、一城或一座房子，那么你可以把你的研究限制于那个地方的地理。

- **气候**：气候是由你的故事世界的长期天气模式决定的。你的地区是否全年阳光灿烂？它是否永久冰封？它一年的降雨量是多少？冬天、春天、夏天、秋天的平均温度是多少？（你居然拥有这四个季节，还是多一些或少一些？例如，你的地区是否有一个雨季和一个旱季？）你的故事世界里雾霾频发吗？雷暴呢？冰雹呢？龙卷风呢？飓风呢？地震呢？

- **文化群体**：居住在你的故事世界里的是什么种族（或其他智慧生物）？它们如何凝聚成氏族、部落、国家、帝国、联邦？它们为什么以这种方式凝聚？导致这些群体相互矛盾的冲突是什么？

- **历史**：你的故事世界里的文化群体保留过去的轨迹有多久？它们保留的是口传历史，还是书面历史？那种历史是怎样的？打过仗吗？有过和平时期吗？如果有和平时期，那是怎样的？标志着故事世界的进步的是什么文化发展？

- **语言**：你的各种文化群体说的是什么语言？这些语言有什么关联？有一些语言分化成各种方言吗？有一些群体说不止一种语言吗？如果说不止一种语言，那么相关的宗教、历史、政治解释是什么？不同的群体是乐于还是很少学习对方的语言？

- **文化**：书中人群的文化世界是什么？他们吃什么，怎么吃，和谁一起吃？他们怎样选择他们的终生伴侣，或他们是否有终生伴侣？他们穿什么？他们什么时候睡觉，或他们睡不睡觉？他们生活在什么类型的家里？

他们寻求什么类型的就业？他们是实业家，还是靠老大哥来保障他们的安全？他们是术业有专攻，还是什么都干一点儿？

他们不工作时，哪种娱乐方式帮他们打发时间？他们究竟有没有业余时间？他们做什么运动？他们创造什么艺术？他们阅读、创作什么文学？保护他们的是什么法律体系？

• **科学和技术**：你的各种文化群体的科学技术水平如何？工程和技术成就呢？一些群体在技术上是否领先于其他群体？它们是否利用这种优势，对其他群体实施军事和经济压迫，并且如果是这样，它们是如何做的？这在故事世界的社会里造成了什么裂痕？

如果你要写的是科幻小说、玄幻小说或历史小说，这些问题只是个开始，你需要进行更深入的研究。另一方面，如果你要遵从众所周知的"写你了解的东西"的建议，你也许会发现，这些问题和你的故事不相干，你根本不需要研究你所熟悉的东西。

★ **知道做多少研究为足**

你的确需要在某个时候停止研究。如果你不停止，那么你永远写不了小说。J. R. R. 托尔金花了数十年时间构建中土，但他终于坐了下来，开始写《霍比特人》和《指环王》。

做多少研究为足呢？你需要知道的东西大概是你在小说中实际使用的100倍。我们无法证明这一点，但我们相信是这样。

如果你的故事世界是你生活于其中的那个平凡的世界，那么你的研究也许多半已经完成。你在那个世界生活了很长时间,足以知道怎样写一部小说,因此你的专注程度也许远超这一最低标准。

如果你对你的故事世界不是十分了解,那你可要忙了。你所需要的研究量在很大程度上取决于你的类别。下面的类别要求的研究量相对较大,其他类别则赋予你很大自由:

- **历史类**:需要指出,历史小说并非一种正式类型。"历史的"这个形容词其实适用于我们在第三章里探讨的所有类型。但是,如果你要写一部别具一格的历史小说,那么你就需要做大量研究。

有一个普遍规则,即如果你能查到某种东西,就不要编造它。但是,如果某种东西你真的不知道,那么用你不带偏见的想象力加以填补也不是不可以。

- **科幻和玄幻类**:科幻和玄幻类小说通常要求一种名为世界构建的专业研究。你需要回答的问题和你研究历史小说时需要回答的问题种类一样,但你不用去图书馆查阅东西,只要把它们从你自己丰富的内在生活里发明出来即可。在这里,主要要求是,你的故事世界应该具有内在一致性。

如果你要写科幻或玄幻小说,你也许会发现,研究地球上的其他文化是很有帮助的。这可以让你了解,即使是在一个星球上,变异的范围也是很大的。这也许可以指导你构想别处貌似真实的文化。

如果你喜爱研究,那么一个令人痛苦的真相是,你对你的故事世界的了解将永远不足以让你感到快乐。你将不断发现一些绝妙的新事物。如果你今年要花时间写一部小说,那么你明年也许会发现某种东西,证明你今年的小说里存在错误。你不得不冒这个险。人生苦短,研究无穷,因此当你做得够多时,就喘口气。此外,"足够"意味着你了解的东西比你写你的小说需要了解的东西多100倍。这对你意味着什么?我们想说的是，当你了解到那种程度时，就可以停了。

无论你要把一个故事设置在你自己的世界，还是某个陌生的世界，请千万记住规则的另一面：不要在一部小说里把你知道的东西全部讲完。（在我们读过的一些小说里，作家决定把他知道的东西全都放进去。在这一点上，请相信我们：你觉得蝙蝠传染病学有趣，你的读者未必这样觉得。）只讲你知道的东西的1%。如果你采纳我们的建议，去了解比你的所需多100倍的东西，那么你就可以再写99本书，不需要再做任何研究。

阐述你的故事世界，卖掉你的书

你迟早需要非常了解你的故事世界，方能为你的故事确定背景。如果你总是需要向代理人或编辑解释你的故事的情况，那么你就需要这个。拿出一张纸，或打开一个文档，回答下面的几个问题。

- **你的故事的自然世界是什么？** 为你故事中的事件设置地理范围。如果你的故事取决于某种自然灾害，要描述它。如果你要写的是玄幻小说，你的故事中包含魔法，要描述它的局限。如果你要写的是科幻小说，你的故事取决于物理或其他科学分支的定律，要解释它如何与我们的平凡世界不同。要把你的回答限定在一两段文字之内。

- **你的故事中的文化群体有哪些？** 描述每个文化群体，解释影响你的故事的主要文化驱动（政治，语言，经济学，历史，法律，社会学，等等）。从这些驱动里面挑最多三四个，解释它们为何重要。

- **在你的故事中，什么使变化成为可能？** 它是一种获得某种东西、做某种事情或成为什么人的欲望吗？它是一种迫在眉睫、需要加以避免的灾难吗？阻止你的故事更早发生的东西是什么？什么东西阻止了它推迟发生？

　　现在为你的故事写一个故事问题。用此前的例子做指导，或以和下面这句话相似的形式，写出你的故事问题："〔主要人物〕能否克服〔故事障碍〕，完成〔故事目标〕？"

　　你也许还不知道你的故事问题，你也许还不够了解你的故事世界，或你也许还不知道你的哪种背景最为重要？但是，你终将知道。如果你不知道这一信息，现在不用担心，一边写一边思考它即可。某一天，也许是在你最不抱希望的时候，问题将迎刃而解。当那种情况发生时，再回到这一页，回答这里的问题。

　　你寻找故事的过程并不重要，你以什么顺序做到这一点也不重要。最为重要的是，你终将拥有一个故事，你可以向代理人或编辑阐述它，并且它将令读者兴奋。确定故事背景和故事问题是谜题的两个方面。

第七章

塑造令人痴迷的人物

在这一章里：

· 分配人物角色

· 思考一个人物的过往

· 想清楚你的人物想要什么，以及他们要去向哪里

· 通过一个人物的视角过滤事件

· 以过去时或现在时叙述

· 帮助你的读者认识你的人物

如果想写真正值得回味的小说，那么你最好以一个令人惊奇、能从书页跳进读者脑海的人物开始。一个好的人物会让人觉得十分真实，拥有过去、现在和未来。在这一章里，我们将考察人物的各个部分，解释每个部分的运作方式。

小说作者会花大把时间，发展、了解他们的主要人物，想象复杂的人生经历，深挖以发现貌似真实的动机。这并非浪费时间！如果你不了解你的人物，那么你的读者也不会了解。

在这一章里，我们将帮助你搞清楚一个人物的过去、现在和可能的未来，指导你向读者展示它们。我们也将帮助你决定如何通过一个人物的感

知过滤你的故事，帮助你决定是人物在讲故事，还是你在替他讲故事。

确定角色：决定谁可以进入你的小说

在为你的小说塑造人物时，你当然会具有原创性。但是，就你的人物如何在你的故事中发挥作用，你可能会遵循某些公认模式。这些模式就是所谓的典型，可以帮助你的读者理解你的故事。不妨看一下小说中的几种常见典型：

- **英雄（主角）**：故事的英雄通常是读者支持的那个人。多数小说都有一个坚强的英雄，虽然他往往不够完美。罗伯特·兰登是丹·布朗的《达芬奇密码》中的英雄。在多数类型的小说中，英雄可以是男性，也可以是女性。人类少女艾拉就是让·阿尤尔的《洞熊家族》系列小说的英雄。

  在言情小说中，主角多是女性。她的爱慕对象通常屈居次席，但无论如何，他也被称作英雄。言情小说家通常把这一对人物称作女主角/男主角。在这一类型的小说中，其他所有人物都是次要的。在《飘》中，斯佳丽和瑞德扮演着男女主角。

- **反派（对立者）**：故事的反派通常是反对英雄的那个人。在大型系列小说中，一个英雄一般有多个反派，每本书都有一个。举个例子，詹姆斯·邦德系列的每个故事中都有一个新反派。然而，也许会有一个幸存下来的反派，他会在将来再次出现。反派也许是主要人物，就像弗里德里克·福赛斯的《豺狼之日》中的豺狼那样。

- **反英雄**：这是一种非传统的主角，缺乏传统英雄拥有的某些美德。阿列克·利马斯，约翰·勒·卡雷的小说《寒风孤谍》中下流的三重间谍，就是一个例子。

- **搭档**：这是英雄的密友，通常拥有可以和英雄互补的品质。华生医生扮演了夏洛克·福尔摩斯的搭档，常常为正义事业贡献他的体力和左轮手枪。在《星际迷航》中，斯波克和麦考伊是柯克船长的双生搭档，加强了柯克的逻辑和情感。

• **导师**：这指的是一位年长、更为聪明的老师。在英雄的成熟之路上，他起到了引导作用。在《星球大战中》，奥比·万·克诺比充当了卢克·斯凯沃克的导师。在《指环王》中，甘道夫是弗罗多的导师。导师的角色是危险的，他们常常意外死去，留下缺乏系统训练的英雄独自摸索。

如果做一点儿研究，那么你就可以发现一些长长的典型清单。典型各种各样，其中包括魔术师、变形者、傻瓜、巫师、恶霸、说书人，等等。这些清单也许可以指引你思考，或者你发现它们非常易于理解，这取决于你自己塑造人物的自然天赋。

把两种典型的特点混合起来，或以一种非传统的方式扮演典型人物，并不罕见。我们不建议你把典型变成程式，但如果典型思考能帮助你塑造生动的人物，那么不妨利用这些有效的想法，看看它们会把你带到哪里。

背景故事：赋予每个人物一些过往

你的人物并非出生在昨天。他有着漫长、复杂的家庭背景，可以回溯到久远的过去。他也有一段早期生活，历经坎坷、灾难，取得过一些胜利，做出过一些决定。你的人物的过去就是所谓的背景故事，并且它很关键。在这一节里，我们将探讨背景故事的重要性，帮助你开始一段人物素描，给你提供一些如何避免程式的提示。

★ **理解背景故事何以重要**

人物的过往决定着你归入故事的是哪类人。不过，过往只是未来的一种不完美的指导。你的人物拥有自由意志，可以选择摆脱他的过往，追求一种新未来。但是，他会成功吗？作为一个小说家，你的目标是要让他貌似有可能摆脱过去，同时又面临不确定性。

在这一小节里，我们将解释背景故事对你来说为何重要，以及它为何对你的读者来说不太重要。

为何背景故事对你来说应该重要

你必须明白你的人物来自哪里，否则你永远不会明白你的人物想要什么，或他为什么那样行事。如果你不明白，那么你的读者也不会明白。

当然了，你不必一下子弄明白人物的背景故事。你也许在开始写作前不知道任何背景故事，这取决于你的创作模式（可阅读第四章关于创作模式的探讨）。但是，无论你何时发展你的背景故事，你最终都必须知道它。

跟着感觉走的作者和一边写一边编辑的作者很少提前琢磨出背景故事。相反，他们就那么动笔，对故事背景所知甚少。他们写的越多，对人物的了解就越多。一点点地，人物逐渐显示出真实的样子：高中毕业舞会后真实发生的情况，七年级不可告人的柜中鸡蛋事件，幼儿园曾被迫吃蜘蛛。到了小说结尾，作者终于理解了他的人物，彻底清楚了他们的背景故事。在这个时候，就应改写整个故事，以适当方式处理那只蜘蛛。

雪花型作者和列提纲型作者喜欢在动笔前把这些背景故事创造完毕。通过思考人物，采访人物，以及写详细的人物素描，他们做到了这一点。

为何背景故事对你的读者来说不太重要

对粗心大意的作者来说，危机暗藏：一旦你知道整个背景故事，你就会忍不住想告诉你的读者。多数作者都不愿意听实话,但老实说,读者之所以读你的小说,是为了读故事,了解目前正在发生的事情,而非背景故事。背景故事是旧新闻。没错,它对当下的情况很重要,但它不是当下。

作为一个小说作者,你的工作是把读者吸引到故事里去,让他最终对你的人物为何那样行事感到好奇。那正是你可以讲一点背景故事的时候。

背景故事就像大蒜:它使事物活跃起来,一点点就能发挥作用。一点一点地挤出背景故事,让读者好奇,想知道更多东西。如果你在书的开头就一股脑地把背景故事讲给读者听,也许就会扼杀故事。我们建议,你对背景故事的了解要比你讲给读者的东西多10倍。

★ 创造人物的背景故事

你随时都可以为你的人物创造背景故事,这取决于你喜爱的创作模式。例如,你已经做好了为一个名叫马库斯的人物发展背景故事的准备。一般来说,你会在你已经考虑一段时间后再做,你对他的情况已经有了一些想法。拿出一张纸,或在你的文字处理软件上打开一个文档,把它命名为"马库斯的背景故事",然后按照下面的步骤做:

1. 描述你的人物。

开始写,要快。这是创造性工作,因此不要浪费时间编辑。你可以明天编辑背景故事,今天把它写出来即可。

马库斯看上去怎么样?写下他的生日,眼睛的颜色,头发的颜色,以及你觉得重要的别的东西。

2. 写出他的出生、童年和少年的情况。

马库斯是在哪里出生的？他的父母是谁？他最初的记忆是什么？他在幼儿园碰到的最糟糕的事情是什么？他在小学最喜爱什么课，最讨厌什么课？为什么？

不要停，径直写下去就行。写写初中的恐惧。马库斯在初中是表现良好，还是勉强及格？他是不是个令人讨厌的人，爱好体育的人，万人迷，无名小卒，粗野的人，或别的什么？他是否约会？如果他约会，那么他的女友是什么样子？是他甩了她，还是她甩了他，又或者他们结婚了？

3. 把他带到成年。

上大学、上技术学校、参军或成年后干的职业……全都写出来，好的事情，坏的事情，尤其是可怕的事情。什么让他遭受精神创伤？他的朋友和家人是谁？他的敌人是谁？把这些东西写在纸上，写得不必优美。马库斯在向你倾吐心声，因此要让他说下去。

4. 采访你的人物。

问问他学到了什么。他怎么看自己的现状？最重要的是，他想让自己的生活出现什么变化？他有想做而不能做的事吗？他想成为他不能成为的人吗？他想拥有他不能拥有的东西吗？你需要知道这些，因为它们决定了马库斯未来的样子。

恭喜！你现在已搞清了马库斯的众多背景故事。你会发现，在继续发展故事时，这些信息特别有用。当然了，这还不算完。你可能还需要在很长一段时间内，不断增补你的背景故事。对你来说，重要的是把它写在纸上，以防丢失。

★ **避免程式**

在一定程度上,背景故事包括确定你的人物属于什么群体。人物需要有性别、民族、种族、政党、宗教,等等。但除非你真的想写一个乏味的东西,否则并非所有人物都要具备所有这些。

这意味着你必须也做一做关于其他群体的功课。例如,男性和女性一般穿着不同,想的东西有异,行为方式不一样,表达方式存在差异。你做的关于性别差异的研究越多,你就会发现它们越令人痴迷。同样地,你研究人物的民族、种族、政治、宗教等因素越多,你就会发现它们和自己的差异越多。当然了,你一定想在你的人物中突出这些差异,以证明你做了许多研究。

你也许想塑造一个在各方面都属于他所在群体的"典型"的人物。但是,如果你真这么做了,就会有人指责你制造了一种程式:平均身高、平均体重、平均智力,他有着最常见的眼睛颜色、头发颜色、性格类型。他的所思所想和他的群体的其他人一样,拥有一切常见的优点和缺点。实际上,你的人物只是他的群体的平均水平。

这该有多无趣呢?极其无趣。这有多大可能呢?根本不可能。是个数学家都能告诉你,一个在各方面都"平均"或"典型"的人极其罕见。每个群体都有变异,每个个体都在这个或那个方面有异于标准。但是,你也真的不能让你的人物在每个方面都有异于标准。如果是这样,那么有人就会指责你没有做功课,或不理解其他群体。该怎么办呢?

要让你的人物在多数方面做到"大体典型",在个别方面"有异于他的群体"。他越不寻常,就越需要更多的认知来展示,他其实有点儿反常。在你的小说里,一个人物对自己的差异的感受也许会发挥关键作用。

假定你是个女性，要塑造一个男性人物。要把他塑造成一个基本遵循标准的人，但要让他比大多数男性更有艺术范儿，比一般男性在情感上更敏感，身高达一米九。最后，要确保他清楚自己有多么不同，让读者知道你是知道的。你的人物也许对自己的艺术范儿有些不好意思，对过于情绪化很不好意思，并对自己的身高感到相当骄傲。就算他不感到难为情，重要的是他知道自己不同，这样你的读者才不会受到误导，认为你不知道标准是什么。

动机：面向人物的未来

人物拥有过去，但更重要的是，他面向未来。你的人物要去或想去某个地方。但是，未来是不确定的。没人知道他明天会做什么，你只能知道他明天打算做什么。那是人们在谈论人物的动机时，大体上所指的东西。

*动机*这个词出现在很多关于如何写小说的书中。它是个含糊不清的词，对不同的作家意味着不同的东西。我们认为它是个不错的词，但我们不打算囿于别人对它的定义。我们认为它涵盖了大多数共同意义。一个人物的动机是由三个基本部分组成的：

- **价值观**：人物最坚定地相信为真的东西。
- **抱负**：人物在生活中所需的那个抽象的东西。
- **故事目标**：人物认为会使他实现抱负的那个具体的东西。

在获悉你人物的价值观、抱负、故事目标时，你可以给予他可信的行动理由，因为你总是知道她的动机。要塑造一个富有感染力、引人入胜的人物，拥有这些东西就够了。

★ 价值观：人物的核心真相

每个人都认为某些真相是不言自明的。希腊大数学家欧几里得从为数不多的几个假设中推导出整个几何学。他认为这些假设太明显，不需要证明（尽管他的一个假设是错的）。在起草《独立宣言》时，托马斯·杰斐逊认为"生命、自由、对幸福的追求"是所有人的共同权利（尽管杰斐逊本人拥有奴隶），这一点不言自明。如果你想把你最好的朋友逼疯，不妨问一问他什么使生活值得过。无论他回答的是什么，都要不停地问，"那为什么使生活值得过？你是怎么知道的？"到最后，你会把他追到角落，他会怒气冲冲地对你说："它就该这样。这显而易见，我犯不着解释它。"所有这些都是我们说的*价值观*。

价值观是核心真相，是某种对你的人物来说"显然是真实的"东西。价值观不需要解释，不需要证明，不需要理由。真相之所以为真，是因为它为真，是因为它为真。

价值观并不非得对别人明显为真。一个人物在践行他的价值观时也许前后不一，并且价值观其实可能是不正确的。

要让人物的价值观可信

一种特殊的核心真相是对下述问题的回答："对你来说，在这个世界上，什么是最重要的东西？"问100个人这个问题，你可能会得到至少20种回答：钱，自由，安全，友谊，家庭，上帝，健康，自尊，诚信，荣誉，学术诚信，信仰，乐趣，美，等等。这个清单可以列很长。

人们珍视这些东西是很常见的。请注意，我们对*价值观*的定义超出了人们仅仅认为重要的东西：我们把价值观定义为人们相信为真的东西。因此，如果某人珍视金钱，那么他的核心真相价值观就是这样的陈述：

"在我的生活中，钱是一种非常重要的东西。"

你可以任意为你的人物选择价值观。如果你的人物无法就他的价值观给出一个理由，那也没关系。实际上，如果他能，那么你可能还没发现他真正的价值观，你需要让他藏得更深一些。

要确保你能够解释人物的理由，即使他不能。在人物的世界里，你是神，你要知道他不知道或不可能知道的东西。什么遗传特征、早期经历或文化影响使他拥有了他的价值观？一旦你获知了这个，那么你就会知道，要让这种价值观可信，你究竟需要些什么。

你不必让你的读者相信，人物的价值观是显而易见的、真实的，或始终如一的。你只需让读者相信，人物认为自己的价值观是显而易见、真实、始终如一的。如果人物因为文化驱动、自身利益或遗传倾向而盲目，你的读者也会理解这一点的。

力求不一致：为什么价值观应该相互抵触

你的人物应该拥有不止一种价值观。每个人物最好拥有两三种价值观，并且它们应该相互矛盾。为什么？因为那意味着，你的人物的核心是一种他永远无法克服的内在冲突。小说里有冲突才好，内在冲突造就优秀的小说。内在冲突总是源自相互抵触的价值观。

举个例子，假设达斯·瓦德尔（《星球大战》中的重要人物）拥有这样一种价值观："没有什么比权力更重要。"如果这是他唯一的价值观，那么他就是个纯粹的坏蛋，既不特别深刻，也不有趣。现在假设瓦德尔采纳了第二种价值观："没有什么比我儿子更重要。"这就有了矛盾。权力和他儿子在他的生活中都最重要不可能为真。在某种情况下，瓦德尔将不得不在这两种价值观之间进行选择。当这种情况发生时，他就成了一个有趣得多的人物；他的故事的深度也增加了，因为他再也不可预知。在事态严重时，他有可能走另外一条路。

人物的价值观越矛盾时，他就越有趣。当你的人物非常一致时，他也非常可预知。但是，要在他心里打一个结，看他如何挣扎。

★ 抱负：要抽象

有价值观是好的，但还不够。追求不同故事世界的欲望从人物的价值观里涌出。你的人物渴求变化。如果你问他，他想要什么，他有可能给你一个触及他最深刻渴望的抽象回答。

问一个美国小姐的竞争者，她最想要什么，她会始终如一地回答说，"世界和平"。这是个奇妙的目标，但它是模糊的。世界和平究竟是什么样子？那是个问题，不是吗？试图定义世界和平真是比登天还难。它需要思想的精确，需要对局势有认真的把握，需要用好多话来表达。如果你试图把世界和平具体化，那么一句话是说不完的。在你问美国小姐这个问题时，她之所以模糊回答，原因就在这里。为了说得简洁，她必须说得抽象。不要嘲笑她。处在她的位置，你也好不到哪儿去。

世界和平是抽象的，因为你既无法看到它、听到它，也无法感觉到它。它是一种想法，模模糊糊，不清不楚。这是我们称作抱负的一个例子。你的人物在生活中需要有抱负。抱负是一种抽象的东西，但你的人物非常需要它。

抱负必须源自人物的价值观。价值观限定了选择抱负的理由。举个例子，如果主要人物的价值观是"金钱在我的生活中是最重要的东西"，那么他的抱负也许就是"我想富得流油"。这种抱负完全符合这种价值观。

> 一个人物可以拥有多种相互矛盾的价值观，但他应该只有一种抱负。你的故事需要有中心点，通过限制人物只拥有一种抱负，你可以实现这个中心点。

需要注意的是，两个人物也许会拥有同样的抱负，但价值观却有着天壤之别。举个例子，也许还有一个人物的抱负也是"我想富得流油"，但它却源自"帮助穷人是世界上最重要的事情"这样一种价值观。这个人物想致富，并把财富全都送给忍饥挨饿的大众。

★ 故事目标：故事的终极驱动

知道人物的抱负很重要，但这还不足以编一个故事。美国小姐说的世界和平是什么意思？要实现它需要什么？在你对这些问题作出简单、清晰、具体的回答之前，你只会拥有一种模糊的渴望。我们把具体的回答称作故事目标。这是一个我们自造的词，因为手头真的没有一个合适的词。

*故事目标*是对"你究竟想怎样实现你的抱负"这一问题的回答。你的主要人物的故事目标驱动你的故事。一旦你的主要人物有了故事目标，你也就有了故事。

不妨思考一下 J. R. R. 托尔金的《指环王》中的主要人物弗罗多·巴金斯。弗罗多是个霍比特人，住在夏尔，拥有一个魔环。在故事的初期，他从巫师甘道夫那里获知，这个权力之环是黑魔王索伦在远古制造的，包含着索伦的很多邪恶力量，因此它使所有拥有过它的人都堕落了。如果索伦重新得到这个指环，那么他的威力将足以永远统治中土。弗罗多

（就像美国小姐那样）希望世界和平。这就是他的抱负。对他来说，他只有把指环投入摩多土地上的末日裂隙，世界和平才会到来。这是《指环王》的故事目标，它推动故事行进了数百页。

构成优秀故事目标的是什么

故事目标应该拥有这些特性：

- **客观**：读者应该知道如何分辨人物是否实现了故事目标。
- **简单**：读者应该能够描述出成功是什么样子。
- **重要**：读者必须相信故事目标很重要。
- **可实现**：读者应该相信，人物有机会实现他的故事目标。
- **困难**：读者应该相信，人物可能会失败。

在第六章里，我们讨论了故事问题的重要性，它也拥有我们在这里列出的特性。这是因为，故事问题就是在问，"核心人物会实现他的故事目标吗？"

为什么每个人物都需要故事目标

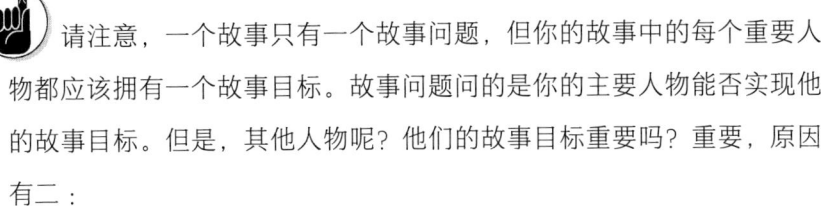

请注意，一个故事只有一个故事问题，但你的故事中的每个重要人物都应该拥有一个故事目标。故事问题问的是你的主要人物能否实现他的故事目标。但是，其他人物呢？他们的故事目标重要吗？重要，原因有二：

- **其他人物的故事目标往往阻挠主要人物的故事目标**。这挺好的，是你的故事有冲突的原因。
- **每一个故事目标都界定着故事的一个独立线索**。当你拥有几个主要人物时，其中的每一个都有其自身的故事目标，从而使你拥有一个丰富多彩的故事。

你的每个人物都认为，他或她是故事的主要人物。你也许把其中一个标为英雄，另一个标为坏蛋，第三个标为搭档，第四个标为导师，第五个标为傻瓜。但是，他们五个人都认为他们是主角，都拥有各自的故事目标，都发现他人要么有用、要么有害。这是塑造有深度的人物的秘密：没有一个人物会认为自己是可有可无的。

★ **确定人物的动机**

发展人物的动机是个艰难、麻烦、具有创造性的工作。你可以自由决定完成顺序，不必先界定人物的价值观，再设置抱负，其次确定故事目标。你可以在写初稿前就想出每个人物的动机，也可以边写边想。但是，这个工作非做不可，否则你的读者会抱怨你的人物平面、乏味。（平面人物指的是缺乏深度、可以预见的人物。）

视角（POV）：从人物的角度看问题

你的故事多半与人物的过去或未来无关，而与正在发生的事情有关。要展示一个正在采取行动的人物，你需要使用一种视角，即一个镜头，通过它，把你的人物的世界（和故事）展示给读者。

你对视角的选择与你对叙事人（那个讲故事的人）的选择关系密切。就多数视角而言，叙事人基本上是不具名的作者，但也有可能是故事中的一个人物（如果你用第一人称写作的话）。

多数视角要求你为每个场景选择一个中心人物，一个你想让读者在场景中认同的人物。这个中心人物一般被称作视点人物。

深入:研究人物的心理

塑造动人的人物是个无底洞,因为你总是可以更加深入。在这一章里,我们从一个务实的小说家的角度审视了一些问题。然而,你也许会断定,你想对心理学有更深入的了解。如果你这么做了,那真是太好了!这可能是一个你永远完成不了的任务,但开始行动依然是值得的。

研究心理学你有很多选项,但都不需要你回到学校。不妨从审视你自己的内心开始吧。什么使你采取了行动?你为什么要做你正在做的事情?你自己的价值观、抱负、人生目标是什么?什么可以解释你的价值观?你也许甚至想和顾问、心理学家、心理医生探讨你自己的人格问题。(如果有人问你在哪里获得了心理学见识,告诉他们你不过是做了点功课。)

如果你喜欢不太需要实际操作的方法,那么你可以找一些心理学书籍,学术性和普及性的书籍都行。虽然心理学是一门科学,但该领域也出现了大量冒充心理学的伪科学。但是,就连最古怪的伪心理学理论也有可能使你对你的人物产生一些认识。做一些书本研究至少可以帮助你避免犯错,如你也许会说你的人物患有精神分裂症,而你实际上想表达的意思却是,他患有多重人格障碍。

你也许属于直觉类型的人,喜欢通过观察了解人们的所有情况。果真如此,那么你的同道中人为数不少。很多小说家一直在做的就是这个。但是,如果你深入研究人类心理学,那么你不仅会丰富自我,也会丰富你的故事。只要记住浮上来多透透气,多花点时间写部小说就可以了。

多年来，小说作者已经选用了一系列视角策略。关于这些策略，我们将在表7-1中加以描述。我们最先列出的两种策略最为常见：每个场景只选择一个视点人物，并且在整个场景中坚持使用这个人物。但是，有些视角选择会使你每个场景有不止一个视点人物，并且还可能完全没有视点人物：你无法进入任何人物的视角。

表7-1 视角选项

视角	描述	每个场景的视点人物	叙事人
第一人称	从视点人物的头脑里写，使用代词我	一个	故事中的一个人物
第三人称	从视点人物的视角里写，使用代词他或她	一个	作者
客观的第三人称	从一个中心人物的视角的外面写，使用代词他或她	没有：你永远进入不了任何人物的视角	作者
视角跳跃	从同一场景的多个人物的视角里面写，使用代词他或她	多个	作者
全知	从多个人物视角的里面或外面写，或从一个神一样的、知道人物们都不知道的事情的视角写	多个	作者
第二人称	从视点人物的视角里写，使用代词你	一个	作者

除非你有极具说服力的理由不这么做，否则我们建议你每个场景只选择一个视点人物，并在整个场景中坚持使用这个人物。你作为小说家的目标是给予你的读者一种强烈的情感体验。人们发现，一次只强烈认

同一个人物最为容易。在每个场景中,你都使读者看视点人物看的东西,听他听的声音,嗅他嗅的气味,品味他品味的食物,做他做的事情,感受他感受的感受。

在这一节里,你将依次审视这些策略,看看它们有什么优势和劣势。

★ **第一人称视角**

在你以第一人称视角写一个场景时,你使视点人物成了故事的叙述者。这拥有简单、自然、亲密的优势,深入人物内心变得容易。如果人物当时拥有一种强烈的情感体验,读者也很有可能拥有它。

信任问题:不可靠的叙事人

第一人称叙事人可以*不可靠*。这有可能意味着,叙事人自我欺骗、愚蠢、无知、被误导、撒谎,甚至精神错乱。就第一人称小说的叙事人多少不可靠而言,马克·吐温的《哈克贝利·费恩历险记》是一个不错的例子。在小说中,年轻的哈克准确地讲述了他的故事,但他经常误解发生的情况,或被他浸润其中的种族主义文化蒙蔽。哈克·费恩显然和吐温有着不同的价值观。

使用不可靠的叙事人可以增加讲述故事的人物的深度,但这么做的确需要技巧。如果你使用不可靠的叙事人,在故事开头做一些暗示,那么读者就会懂得多少有些怀疑地对待人物对事件的描述,或至少觉得某些东西不靠谱。在整部小说里,可在对话和动作中增加某些线索,帮助证实或否认叙事人讲述的东西。这样你就会让读者多少了解一点实际情况,确保故事中的不一致看上去更像人物特点,而非错误。

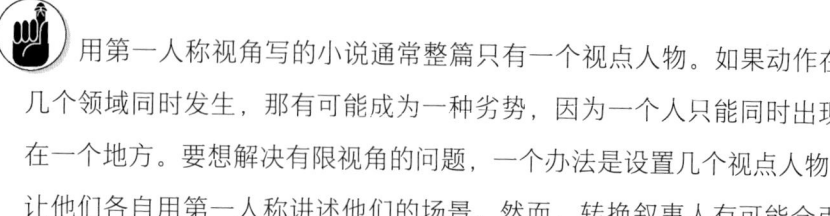用第一人称视角写的小说通常整篇只有一个视点人物。如果动作在几个领域同时发生,那有可能成为一种劣势,因为一个人只能同时出现在一个地方。要想解决有限视角的问题,一个办法是设置几个视点人物,让他们各自用第一人称讲述他们的场景。然而,转换叙事人有可能会引发一些混乱。因此,如果你这么做,那么就要在每个场景一开始就清晰地表明我是谁。

不妨看个例子。这个例子来自阿瑟·柯南·道尔爵士创作的夏洛克·福尔摩斯小说《血字的研究》。在故事里,福尔摩斯和他的朋友华生医生被请求帮助两个资历平平的苏格兰场探员格雷格森、雷斯垂德,调查一起凶杀案。下面是一小段场景,用第一人称写的,华生是视点人物:

我仍对他的洞察力之敏捷颇具信心,毫不怀疑他能发现大量我发现不了的东西。

一个男人在那座房子的门口迎接了我们。他高个子,白脸庞,亚麻色头发,手里拿着一个笔记本。他冲上前来,激动地抓住我的伙伴的手。"你能来真太好了,"他说,"我什么都没动。"

"除了那个!"我的朋友一边回答,一边指着小径。"就算一群水牛曾经经过,也不可能搞得那么乱七八糟。然而,在你允许出现这种情况之前,你肯定得出了你自己的结论,格雷格森。"

"我在房子里要干的事儿太多了,"侦探闪烁其词地说。"我的同事雷斯垂德先生在这儿。我曾经依靠他照看这个。"

福尔摩斯瞟了我一眼,讽刺地抬起眉毛。"有你自己和雷斯垂德这样两个人在场,就不太需要一个第三方找出真相了。"他说。

戴安娜·加瓦尔东的《异乡人》是用第一人称视角写的,有一个可靠的叙事人。奥黛丽·尼芬格的《时间旅行者的妻子》使用了两个第一人称叙事人,每个场景开始时都明确标明视点人物的名字。威尔伯·史密斯的《河神》是用第一人称写的，使用了一个大体可靠的叙事人。马克·哈登的《深夜小狗神秘事件》用一个患自闭症的男孩充当叙事人。这个男孩多少有些不可靠，因为他没有能力理解社交暗示。

★ 第三人称视角

当你用第三人称视角写一个场景时，你直呼视点人物的名字，使用第三人称代词*他*或*她*。这是现代小说里最常见的视角，具有简单、自然的优势。只要稍加努力，像使用第一人称视角那样深入视点人物的头脑并不难，因为你可以触及视点人物的所有思想和感受。

下面是我们用第三人称重写的阿瑟·柯南·道尔爵士的原场景：

华生仍对福尔摩斯的洞察力之敏捷颇具信心，毫不怀疑福尔摩斯能发现大量他发现不了的东西。

一个男人在那座房子的门口迎接了他们。他高个子，白脸庞，亚麻色头发，手里拿着一个笔记本。他冲上前来，激动地抓住福尔摩斯的手。"你能来真太好了，"他说，"我什么都没动。"

"除了那个！"福尔摩斯一边回答，一边指着小径。"就算一群水牛曾经经过，也不可能搞得那么乱七八糟。然而，在你允许出现这种情况之前，你肯定得出了你自己的结论，格雷格森。"

"我在房子里要干的事儿太多了，"侦探闪烁其词地说。"我的同事雷斯垂德先生在这儿。我曾经依靠他照看这个。"

福尔摩斯瞟了华生一眼，讽刺地抬起眉毛。"有你自己和雷斯垂德这样两个人在场，就不太需要一个第三方找出真相了。"他说。

不妨把这一版本的第一段和此前用第一人称写的版本的第一段做个比较。注意要区分两个人有多么麻烦。我们不得不使用*福尔摩斯*两次，而非在第二次使用代词*他*。不然的话，这个例子和第一人称视角的情况就没多大区别了。

★ 客观的第三人称视角

当你以客观的第三人称视角写一个场景时，你根本没有进入人物的头脑，因此你无法使用内心独白或内在情感。这就好像你正在用一个对准焦点人物的摄像机展示故事。这具有使你的故事强烈视觉化的优势，但它的劣势是，思想和情感真的无法轻易从身体语言和面部表情里被推导出来。

在客观的第三人称视角里，根本没有视点人物（因为我们把视点人物定义为你可以进入其视角的人物）。作为替代，你拥有一个焦点人物，你把你的摄像机对准了它。如果你想给你的小说一种电影般的感受，那么这就是办法之一，但要提醒你的是，这么做很难，也许不适合初学者。

下面是我们用客观的第三人称视角重写的夏洛克段落：

一个男人在那座房子的门口迎接了他们。他高个子、白脸庞、亚麻色头发，手里拿着一个笔记本。他冲上前来，激动地抓住福尔摩斯的手。"你能来真太好了，"他说，"我什么都没动。"

"除了那个！"福尔摩斯一边回答，一边指着小径。"就算一群水牛曾经经过，也不可能搞得那么乱七八糟。然而，在你允许出现这种情况之前，你肯定得出了你自己的结论，格雷格森。"

"我在房子里要干的事儿太多了，"侦探说。"我的同事雷斯垂德先生在这儿。我曾经依靠他照看这个。"

福尔摩斯瞟了华生一眼，抬起眉毛。"有你自己和雷斯垂德这样两个人在场，就不太需要一个第三方找出真相了。"他说。

我们不得不删去原来的第一段。在使用这种视角时，你无法如实向读者展示人物的思想和内心感受：这就是这种视角的定义。当然了，你可以在人物的外面，使用身体语言、面部表情、语调，以及演员用来在屏幕上传达思想和感受的其他暗示，向读者暗示人物的思想和感受，但这需要高超的技艺。

在以客观的第三人称视角创作时，你有可能禁不住诱惑，让人物以听起来很虚假的方式，用言语表达他们的思想和情感。不要欺骗。以这种视角写好小说需要一种可靠的技巧，如果你没有那种技巧，那么你也许最好使用普通的第三人称视角。

★ 跳跃视角

有些作者使用了一种独特的第三人称视角，可以进入同一场景中的多个人物的视角。它的好处在于，读者可以知道每个人物在想什么。然而，读者再也无法强烈认同任何人物，因此多数小说导师都不鼓励作者采用这种策略。

要想给予读者一种强烈的情感体验，最容易的方式是让他相信，他就是其中一个人物之一。那意味着只能选择一位人物。

不妨看一下用草率的跳跃视角写的福尔摩斯片段：

华生仍对福尔摩斯的洞察力之敏捷颇具信心，毫不怀疑福尔摩斯能发现大量他发现不了的东西。

一个男人在那座房子的门口迎接了他们。他高个子，白脸庞，亚麻色头发，手里拿着一个笔记本。他冲上前来，激动地抓住福尔摩斯的手。"你能来真太好了，"他说，"我什么都没动。"

"除了那个！"福尔摩斯一边回答，一边指着小径。"就算一群水牛曾经经过，也不可能搞得那么乱七八糟。然而，在你允许出现这种情况之前，你肯定得出了你自己的结论，格雷格森。"

"我在房子里要干的事儿太多了，"格雷格森说，对再次让福尔摩斯失望感到难堪。"我的同事雷斯垂德先生在这儿。我曾经依靠他照看这个。"

福尔摩斯瞟了华生一眼，讽刺地抬起眉毛，想知道格雷格森把他当成了哪种傻瓜。"有你自己和雷斯垂德这样两个人在场，就不太需要一个第三方找出真相了。"他说。

我们在第四段和第五段里插入了内心独白，使读者听到了格雷格森和福尔摩斯的想法。需要注意的是，这么做等于把读者拉出了华生的视角，实际上没有给故事增添任何东西。如果你禁不住诱惑，在视角之间跳跃，那么就要自问为什么这么做。你真的愿意削弱读者一路积累的强烈情感体验，以便更多地解释人物的思想？

正如我们此前指出的那样，很多写作导师都强烈反对跳跃视角。然而，许多畅销的小说都是随意在视角之间跳跃。尽管有大量视角跳跃，但玛格丽特·米切尔的《飘》的销路还不太坏。

★ **全知视角**

使用全知视角的作者知道一切，而且想把一切告诉读者。全知视角的优势是作者可以确保读者不会错过任何重点，劣势是把情况弄清楚这一阅读小说的乐趣也丧失了。虽然一些19世纪小说家广泛使用全知视角，但今天的多数小说导师认为全知视角是一种严重的冒犯。

事实上，尽管用好全知视角很难，但却是可行的，并且这一视角可以让你把你的故事画在一块非常宽广的画布上。如果你打算使用这一视角，要确保你了解自己的水平，因为做坏它比做好它要容易得多。

下面是我们重写的《血字的研究》的片段，其中插入了一些相当糟糕的全知视角描述：

华生仍对福尔摩斯的洞察力之敏捷颇具信心，毫不怀疑福尔摩斯能发现大量他发现不了的东西。假如他知道福尔摩斯已经从道路上的车辙推导出多少东西，他甚至会更加感到惊奇。

一个男人在那座房子的门口迎接了他们。他高个子，白脸庞，亚麻色头发，手里拿着一个笔记本。他冲上前来，激动地抓住福尔摩斯的手。"你能来真太好了，"他说，"我什么都没动。"这并非完全是真话，但华生很快就会发现这一点。

"除了那个！"福尔摩斯一边回答，一边指着小径。"就算一群水牛曾经经过，也不可能搞得那么乱七八糟。然而，在你允许出现这种情况之前，你肯定得出了你自己的结论，格雷格森。"福尔摩斯经常喜欢拿格雷格森开涮，不过他认为格雷格森是苏格兰场最称职的人。

"我在房子里要干的事儿太多了，"格雷格森说，像往常那样喜欢夸大其词。如果说格雷格森有弱点的话，那就是他的自负。这是他从他祖父那里继承来的。"我的同事雷斯垂德先生在这儿。我曾经依靠他照看这个。"

福尔摩斯瞟了华生一眼，讽刺地抬起眉毛，想知道格雷格森把他当成了哪种傻瓜。"有你自己和雷斯垂德这样两个人在场，就不太需要一个第三方找出真相了。"他说。福尔摩斯认为这点儿幽默会让格雷格森和雷斯垂德难以理解，但他没有意识到，他们实际上非常清楚他是什么意思。

当然了，我们试图写得糟糕一些，但我们不必过于用力。当你以全知视角写作时，你也许会发现自己不由自主地想增添一点儿东西，正如我们在上面的每一段中所做的那样。看看我们是怎样侵入故事、减少紧张气氛的吧。如果你受到诱惑，想以全知视角创作，那么不妨以正常的第三人称重写你的段落，看看它是否比原来的段落更好。

现代作家几乎没有以全知视角创作的，但马里奥·普佐的《教父》在多个场景中有效使用了它。

★ 第二人称视角

罕有作者成功地用第二人称视角写故事。当你选择这一视角时，你是在用代词*你*代替人物的名字来讲故事。这具有非常个性化的优势，但也有一个主要劣势：读者也许会妨碍视点人物的某些动作。如果读者总是说，"我不会那么做"，那么他就不会读那个场景。

这种视角有一个非常罕见的变体，即使用命令式语气。你可以用这种语气告诉读者应该做什么。

下面还是夏洛克的场景，其中你是华生：

你仍对福尔摩斯的洞察力之敏捷颇具信心，毫不怀疑福尔摩斯能发现大量你发现不了的东西。

一个男人在那座房子的门口迎接了你和福尔摩斯。他高个子，白脸庞，亚麻色头发，手里拿着一个笔记本。他冲上前来，激动地抓住你的伙伴的手。"你能来真太好了，"他说，"我什么都没动。"

"除了那个！"你的朋友一边回答，一边指着小径。"就算一群水牛曾经经过，也不可能搞得那么乱七八糟。然而，在你允许出现这种情况之前，你肯定得出了你自己的结论，格雷格森。"

"我在房子里要干的事儿太多了，"侦探闪烁其词地说。"我的同事雷斯垂德先生在这儿。我曾经依靠他照看这个。"

福尔摩斯瞟了你一眼，讽刺地抬起眉毛。"有你自己和雷斯垂德这样两个人在场，就不太需要一个第三方找出真相了。"他说。

 第二人称视角可以用，但你最好非常擅长它。你需要能够在每个点上都说服读者，让他相信视点人物的行动其实正是自己会做的事情。这种视角或许很容易让读者感到厌倦，对你的持续重复会变得不新鲜。

向读者揭示你的人物

使用我们在这一章中概述的方法塑造人物还比较容易，难的是一边推动故事向前，一边向你的读者揭示你的人物。你一定不想中途停下故事，用几页篇幅解释一个人物的动机或背景故事。是的，你可以使用背景概要来解释这些东西，但你往往会向读者揭示你的人物是谁，而非把人物的情况直接告诉读者。

那么，你该怎样向你的读者揭示你的人物呢？你拥有几样重要工具：动作，对话，内心独白，内在情感，描写，闪回。我们将在第十章里详细探讨这些工具，但现在有必要提及几种揭示人物的方式。我们每种方式都会举个小例子。

• **对话**：你可以通过一个人物说的话发现许多情况。多数人真的太喜欢聊自己，你的人物也不例外。当然了，人物有可能撒谎，但即使谎言也能告诉你他想怎么被人理解，而这将使你获知他的一些情况。仅仅从他说话的方式，如他的腔调、语速、措辞、语法错误、对逻辑的使用或误用、对其他人物的判断，你也可以摸清大量情况。所有这些都给予读者提示，让他们喜欢或不喜欢人物，信任或不信任他，尊敬他、害怕他或蔑视他。不妨看看下面的例子，看看你可以从对话中发现什么。在读过这场对话后，你怎么看叙事人和他的老板？

"去招待一下他们。"施里弗一边说，一边指着那对在停车场穿行、查看贴纸的夫妇。

"我这就去。"我从椅子上跃起，冲我的老板眨了眨眼。"不留活口，是吧？"

施里弗一边咕哝,一边用手指着。"去吧,去吧,去!"

我照了照镜子,整了整领带。"在我动手之前,他们会认为我是拯救大众的耶稣。"

- **动作**:动作勇敢的人物和动作懦弱的人物是不同的。没错,人物的动作可能具有欺骗性,但即使如此,他的动作和身体语言也能暗示他是否愉快、悲伤、愤怒、激动、气馁、害怕、无聊或觉得好笑。就他的想法、对其他人物的感受而言,动作也可以透露很多信息。

在揭示人物上,"动作胜于言辞"这句古老格言尤其真实。当人物做一套说一套时,读者总是相信他的行动。

阅读下面的例子,看看动作向你展示了什么。你认为客户有可能买点儿什么吗?

我走到外面,来到七月灿烂的阳光下,一边大步朝那对夫妇走去,一边打量他们。那个男人在踢我们亏本出售的车型的轮胎。我没和你开玩笑,他真的在踢轮胎。那个女人一边用手指紧紧攥着她挎在身旁的提包,一边眯着眼看贴纸。她的嘴细得就像一条线。要想给她抹口红,你可能需要一支刀尖般的笔。

- **描写**:人物看东西的方式就像一扇窗,可以让你窥见他如何认识自我。如果他是个精英,那么他毫无瑕疵的穿着风格会马上告诉你,他来自上流社会。如果他是个心不在焉的知识分子,你可以通过他恍惚的眼神发现这一点,即使他的头发根本不像爱因斯坦那样乱糟糟。如果他是个古怪的独行侠,你也会看出来,即使他把他的口袋护套留在了家里。在下面这个例子里,关于这对夫妇的家庭状况,对人物的描写告诉你什么?

"嗨!"我一边说,一边走近他们。"天气不错,是吧?我可以为你们二位做些什么?"

那个男人看着我，又好像没看我。他视线上移，几乎要和我的视线相交，然后闪了一下，躲开了。我拿不准他今天刮脸了没有。我们握手时，他的手硬邦邦、滑溜溜的，结着老茧。他的妻子躲到了他身后。她的眼睛流露出丧家犬一般的空洞、饥饿的眼神。她细长、齐肩的头发垂在一条裙子上。那条裙子像个土豆袋，倒是蛮合身的。

- **内心独白**：如果你知道人物在想什么，那么你就可以直接进入他的内心。正如对话那样，通过他表达自己内在想法的方式，你甚至能发现更多东西。他对词语的选择、语法、逻辑、对其他人物所做的价值判断，都可以告诉你他究竟是怎样的人，即使他自己并不清楚这一点。以内心独白为基础，你认为下面的叙事人是否像他听起来那样热心？

"我们能试驾一下这辆吗？"那个男人把头转向一辆灰白的菲亚特。施里弗把它称作意大利在交通上做的疯狂尝试。

"当然了，先生，我只需要你的驾照，然后我们就可以把它开上路。"如果我能做成这单生意，那么我也就能挣18美元左右。施里弗会把袜子都笑掉。

- **内在情感**：不同的人物拥有不同的情感范围。一些人常常对一切都反应过度，仿佛他们的情感反应电路设置了最大挡。还有一些人对一切都坦然应对，即使天真的塌下来也不退缩。你的人物的情感反应方式可以告诉读者很多东西。在下面这个例子里，通过叙事人的内在情感，你能得到他的什么新信息？

"莫莉，把我的钱包给我。"那个男人转向她。

她翻起了她的提包，刚开始慢，然后变得疯狂起来。"弗兰基，它不在……"

他反手就是一巴掌，重重地打在她的右脸颊上。"愚蠢的小贱人！"

我不由得怒火中烧。我突然什么都听不见了，只有一万只大黄蜂在我的脑袋里嗡嗡作响。

- **闪回**：我们建议你谨慎一些，不要过度使用闪回。然而，它有可能成为一种重要工具，可以揭示人物的部分背景故事，照亮他的真实本质。

不要在微不足道的事件上浪费闪回。如果你打算使用这种工具，那么就要把你的读者带到你的人物人生中最惨淡的岁月。如果你把他们都带入人物的隐秘角落，那么你的读者会以一种全新的方式，和你的人物产生共鸣。

在下面的例子里，在只有头两段的情况下，你认为我们的叙事人将怎样结束闪回？当闪回结束时，你认为这一场景会向哪个新方向发展？

我八岁时，那个老东西又在打妈妈。又一声刺耳、重重的击打撕裂了卧室墙壁，接着是她受到控制的微弱喘息，然后响起一声嘶吼。"贱人！"

我的双拳攥成了愤怒的铁锤，就好像一个仅有63磅重的超级英雄可以抗击邪恶的力量。

为了在有限的篇幅里阐述我们的观点，我们在例子里加入了很多东西。我们的例子旨在突出我们的教学要点，而非追求文学价值。在你的小说里，你有更广阔的发挥空间，能够把文字写得非常精妙。

第八章

故事线和三幕结构：情节的顶层

在这一章里：

· 写一条故事线，描述故事的精华
· 用三幕结构代替开头、中间和结尾
· 呈现你的三幕结构

---

*故事结构*是对故事的简略概述，描述了它的精华，对一个作者的成功至关重要。故事结构之所以是一种不错的销售工具，是因为当你三言两语就能解释你的故事时，人们马上就会知道，这个故事是否适合他们。故事结构对你很重要，因为在你写作、编辑你的小说时，它可以帮助你聚精会神。

现代长篇小说是一种极其复杂的艺术形式。一部长篇小说的情节之复杂可达六层。在这一章里，我们将讨论两个最高层面：故事线和三幕结构。

呈现故事结构的概况：故事线

如果你想写一部成功的商业小说，那么你需要把它推销七次。我们把这一过程称作销售链，下面是销售链的样子：

1. 你或你的代理人把想法推销给一个策划编辑，他将决定是否把它拿给他的出版委员会审查。

2. 编辑会把想法推销给出版委员会，它负责做出版书籍的决定。出版社然后会给你提供一份合同，明确规定你的版税和预付款。

3. 当书投入印刷时，编辑会把想法推销给销售团队，他们必须从书店等渠道那里获得订单。

4. 销售团队会把书推销给潜在消费者，后者会向书店和网络书店下单。

5. 目录和文案会把想法推销给书店的销售人员，后者再每天和读者互动。

6. 文案或书店的销售人员会把书推销给读者，后者会走进书店寻找可读的东西。

7. 第一波的读者会把想法推销给他们的朋友，因为他们太喜欢那本书，会忍不住谈论它。

销售链所有环节都不可或缺。如果你打破链条上的任一环节，你的书就几乎肯定会卖得不火。

请注意一个重要事实：销售链上的人们对故事的了解不如你深，但他们都需要找到某种办法，把他因你的小说而产生的兴奋传达给链条中的下一环节。如果你想让他们尽职尽责，那么你就有责任把他们所需要的工具交给他们。这种工具就是对你的小说所做的简单的一句话总结。我们把这个句子称作*故事线*。你的小说的故事线要抓住故事的精华。

在考虑你的故事线时，你需要以极简主义为原则。问题并非你可以给故事增添多少东西，而是你可以去掉多少东西。在这一节里，我们将向你展示如何写故事线。

★ 理解故事线的价值

不写故事线不会死，也能够写一部小说。那么，为什么要花时间写一句呢？不妨设想一种故事线可以派上用场的情形：

你在一家大酒店参加一场写作会议，正在等电梯。等到电梯到了，你走进去，一位重要的代理人走了进来，站到了你旁边。你对她报以友好的微笑。她眯起眼，看了看你的名牌说，"嗨，你在写什么类型的小说？"

电梯门关了，你感到你的心脏就在你的声带下怦怦地跳。"我……这个，这个，有这么一个家伙，"你说，"他在一个客车厂上班。不，我改一下。他正开着一辆客车进城。还有这么一个女孩，其实并不是他女友，这个，但如果是，他会喜欢的，只是她不知道他的存在。我的意思是，她好像知道他是谁，但其实并不知道。他不停地梦到……"

门在下一楼层开了，代理人走了出去。"哇，听起来很不错。好好写吧。"

你站在那里，在你的衬衫上搓着你汗津津的手掌，追悔莫及，因为你还没有开始。事实上，你甚至讲得乱七八糟。在这一部分里，那个开客车的家伙正在梦到迪士尼乐园即将发生一场恐怖袭击，正如他在2001年9月初做的梦那样。没关系。代理人离开了，你已经毁掉了一次机遇。

把录像带倒回到一半，重新播放最后那一段：

门的自动转换关了，你感到你的心脏就在你的声带下怦怦地跳。"我在写一部超自然的悬疑小说，讲的是一个客车司机，他梦到迪士尼发生了恐怖袭击，正如他在2001年9月初做的梦那样。"

门在下一楼层开了，代理人走了出去。她转过身来，又仔细看看你的名牌，脸上露出奇怪的笑容。"听着，我要去赴约，但那正是我喜欢读的那类书。我们能谈谈吗？这是我的名片，上面有我的电话。一个小时后打给我。"

看出差别了吗？在两种情况下，你拥有同一个绝妙的故事。在第一种情况下，你不知道如何用一句话呈现它。在第二种情况下，你做到了。

如果你没有写一句绝妙的故事线,那么你的销售链中的每个人都会拼凑一句。这些人对故事的了解都不如你,对故事的喜爱也不如你。他们会竭尽所能,但他们提出的故事线也许无法捕捉你的故事的核心。如果你的代理人或编辑从一开始就知道你的故事线,他就会确保销售链的其他人也都知道它。你的故事线越简单,它在链条中传递起来就越容易。

故事线不仅仅是一种销售工具。在你计划并创作小说那难熬的几个月里,它还可以起到让你集中努力创造的作用。知道你的故事"实际上关于"什么,可以让你在不可避免的偏离突然出现时,仍能坚持正途。即使你在完成初稿后才搞清了你的故事线,它仍有可能成为一种有效的工具,在你进入修改时帮你删除非必要的东西。虽然故事线并非不可或缺,但它对作为作者的你来说可能非常有价值。

★ **写一个绝妙的故事线**

写故事线的目的是从听者那里获得两种可能的反应:

- 哇!我喜欢它。再给我讲讲吧。
- 抱歉,我真的不感兴趣。

你的故事线需要立即分辨人们是否属于你的目标受众。要记住,你永远也无法写出一本吸引所有人的书。如果某人不是你的目标受众,那就算了。你虽然失败迅速,但这也让你可以迅速走向下一个人。但是,如果某人的确属于你的目标受众,那么你也能迅速成功。

下面是一句好的故事线的基本特征:

- **短**。你希望它短,因为你可以轻松地记住它,并迅速说出来。销售链中的其他人也可以如此。

- **动情。**小说与创造一种强烈的情感体验有关，因此你的故事线需要讲述你的故事将要传达的情感体验。
- **引发好奇。**故事线不应泄露故事，而应该提出一个需要回答的故事问题。

🎯 如果你想知道怎样写一句好故事线，不妨看一下畅销书榜单。它们常常提供每本书的一句话总结。研究一下这些句子如何仅仅用几个词，就能引发好奇，按下情感按钮。

🎯 下面是成功的故事线的一些共同特征。它们并非不可或缺，却是不错的指南：

- 力争25个字，或者更少。如果你能够以少于15个字写它，那么你就可以获得加分。
- 把你的故事线限制在几个人物之内。一两个最理想，不能超过三个。
- 只展示故事的一个线索，要么是最基本的线索，要么是最有趣的线索。
- 多数情况下，不要提人物的名字，而是要描述每个人物，以有可能引发冲突的内在矛盾为目标。一个"单臂空中飞人"比"乔"要有趣得多。
- 在为历史小说写故事线时，如果可以增强效果，就要讲出时期和地理环境。
- 要使用可以激发情感或把人置身事外的形容词。*年轻*这个词经常在故事线中出现，因为它暗示了脆弱性，迎合了现代以年轻人为导向的文化。对性别的提及也许会设置爱情矛盾，或显示跨程式的人物。如果冗语可以增强冲击力的话，那么也可以容许它。

- 通过在句子末尾放置惊叹号，或一些强化情感的词，增强故事线。

你随时可以写故事线，这在很大程度上取决于你所采取的创作模式。如果你是个跟着感觉走的作者或一边写一边编辑的作者，你最好在写完初稿之后，在你充分了解你的故事时，写你的故事线。如果你是个雪花写作者或提纲作者，那么你也许想在开始写作前，率先写出你的故事线。我们建议你随时修改你的故事线，不断雕琢，使之更锋利、清晰、有效。

下面这几个步骤可以帮助你写一句故事线。你可以先做个试验，为一些已出版的小说写故事线。我们将在下一节里提供几个故事线例子。等你准备好了，就可以试着为你自己的小说写故事线。

1. 挑出你的故事线所要聚焦的人物。

一般而言，这是你的主要人物，也可以是坏蛋或别的人物。下面是一些激发你神经元的问题，可以帮助你找到你的最佳故事线。

- 你的哪个人物在价值观上最为矛盾？
- 你的哪个人物在故事中扮演最强大的角色？
- 你的哪个人物遭遇了最难克服的障碍或存在最大的悖论？
- 你的每个主要人物的故事目标是什么？

2. 就提供了一种可能故事问题的人物，写一个句子。

*故事问题*询问的是你的人物能否成功地实现他的故事目标。

3. 编辑那个句子。

写一句效果不错的故事线需要大量练习，并且第一次尝试未必能写好。（如果你一遍成功，那么你就可能是个营销天才。）前10次或20次出错真的没什么，只要你最后一次写好即可。因此，要自问一些问题：人物有趣吗？情节简单吗？语言有感染力吗？你需要确立一种背景吗？你能给那个句子增添惊叹号或情感活力吗？

记住：故事线必须去除一切不必要的东西。它甚至必须抛开在你的故事结构的低级层次中不可或缺的很多元素。要冷酷无情地简化你的故事线。问题不在于你可以包括多少东西，而在于你可以去除多少东西，仍能给人留下持久的印象。

4. 留待以后。

你的故事线几乎可以肯定是不完美的。不妨下个星期或下个月再看看它，并试着加以改进。关于修改你的故事线，如果想获得一些提示，可翻阅第十三章。

三幕结构：设置三场灾难

一部小说要简单到一句话就可以解释，但也需要复杂得能够装满数百页，吸引读者阅读数小时。我们现在将讨论故事线之后的下个复杂层面，即著名的三幕结构。它被广泛地用来分析故事。这种结构可以：

- 让你以一种非常连贯的流程，把故事的要点保留在你的脑子里。
- 让你以一种他们期待的方式，把那些要点传达给业界人士。

在这一节里，我们将向你证明三幕结构为何重要，分解各幕，解释如何逐步增强一个故事的刺激性，并就时间把握给你一些提示。

你也许想知道，小说是否必须使用三幕结构。不，当然不。小说没有颠扑不破的规则。你可以使用任何对你的小说管用的结构。然而，我们强烈建议你掌握三幕结构，因为它适用于众多小说。业界人人都懂这一结构，因此它赋予你一种工具，让你把你的故事传达给他人。就算你断定三幕结构不适用于你的小说，你也将发现，思考它为什么对你的小说没用也是有价值的。那应该可以使你更加深入地了解你的故事。

★ 考察三幕结构的价值

当有代理人对你的故事线感兴趣时，接下来你就需要把故事的要点告诉她：背景，一系列主要灾难（一个比一个严重），然后是结局。这就是三幕结构。

设想一种场景，你不久前在写作会议上遇到一个代理人，给了她一句话故事线，过了第一关：她约你见面（此前，在"理解故事线的价值"里，我们给过你这一场景）。我们现在打算稍微推进一下这个场景，证明三幕结构为什么重要。假设你坐下来，和代理人讨论你的小说。她到目前为止仅知道你的故事和一个客车司机有关，他做过迪士尼乐园遭到恐怖袭击的梦，正如他在2001年9月做的梦那样：

刚开始时，你自然有些紧张。你以前从没经历过这种15分钟的约见，但代理人显然经历过。"我真的喜欢你的故事线，"她说，"再给我讲讲你的故事吧。"

你把手叠放在膝头，以免它们颤抖。"嗯，于是他给国土安全部打了电话。他们相信他，于是他们一起阻止了一场恐怖袭击。"

代理人张大了嘴巴，盯着你看了一会儿。"这不是小说，"她说，"这是新闻报道。你的故事就是这样吗？"

大滴的汗从你的额头滑落。"到目前为止我只有这么多，但这又是个开头，不是吗？"

不，这不是开头。这是这次见面的终结，因为你真的没有故事。故事需要冲突，障碍，灾难。哪种灾难？逐步升级的灾难。我们在这里倒了一点儿带，向你显示，如果你拥有一个三幕结构，以及一系列逐渐恶化的灾难，会是什么情况。我们从代理人要求你讲述故事的更多信息时开始：

你把手叠放在膝头，以免它们颤抖。"嗯，于是他给国土安全部打了一个星期电话,他们终于把他送到一家精神病院,观察了72小时。"

坐在椅子上的代理人把身体向前倾了倾。"我喜欢那个。那是一场非常棒的灾难。他然后又做什么了?"

你深吸了一口气,觉得你的脉搏开始放慢了一点儿。"两天后,他用手机给他认识的那个女孩打了电话,她帮他逃离了,但警察现在发动了追捕。"

代理人点点头,表示鼓励。"好,好。接着呢?"

你的嘴角微微露出笑意。"他又做了个梦,这个梦透露了恐怖分子的时间表,但接着和警察发生了一场枪战,女孩受伤被抓。"

代理人也向你报以微笑。"接着呢?"

你现在感觉平静多了。"他去了女孩被严密看守的那家医院,引诱警察开展了一场飞车追逐,穿越大半个洛杉矶,把他们领到了恐怖分子藏匿武器的地方。"

代理人又靠回了椅子,盯着你看了很久。"你有能给我看看的样章吗?"

如果代理人要样章,那问题就只剩下你能不能写了。你也许能写,也许不能。但是,呈现你的三幕结构可以为你赢得被他人阅读的权利。

★ 设定各幕和各灾难的时间

亚里士多德说过:故事拥有开头、中间和结尾。三幕结构的三个部分正好对应了亚里士多德的开头、中间和结尾。第一幕是开头,第二幕是中间,第三幕是结尾。

我们认为,强调三幕结构有一个有效的技巧,就是我们所谓的三灾难结构。三灾难结构虽然只是三幕结构的一种,却是很重要的一种。各幕是故事的主要部分，灾难则是把它们连接起来的点。我们想把三幕结构的时间设定想象为一场橄榄球赛，就像下面这样：

1. **第一幕大体占头四分之一篇幅，以一场大灾难告终。**

第一场灾难出现在第一幕末尾，并把它和第二幕连接起来。

2. **第二幕占第二、第三个四分之一篇幅，每个四分之一篇幅都终于一场更加可怕的灾难。**

第二场灾难出现在第二幕的中间（第二个四分之一完结处），对人们常说的*疲沓的中间*起到矫正作用。第三场灾难出现在第二幕的结尾（第三个四分之一完结处），并把它和第三幕连接起来。

3. **第三幕占了最后的四分之一篇幅，包括一个高潮**（也被称作结局），**并回答故事问题：你的主要人物能否成功。**

高潮一般出现在第四个四分之一篇幅临近尾声的时候，它之后的所有内容都不过是起到了逐步结束故事的作用。

三幕结构是这样运作的：矛盾在第一幕出现，第一幕以一场灾难告终，这场灾难把主要人物送入了故事。矛盾进一步升级，直到第二幕中段，第二场灾难发生，甚至比第一场还要严重。在经过短暂缓解后，矛盾进一步加剧，一直到第二幕终结，第三场也是最严重的灾难发生，这迫使主要人物必须找到一个办法，在第三幕的某个阶段解决故事。

★ 引入一个绝妙开端

你的故事的开头（第一幕）要把你的读者带入你的故事世界，并介绍主要人物。主要人物也许还没有故事目标，只是在混日子，并试图混下去。或者，他们也许每个人都拥有相当枯燥、乏味的目标，并试图实现。又或者，他们也许从第一段就知道他们想实现什么重要的故事目标。

不妨考虑一下经典电影《星球大战4：新希望》的开头。这是第一部《星球大战》电影，于1977年上映时引发巨大轰动。（注意：故事其实首先作为小说出现，即乔治·卢卡斯的《星球大战：卢克·斯凯沃克的冒险》，这部小说的出版比电影上映早了几个月。）

在故事的开头，年轻的卢克·斯凯沃克拥有两个机器人，它们携带着来自一个美丽公主的神秘信息。公主在乞求帮助，卢克如果能帮一定会帮她，但他根本不知道她是谁，她需要什么，或他能为她做什么。

机器人R2-D2溜了，卢克去追它。在遭受邪恶的沙人攻击后，卢克遇见了奥比·万·克诺比，即信息的原本接收者。克诺比告诉他，机器人有关于死亡之星的计划，它必须被带到奥德兰星球，帮助反叛联盟击败皇帝。他邀请卢克与他合伙，卢克不情愿地拒绝了。他已受到盼咐，整个季节都要干他乏味的农活儿，和欧文叔叔、贝如婶婶在一起。他不能就那么收拾行囊，离开星球，能吗？

卢克原本想要加入这个故事，但他无法投入。他需要某种东西来迫使自己和过去决裂。什么有可能引发他投入呢？在多数小说中，导致主要人物不可逆转地投入故事的是什么呢？这需要一场灾难，需要某种重置人物优先事项的东西。

★ 开端的终结：投入第一场灾难

到了第一幕结束，每个人物都必须知道自己的故事目标，并且必须坚定地为它而投入。为什么要投入？因为如果人物不投入进去，那么读者也不会。

小说开端的目的是把你的主要人物带到一个无法回头的点上。在这个点之前，他可以拒绝作为故事主要人物的角色，但过了这个点，他就深陷其中，无法自拔。当你赋予你的主要人物一场灾难，使他在故事中的角色成为焦点，他就会投入其中（你的读者也会投入其中）。一般而言，小灾难不管用，需要大灾难，甚至改变人生的灾难。到了那一点，你的读者已在情感上投入了很长时间，因为他想看到故事问题得到回答：主要人物能否实现他的故事目标？

在《星球大战》中，卢克和克诺比将军发现了一个毁坏的交通工具。该交通工具为爪哇人所拥有，卢克的叔叔曾从他们那里买了机器人。卢克瞬间意识到，他的叔叔和婶婶处在可怕的危险之中。他跳进那个交通工具，飞回了家。他抵达农场，发现欧文叔叔和贝如婶婶被帝国风暴兵屠杀了。

这是第一场大灾难。卢克马上做出了决定。他再也不用给他的婶婶和叔叔干活了，而是要为他们复仇。他决定离开星球，加入反叛联盟。他要和克诺比去奥德兰，帮助摧毁死亡之星。

在此之前，卢克只拥有一些不重要的小目标。现在，他有了个大目标。他有了个故事目标，而它驱动了故事的剩余部分：加入反叛联盟，摧毁死亡之星。灾难已把一个慌慌张张的农场男孩变成了一个肩负使命的男人。这就是第一场灾难的目的。开端结束了，故事漫长的中间环节已经开始。

★ 用第二场大灾难支撑中间部分

小说的中间部分（第二幕）至少要占你小说的一半篇幅，正如一场橄榄球赛的第二和第三个四分之一场占了一半比赛时间那样。很多事情发生在中间那一幕。问题是，无论它们多么有趣，在过了一阵子之后，它们都会开始变得很像。

解决办法是什么？另一场灾难。一场比此前那场灾难更大的灾难，某种会给你的主要人物带来剧烈震荡的东西。这场灾难大体应该出现在你的故事的中间点。

你的主要人物将在第二幕经历数不清的小挫折。然而，第二场灾难会很大，是到目前为止故事里发生的最严重的灾难。

在《星球大战》中，无畏的卢克、克诺比将军和汉·索罗、楚巴卡联合了。在酒吧经历冒险后，他们乘坐千年鹰号逃离了卢克的星球老家，砰地进入多维空间，前往奥德兰。在他们抵达时，他们发现星球消失了。这是个坏情况，却并没有给卢克造成严重的情感冲击。就个人而言，他不认识数十亿死者中的任何一个。这并非你苦苦寻觅的灾难。

死亡之星用一束牵引波束把卢克的飞船拖了进去。他和其他人躲起来，偷偷登上死亡之星，然后发现并拯救了莱娅公主。奥比·万·克诺比使牵引波束失灵。就在他们都走向飞船逃离时，达斯·瓦德尔截住了克诺比，两个武士用光剑打斗起来。读者期盼一场激动人心的战斗，以及一场更加激动人心的逃离，但瓦德尔杀死了克诺比。

这是一场灾难，一场更大的灾难。克诺比是卢克的导师，是团队的实际领袖。从心理上讲，他们已被斩首。他们逃离死亡之星，击退了追杀，启程前往反叛星球。汉·索罗打算获取他的奖励，打发掉赫特人贾巴。现在的问题在于，这个故事是能一直进行下去，还是英雄团队有可能分裂。什么会使这个故事走向结束、完美收场呢？

★ 走向结尾：应对第三场灾难

你的故事需要某种理由，以便将其自身集中于一个结尾。这种理由通常来自一场新的大灾难，第三场也是最可怕的一场灾难。就像第一场灾难那样，这一场灾难也促成了一个决定。但是，这一次，决定为英雄与坏蛋所共有。双方都决定进行一场终极对抗，它会在第二幕结束时出现。

请注意，第三场灾难/决定自身并非终极对抗。是决定引发了终极对抗，而你将在第三幕展示这一对抗。在第三场灾难/决定之后到来的一切，便构成了你故事的结尾。

在《星球大战》中，当反叛者发现他们受到死亡之星的追踪时，第三场灾难就来了。死亡之星正在迅速接近他们的基地，一旦抵达，它将毁灭反叛星球，即秘密行动基地。反叛联盟现在要做出决定了，他们是应该四散而逃，还是应该使用R2-D2存储器里的信息，奋起抵抗死亡之星？

他们选择了奋起抵抗。这就是那个引发结尾的决定。请注意，这一决定是无法更改的。如果他们赢了，他们将永远不会再次面对死亡之星。如果他们输了，他们将所剩无几，不足以继续反抗皇帝。他们必须赢，死亡之星也是如此。

你的第三场灾难并不需要真的发生一场灾祸，有可能只是面临灾祸的威胁。引发终极决战是它的重要特征。你也许会认为，死亡之星的迫近似乎并不像一场灾难，因为还没有任何可怕的事情发生。如果你在反叛星球上，看着死亡之星迫近，知道要不了多久，它就会杀死你，粉碎叛乱，使整个星系无助地落入邪恶皇帝的手中，你也许就不会这么想了。

★ 结束：结尾有效或无效的原因

结尾（第三幕）现在由追求一种终极对抗的决定产生（可阅读此前一节）。当然了，要有准备。双方都做好了准备，都知道胜利和失败之间的差别仅在毫厘之间。战斗的走向非此即彼，但双方都不会后退。

结尾必须回答故事问题：主要人物是否会达到他的故事目标。故事问题必须客观、简单、重要、可实现且艰难。作为故事讲述者，你有三个选项：

- 快乐的结尾
- 不快乐的结尾
- 苦乐参半的结尾

这些结尾都可以，只要回答由人物的价值观决定，并且在你创造的故事世界里是可信的。

如果你做了下面的任何一项，那么你的结尾就不成立了：

- 你根本没有回答故事问题。
- 你对故事问题的回答听起来不符合人物的价值观。
- 你对故事问题的回答违背了你的故事世界的基本规则。这通常被称作"大逆转"式的结尾，源于希腊悲剧作家令人气恼的结束故事的习惯：用升降设备使一个神落到舞台上，从而结束故事。欧里庇得斯正是以这种方式拯救了美狄亚，才遭到了亚里士多德的批评。

在《星球大战》中，故事问题是"卢克和他的朋友会摧毁死亡之星，击败帝国吗"。在第一幕终结时，这一问题已清晰显现出来。

反叛者获胜希望渺茫，因为他们必须把质子鱼雷精确瞄准死亡之星外部的一个小舱口，然后发射。但是，要接近小舱口，他们必须穿越一个重兵布防的堑壕。在抵达堑壕之前，他们必须突破一群TIE战车。汉·索罗的导航技术使他成为执行这一任务的最佳人选，但是他去还他欠赫特人贾巴的人情了。局面对同盟不利，但他们有卢克，且卢克拥有力量。

战斗爆发了，很多反叛者被炸成碎片。终于，卢克带着仅存的一颗质子鱼雷，只身进入了堑壕。如果他能发射它，那么他就有可能摧毁死亡之星。但是，瓦德尔驾着一辆TIE战车紧追不舍，正在向他逼近。瓦德尔显然会首先开火。卢克和瓦德尔之间的竞赛就是终极对抗。

就在此时，一次爆炸发生了。汉·索罗加入战斗，飞越了瓦德尔。瓦德尔盘旋着离开，退出了战斗。卢克发射了他的质子鱼雷。它击穿小舱口，进入死亡之星内部。剧烈的爆炸照亮了星系，这次爆炸是故事的高潮。

但是，汉·索罗为什么回来了？这是"大逆转"吗？根本不是。汉·索罗最初之所以离开，是因为考虑到他的价值观，他离开是合乎逻辑的。他之所以回来，也是因为考虑到他的价值观，他回来也是合乎逻辑的。

汉·索罗珍视两样东西：他的生命和他的名声。在电影里，你一再看到，汉·索罗出手拯救他自己和他人，清晰地表明他渴望活着。但是，你也看到，在莱娅公主或卢克羞辱他的时候，他退缩了。汉·索罗自认为是个大胆、喜爱冒险的牛仔，无所畏惧，能够在酒吧向一个赏金猎人射击，同时面带冷酷、若无其事的微笑。

汉·索罗之所以离开最后一战，是因为他想还赫特人贾巴的人情，他非常看重后者。这是合理的，因为汉·索罗珍视他的生命。但是，在他离开前，卢克指责他是个懦夫，这使汉·索罗怒不可遏。他离开了星球，但那种指责在他的脑海里挥之不去。他是个懦夫吗？不是，他无所畏惧。他最后决定，他宁可冒生命危险，也不愿意被视为懦夫。于是，他回来了，把卢克从瓦德尔手中拯救出来，并促成了死亡之星的失败。最后，汉·索罗的一种价值观战胜了另外一种价值观，使《星球大战》的结尾产生了预期效果。

概述你的三幕结构

在向代理人或编辑推销你的故事时，我们建议你按照这种格式，用五句话组成的一个段落呈现你的三幕结构：

1. 第一句通过介绍主要人物和故事世界，确立故事。

2. 第二句概述开头，呈现第一场灾难，引出一个构成故事问题的决定。

3. 第三句概述中间第一部分，引出第二场灾难。

4. 第四句概述中间第二部分，引出第三场灾难，促成一个追求终极对抗的决定。

5. 第五句解释故事如何收尾，其中包括终结对抗，以及任何你觉得你需要解释的结尾。

在这一节里，我们将提供一些作为例子、概述三幕结构的段落，并帮助你写你自己的段落。

★ 例子：《马塔雷斯圈子》和《傲慢与偏见》

在你尝试为你的小说写三幕结构之前，不妨先来看一些例子。我们可以用一个段落概述罗伯特·勒德拉姆的经典间谍小说《马塔雷斯圈子》的三幕结构（三场灾难显示为斜体字）：

布兰登·斯科菲尔德是一名年迈的美国秘密特工，已经因一种极为愚蠢的托辞，莫名其妙地遭到解职。在躲过一次刺杀企图后，他发现他自己的政府正试图杀死他，只能与曾杀死他妻子的前克格勃特工瓦斯里·塔伦尼科夫联手。在好不容易结成同盟后，斯科菲尔德和塔伦尼科夫揭发了以企业亿万富豪为首的一个隐秘的国际阴谋集团，但当一个亿万富豪被他的控制者杀害后，危险上升了。在德国、俄罗斯、英国寻找线索后，斯科菲尔德的女友托妮和他的盟友塔伦尼科夫被阴谋者绑架，阴谋者要求他在波士顿向他们投降。当此之时，斯科菲尔德必须做出一个艰难决定。他飞到波士顿，发现了一个令人震惊的终极秘密，然后赤手空拳地走进阴谋者的巢穴，去"投降"了。

《马塔雷斯圈子》可以说是罗伯特·勒德拉姆最好的单部作品。《马塔雷斯圈子》是一部复杂的、情节驱动的作品，因此关于三幕结构的段落必然复杂。我们已经在结尾做了暗示，但没有将其泄露。现在我们来分析一下这三场灾难：

- **斯科菲尔德发现他自己的政府企图杀死他，他必须与他的死对头塔伦尼科夫联手，才能活命。** 这场灾难迫使斯科菲尔德做出和塔伦尼科夫联手的痛苦决定。

- **一名亿万富豪阴谋者被他的控制者杀害。这加剧了矛盾。** 当你发现，你所害怕的强大敌人其实只是个虚弱的傀儡，为某个甚至更强大的人所掌控，你的风险急剧上升。

- **斯科菲尔德的女友托妮和盟友塔伦尼科夫遭到绑架。** 第三场灾难迫使斯科菲尔德做出一个可怕决定，同意与阴谋者的隐秘圈子进行一场终极对抗。

现在让我们考虑一部复杂的人物驱动小说，简·奥斯丁的《傲慢与偏见》。它拥有众多颇具感染力的人物和几个故事线索，下面是我们就它的三幕结构写的一个段落的概括。它小心翼翼地聚焦主要故事线索，即丽兹·班内特和达西先生的恋爱（三场灾难显示为斜体字）：

当丽兹·班内特和她的姐妹在舞会上遇见一些富有的青年男子时，她非常不喜欢他们中的一个，即达西先生。丽兹的姐姐简爱上了达西的朋友宾利先生，丽兹对威克汉姆先生感兴趣。她随后了解到，*他已在财务上被达西摧毁*。数月后，当丽兹去汉斯福拜访她已婚的朋友时，达西先生和她交往，向她求婚，但*她直接拒绝了他*。丽兹很快就发现，达西比她以为的要好。当她的妹妹莉迪亚和威克汉姆先生私奔、姘居时，她开始后悔自己拒绝了达西。在丽兹获悉达西先生挽救了她妹妹的名声、他获悉她再也不讨厌他时，他们两个意识到，他们是天作之合。

请注意，这一分析在呈现故事时，把丽兹当成了主要人物，但三场灾难却全都是达西视角里的灾难。下面是这些灾难：

- **威克汉姆告诉丽兹，是达西毁了她。** 这个谎言导致丽兹对达西更加冷淡。然而，达西是个一旦决定做某事就会坚定做下去的人。他继续追求丽兹，无论这看上去多么没有希望。

- **达西笨拙地提出求婚，严重冒犯了丽兹，使她义无反顾地拒绝了他。** 达西知道他没有机会，然而他仍无望地爱着她。

- **威克汉姆和丽兹的妹妹莉迪亚私奔了，毁灭了所有五姐妹的婚姻前景。** 达西为此感到苦恼，知道如果自己不对威克汉姆的邪恶的个性闭口不谈，威克汉姆就不会勾引莉迪亚。他决定拯救莉迪亚，这一决定促成了他和丽兹的幸福结局。

★ **描述你自己的三幕结构**

我们想重申，你随时可以发展你的三幕结构，这取决于哪种创作模式对你最为有利。如果现在就是你写三幕结构的好时候，那么这里有一些步骤，可以帮助你写一个段落的概括，你可以用它向感兴趣的代理人或编辑解释你的故事：

1. **写第一个句子，介绍一个或多个人物，设置冲突。**

说出你的主要人物的名字，讲述基本信息。你甚至可以把关键背景故事细节纳入其中。

2. **写三个句子，每个句子描述你故事中的一个主要灾难。**

三场灾难应该出自一个人物的视角，通常是主要人物的视角。

3. **写最后一句，解释你如何结束故事。**

关于故事问题将怎样被解答，如果不透露答案的详情，那么你至少要给出一些清晰的暗示。

4. 修改包含第一场灾难的句子，增加设置故事目标的决定。

5. 修改包含第三场灾难的句子，解释它为何促成了终极对抗。

6. 润色整个段落，直到它自然、流畅。

7. 把你的一个段落的概述保存下来，定期回过头来看看，确保它真的概括了你正在写的故事。

如果需要，你可以更换这个段落。随着你对你的人物的了解加深，发现真正驱动你故事的东西，你完全可以调整故事结构。

第九章

摘要、场景清单和场景：情节的中层

在这一章里：
· 决定先写哪一层
· 写一篇两页摘要
· 列出你的场景清单
· 规划场景

现代小说的复杂情节一般有六层。在第八章里，我们讨论了情节的两个最高层，即故事线和三幕结构。在这一章里，我们将审视三个中间层：摘要、场景清单和场景。

在仔细审视中间层之前，要考虑你喜欢以什么顺序钻研你的故事结构。关于你对待故事结构应使用的方法，下面将加以描述。

确定工作顺序

成功有时候取决于是否以适当方式做事。如果你先穿袜、再穿鞋，那么与你先穿鞋、再穿袜相比，你的日子将顺利得多。但是，顺序有时候并不重要。比如无论你是先穿左边的袜子，还是先穿右边的袜子，你的日子照样顺利。然而，你可能每天都按同一种顺序穿它们，因为你已经适应了这个顺序。

发展你的故事结构就是顺序不重要的事情之一，尽管你也许真的有所偏好。在第四章里，我们谈了应用创作模式的重要性，它确定了你创作小说的顺序。真正重要的是，你要选择对你来说最顺手的创作模式。在第四章里，我们列出了四种很常见的创作模式（跟着感觉走，一边写一边编辑，雪花，提纲），但你可以自由培养对你而言最顺手的模式。

你的创作模式很有可能要么自下而上，要么自上而下：

• 自上而下：自上而下的模式始于复杂性的最高层，向下发展到细节。雪花写作法就是一种自上而下的模式，因为你始于高层概念故事线，并把它扩展为一种三幕结构，然后向下延伸到复杂性较低、更为详尽的层面。列提纲也是一种自上而下的模式。

如果你喜欢自上而下的模式，那么可以按照顺序阅读这一章：先看怎样写摘要，然后是场景清单，然后是场景。

当你准备创造你的故事结构时，要利用第八章中的思想，先写出你的故事线，然后明确你的小说的三幕结构。在拥有这些之后，要利用这一章中的思想，先写一份摘要，然后开列一份场景清单。

• 自下而上：自下而上的模式始于复杂程度最低的那一层，也就是故事的实际用词，并把它们组织到越来越高的层面里。跟着感觉走模式就是一种自下而上的模式，因为你先写故事，然后分析它，最后才搞清它的全部意义。同样地，一边写一边编辑也是自下而上。

如果你喜欢自下而上的模式，不妨以相反的顺序读这一章：先看如何构建你的场景，然后是如何开列场景清单，最后是如何写摘要。

在准备创作你的故事时，写初稿，然后分析每个场景的结构，确保它能够起到场景的作用。当你知道你的所有场景都结构完善时，要开列一份场景清单，并尽可能按照合理的顺序，重新安排你的场景。接下来，根据你的场景清单，写你的摘要。如果摘要优秀，那么你应该能够用一段话概括它，呈现我们在第八章中探讨的三幕结构。当你拥有一份可靠的、由一段话构成的概括时，把它压缩成一句话的概括，你就将拥有我们在第八章谈到的故事线。

撰写摘要

要出版你的小说，你几乎总是需要一份摘要。摘要大约需要两页篇幅，描述你的情节，是你的小说的销售过程不可或缺的一部分。无论是代理还是出版社，他们都会想看摘要。因此，每个小说家都必须知道如何写一份优秀的摘要。

对众多小说家来说，写一份两页摘要似乎是最令人头痛的写作体验。我们已经见过许多优秀的作者被吓呆，因为他们不知道别人期待什么。不仅如此，众多编辑也一致认为，摘要令人厌烦。多数作者讨厌写摘要，要么写得太多，要么写得太少。在这一节里，我们将向你展示，要想迅速写好摘要，你需要遵循的一些简单的原则。

其实，这里面并无神秘可言，都是一些基本东西：

- 以第三人称写
- 以现在时态写
- 以单行间距的两页篇幅，概括你的整个故事。大约需要1000个字。

一部典型的长篇小说大约有100个场景。如果你用一个1000字的摘要概括所有场景，那么你将不得不把每个场景压缩到10个字，而10个字真的不够用。作者该怎么做呢？

摘要里的每个段落都应该概括一系列相关场景，而非一个场景。一个系列或许有3—7个场景。段落把系列剥离到仅剩最基本的东西，聚焦那些最重要的场景，略过次要场景。

要构建你的摘要，有两个比较容易的方式，取决于你采取的是自上而下的模式，还是自下而上的模式：要么以你的三幕结构开始，将其充实；要么以你的场景清单开始，为其瘦身。

★ 自上而下：充实你的三幕结构

如果你是个自上而下的思考者，那么就以你的三幕结构开始吧。你应该已经拥有一份一段话概括，界定你的三幕结构。这段话包含五句，可按照下面的指示把它们扩展：

1. 把第一句（故事设置）扩展成一至两段，描述故事背景。
2. 把第二句（引出第一场灾难）扩展到约半页。

用两三段话讲述你将如何触及你的第一场重大灾难，以及界定你的故事问题的决定。

3. 把第三句（引出第二场灾难）也扩展到半页。

要再次使用最多三四段话概括故事的亮点。不要担心掩盖细节，或忽视某些故事线索。要大刀阔斧地压缩。

4. 把第四句（引出第三场灾难）扩展到半页。

再次使用最多三四段话。要毫不留情地省略细节。出版社不在乎你精心编造的那些美妙的次要情节，只在乎主要故事是否有效。

5. 把第五句（结尾）扩展成三个段落，讲述结尾如何产生。

要写摘要，只需这些就够了。不要为打仅仅两页文字而伤神。你也许会发现，你的摘要很乏味。你猜怎么着？编辑早已料到它会乏味。你的摘要类似于目录，其目的是证明你的故事里有足够的内容，可以填满一本书。没人会通过读目录找乐子，也没人会通过读摘要找乐子。

★ 自下而上：围绕场景系列撰写摘要

如果你是个自下而上的思考者，那么你可以运用你的场景清单，制作一份摘要。你的场景清单可能会太长，因此你必须对它进行大幅缩减。下面是缩减步骤：

1. 用文字软件削减你的场景清单，并形成一份新文件。

这可能意味着，在刚开始时，你的文件将拥有约100个非常简短的段落。你的目标是把它们合并成15—20个较长的段落，所占篇幅不超过两页。

2. 从顶部开始，向下浏览开头的一些场景，断定哪些场景似乎有关联。

挑3—7个场景。这些场景形成了一个场景系列。

3. 在这个场景系列上方增添几行空白，写一个崭新的段落，概括这个场景系列的要旨。

写一个5—8行的段落，删除原来的场景系列，因为你现在一段就可以概括那些场景。

4. 重复步骤2和步骤3，直到你概括、删除了所有原来的场景。

5. 通读整篇摘要，把它编辑、压缩成两页。

要自律。如果你必须痛下狠手，那么你就要那么做。如果你递交一篇50页的摘要，那么你的编辑或出版商是会烦你的。

★ 知道你需要多少细节

你的摘要中的每一段都概括了小说中整整一个场景系列。你的摘要是高度概括的，不可能讲述故事的所有细节，不可能讲述所有令人惊奇的情节转折，甚至不大可能提及所有人物。

你的摘要应该集中于三四个最重要的人物。顺便提及几个次要人物也可以，但要坚守主要人物的故事线索。没必要解释你的故事的主题。在写你的摘要时，你甚至有可能还不知道你的主题。那没关系。

　　底线是这样的：如果你的摘要超过两页，那么它涉及的细节就太多了。要删除一些，不断删除，直到剩下两页。这种训练将迫使你考虑你的故事哪些部分是不可或缺的，哪些不过是不错的冗余。

摘要必须独立。要假定读摘要的人对你的小说一无所知。当你介绍每个新人物时，可增添一个短语，甚至一个句子，稍微讲一点儿他的情况。不需要太多，只要能让你的摘要易于理解就行。

★ 例子：《安德的游戏》的一篇摘要

　　《安德的游戏》是奥尔松·司各特·卡德创作的一部科幻小说，获得过雨果奖和星云奖。（如果你这辈子只读一部科幻小说，那么请你一定要读《安德的游戏》，你不会失望的。）

　　我们之所以选择这部小说作为例子，是因为它相对简单，易于分析。小说的主要人物是安德鲁·维京，并且他是大多数场景的视点人物。故事是线性展开的。就我们在第二章界定的小说四支柱方面，这部小说自身非常牢固：故事世界，人物，情节，主题。

　　安德鲁·维京是个男孩子，被选到战斗学校接受严格的军事训练。地球即将遭受蚂蚁状的外星种族"坏蛋"发动的新攻击。80年前，他们几乎毁灭了人类。坏蛋拥有技术优势，肯定会制服地球，除非地球找到一位亚历山大大帝那样的领导人。安德是那位领导人吗？如果是，他能不能及时接受训练，拯救他的人民于毁灭？这是《安德的游戏》提出的故事问题。

　　由于想避免剧透，我们只分析小说的第一部分，即第一幕。下面是

我们对第一部分的分析,它概括了31个场景:

一场迫在眉睫的外星人入侵将在不远的未来威胁地球,地球各地的军事领导人正在寻找一位有胆有识的年轻领导人,以拯救人类文明。在军方进行三年电子监视后,六岁的安德鲁·维京的电子监视器终于被移除了。人人都认为他作为一个军事训练候选者已遭到拒绝,但军方高层对他进行了一种实时检验。

放学后,几个恃强凌弱的家伙围住安德要揍他。他首先尝试通过话语摆脱麻烦,但接下来,他对为首的那个家伙发动了凌厉攻击。为确保那些家伙再也不敢惹他,安德暴揍那个倒地的男孩,给其他人发出一个可怕的警告。

军方觉得安德也许就是"那一个",就把他带离他的家庭,并在下一次发射时,把他和其他一些男孩送到了环绕地球飞行的战斗学校。主管军官格拉夫上校对安德不乏溢美之词,令其他男孩把安德视为眼中钉。安德感到孤独、害怕,但他很快就和圈内人阿莱成了朋友,并帮助后者控制了发射团体的领导权。没过多久,安德和阿莱就把一群乌合之众打造成了一个团队。

还没等安德喘口气,训练者就把他提拔进一支军演军队,和年长很多的男孩在一起。安德的新指挥官波让·马利德认为安德是个没用的花瓶,就拒绝了他,在军队军演期间没有给他安排任务。安德不服从命令,向敌人开火,把注定的失败扭转为平局。丢了脸的波让进行报复,把安德调到另一支军队,然后毒打了他。安德决心永远不再成为牺牲品,表示要进行个人战斗训练。

开列你的场景清单

场景清单可以帮助你记录你的场景。要开列一份场景清单,你需要为每个场景写一份简短的概述。处理所有这些概述具有挑战性,但在这一节里,我们将向你展示两种常见技巧,使它变得容易一些。

与摘要不同,你不必为出版而写一份场景清单。如果你不写场景清单,那么也永远不会有人知道或在乎它。那么,为什么要写呢?

场景是小说的基本单位。因此,开列场景清单会赋予你一种有效的组织工具,让你在写故事之前就设计好,写完之后只需要编辑加工一下即可。你更愿意做哪个:用100行字概括场景,还是直接写400页文本?

要给你的场景清单填充细节,有两种简单的办法,取决于你是自上而下地工作,还是自下而上地工作。你可以从摘要开始,充实它,也可以从手稿开始,概括它。

★ 自上而下:充实你的摘要

如果你是个自上而下的思考者,那么就从你的摘要开始。摘要大约两页长,是对你的故事的概括。看看摘要中的每个段落,问问你怎样才能把它们分解成场景。每个场景将发生在一个地点和一个时间,拥有几个人物,推动情节向前发展。

你每设想一个场景,都要给你的电子表格增添一行话,描述将发生的情况的基本要素。你没必要详细解释所有细节,把这种乐趣留在后面。至于现在,只要把大块的东西搞对就行。

要试着把你的摘要的每个段落分解成几个不同的场景。(3—7个场景为宜。)在你抵达摘要的末尾时,你的场景清单也就做成了。如果你使用的是电子表格程序,要把它作为文档保存起来。

你可以随意在你的清单中试验不同的顺序。用电子表格编辑场景清单极其容易。你可以删除几行，增添新行，编辑它们，移动它们。每当你对你的场景清单进行重大修改时，都要把它作为新文档保存。

★ **自下而上：概述你的手稿**

如果你是个自下而上的思考者，那么根据你的手稿制作场景清单很简单。通读手稿，用电子表格概述每个场景。记住，你不必记录所有细节。你的手稿已拥有所有细节，因此你不会丧失它们。

浏览你的手稿，在电子表格里为你的手稿中的每个场景增添一行，只需一两个小时的时间。这也许是你在你的整部小说上所花的最宝贵的时间。等你完成了，你将拥有故事的一份简要概述，你可以在一个地方把它全部看完。

如果你真的是个自下而上的思考者，那么你也许要做大量工作，才能重新组织你的故事（尤其是你如果是个跟着感觉走的作者）。场景清单是一种有效工具，可以帮助你做那种组织。场景清单的每一行都将呈现你的初稿中的数百个句子。与在糟糕的大部头手稿中调整场景相比，编辑你的场景清单要容易得多。

★ **例子：《安德的游戏》的场景清单**

我们继续使用《安德的游戏》作为例子。在此前"撰写摘要"那一节里，我们展示了小说第一部分的摘要例子。下面是相应的场景清单。我们通过阅读小说最初几章的场景，为每个场景写一到三句话，制作了它。请注意，与我们的摘要相比，场景清单包含更多细节。

• 两个军官讨论了安德的情况。他看上去是战斗学校的一个不错的候选者，但他是否真的具有可塑性？他们决定让敌人包围他，看看他的表现，再做最后的决定。

- 医生移除了安德的监视器，这是一个几乎要了他的命的创伤性手术。
- 安德返回了他平日的教室，那里的其他孩子发现他的监视器被移除了。一群恃强凌弱的家伙在放学后攻击了他，他凶猛攻击了那一伙的头头，保护了自己。
- 军官们想知道，安德这么凶猛地保护自己，是否有"正当理由"。他们同意观察安德如何应对他残忍的哥哥彼得。
- 彼得欺负安德，威胁要杀了他，但他的妹妹瓦伦丁劝说彼得放弃。
- 军官们讨论怎样让安德离开家，并断定欺骗是最佳策略，不过如果必要，他们会告诉他真相。
- 格拉夫上校看望了安德，询问他攻击那些恃强凌弱者的动机，然后提出把他送到战斗学校。
- 安德不愿意接受提议，但他终于意识到他其实没有多少选择的余地，于是同意和下个发射团体去战斗学校。
- 军官们担心安德会和其他男孩太合得来，从而削弱他的军事创造性，于是他们决定在心理上把他和他的同伴隔绝开来。
- 由于格拉夫上校在发射中不吝赞美，安德遭到了另外一个男孩伯纳德的欺负。安德保护了自己，并意外折断了伯纳德的胳膊。
- 安德对抗格拉夫上校，因为后者教唆伯纳德欺负他。格拉夫的回应非常粗暴。安德意识到，他永远不能指望格拉夫帮他。
- 军官们担心他们会毁了安德，决定允许他拥有朋友，但他绝对不能拥有父母的形象。
- 安德住进了他的房间，开始适应战斗学校，但在他的"发射者"伙伴内部，他已经成了眼中钉。
- 安德感到孤独、恐慌，但他决心要坚强，显得无所畏惧。

- 安德去游戏室，和一个年长的男孩玩一种艰难的战争游戏，三次中赢了两次。那些年长的男孩看不起他，因为他太年轻。
- 安德用他的计算机系统暗中打击团体中的欺凌弱小者伯纳德。他成功了，并赢得了几个朋友，但伯纳德现在公然与他为敌。
- 军官们担心安德企图通过制造分化，来毒害他的发射团体。他们决定按兵不动，迫使安德通过自己的努力把他的同伴团结到一起。
- 安德和伯纳德最好的朋友阿莱成了朋友。阿莱是整个发射团体的头头。
- 安德玩了一种电子游戏，发现一个打败无法被打败的巨人的方法，即做意想不到的事情。
- 军官对安德发现的击败巨人的方法感到震惊，决定先让他短暂休息一下，再迎接他的下一场考验。
- 安德同意帮助阿莱创建一种新安全系统，但他接下来发现，他被提拔到了"军队之列"，比此前被提拔的人的年龄都要小得多。
- 安德去游戏室玩游戏，直到游戏关闭，电脑命令他向新"火蜥蜴军"报到。
- 安德向火蜥蜴军报到，但遭到他的指挥官波让·马利德断然拒绝。他和被驱逐者佩特拉成了朋友，后者是那个组织唯一的女孩。
- 安德去了浴室，被另一支军队中的男孩认出。他们记得他在游戏室的壮举。他意识到，一些年长的男孩也知道他是谁了。他断定，要不了多久，人人都将知道他。
- 安德从佩特拉那里获得一些训练，但波让拒绝让他和军队其余人员一起练习。
- 安德在他自己的军队里缺乏训练伙伴，于是开始训练他的发射团体中年龄较小的男孩。但指挥官波让命令他停止这么做。

- 安德说服波让同意他训练发射者，以便发挥自己的价值，使波让把他调到另一支军队。
- 在波让命令他什么都不做的情况下，安德参加了他的第一次军演。他的军队失败了，他最后成了仅剩的那个没有彻底"丧失战斗力"的士兵。在战斗之后，人人都意识到，如果安德不遵守命令开火，那么他们有可能打成平局。
- 安德参加了另外一场军演。他那一方就要失败了，于是他违反命令，射中了几个敌军士兵。这把确定无疑的败局转变成了平局，但他的指挥官波让对他很生气。
- 波让把安德交换到了老鼠军，然后以不服从命令为借口揍了他。
- 安德不愿意再次挨揍，就报了一门个人战斗课程。

★ 扩展你的场景清单

如果你使用电子表格来处理你的场景清单，那么你将发现，你可以从多个途经扩展它。你可以增添一列，记录视点人物在每个场景中的表现。也可以增添一列，记录每个场景的日期和时间；如果你的故事拥有一个复杂的时间表，那么这么做非常有用。还可以增添一列，估计每个场景所需页数。既然电子表格使增添内容变得容易，你甚至可以就你的小说将有多长制作投影图。电子表格也使制作有颜色标志的行或列变得容易，因此如果你想给每个视点人物指定颜色，也可以轻易做到。

如果你要在你的电子表格中重新安排场景，那些增加的列也不会显得混乱，因为电子表格软件可以使你轻松地将行作为独立单位移动。

设置各个场景的结构

场景是小说的基本单位。因此，你必须掌握写场景的艺术。每个场景都是一个微型故事，有其自身的开头、中间和结尾。在每个场景的结尾，至少有一个人物肯定经历了某种变化。否则的话，场景就没有发挥其作用。现代小说拥有两种不同的场景，每种都有着简单的结构。在这一节里，我们将向你展示这两种结构，解释它们如何运作，从而赋予你的读者一种强烈的情感体验。

每个场景都发生在一个地点和一个时间点，有其开头、中间和结尾。它的目的是通过显示场景，聚焦一个特定人物（即焦点人物）。你想让你的读者在情感上认同焦点人物。

在多数情况下，焦点人物就是视点人物。如果你使用全知视角或多视角，那么场景就会拥有不止一个视点人物，但那个占主导地位的人物就是你的焦点人物。如果你使用第三人称客观视角，那么你就不会拥有任何视点人物，但你的场景仍将拥有一个焦点人物。（关于视角、焦点人物和视点人物，可阅读第七章的讨论。）

小说多种多样，什么情况都有可能发生。然而，多数现代小说中的场景结构却极其简单。这是因为，场景非常短。你可以根据场景的开头、中间和结尾所发生的情况，给每个场景分类。

一部现代长篇小说通常拥有数十个场景。很多长篇小说的场景多达一百多个。场景在篇幅上短则数段，多则数十页，甚至更多。

正如我们在这一节开头所指出的那样，现代小说只拥有两种基本场景：

- **主动型场景**：这类场景包括一个目标、一场冲突和一个挫折。
- **反应型场景**：这类场景包括一个反应、一个困境和一个决定。

在下面各节里，我们将详细考察这两类场景。

★ **设置主动型场景**

最常见的场景类型遵循精确的次序。我们称其为主动型场景，因为这比称其为*目标—冲突—挫折*场景要容易一些。在你的小说里，大部分场景可能都是主动型场景。典型的主动型场景是这样的：

1. **目标**：视点人物在场景的开头拥有某种目标，希望在场景结束时实现它。

2. **冲突**：在场景中间，视点人物一再尝试达到他的目标，但随着场景展开，他一再遭遇障碍。

3. **挫折**：在场景的结尾，视点人物遭受了严重挫折。

通常情况下，人物没能达到他的目标，现在的处境比以前更加糟糕。他偶尔也会获得他想要的东西，但某种糟糕的情况发生，抵消了这场小小的胜利。

下面是对一个主动型场景例子的概括：

到目前为止，写作会议已经让你花了400美元，坐了6小时的飞机，还因为错过你儿子的橄榄球比赛而歉意连连，但这么做是值得的。你会见了一位代理人，确信她是那个会带你越过最后一道出版障碍的人。

你坐在桌子旁，准备以"今天天气不错"的客套话开头。她立即开始就你的故事拷问你，涉及情节、人物，以及时间旅行的本体论内涵。你回答时迟迟疑疑。随着她目光变得更加冷淡，你开始结结巴巴。当你意识到你进入了一种语无伦次、含含糊糊的疲惫状态，她要求你提供样章。随着她的手指在纸页上向下移动，她的脸绷紧了，眉头紧锁。"对不起，"她说，"这个场景根本没有结构。我无论如何都不会碰这个项目。"

在这里，目标是引发代理人对你的小说产生兴趣。当她问你一长串难以回答的问题时，冲突出现了。当她拒绝你的作品并让你蒙羞时，挫折发生了。

你的场景的目标是什么？

你应该及早努力，在每个主动型场景中确定两样东西：

- 谁是主要视点人物？
- 他在这个场景中的目标是什么？

每个主动型场景的目标都应该：

- **简单**：你想让目标简单，易于理解，因为每个场景都是简单的，是你的故事的一个小片段。
- **客观**：目标应该是客观的，因为你的读者可以轻松地想象成功的样貌。
- **有价值**：否则的话，你为什么要在它上面浪费笔墨呢？
- **可实现**：无法实现的目标会消除场景中的矛盾。
- **艰难**：容易实现的目标不会让你的读者熬夜读书。

冲突是关键

你的场景的大部分内容应该是冲突。我们建议，一个主动型场景要有80%—90%的冲突。这够多了。如果你趁早控制你的目标，那么你就可以使用整个场景给你的视点人物设置一个又一个障碍。你的人物会避开这些障碍，并继续努力达到他的目标。不要让他早早放弃，要让他努力争取。你让他越犯难，你的读者在感情上对他的投入就越多。你可以并且必须对你的视点人物残忍一点，你的读者会因此而喜欢你。

遭遇挫折

我们建议，在主动型场景里，你让视点人物遭遇挫折的时间要尽可能晚。要尽可能使锤子在结尾段落、最后一个例子，甚至最后一个词中落下。关于挫折，你需要牢记以下思想：

- 它应该是一种客观失败，使达到场景目标的计划落空。
- 它应该是视点人物坚持尝试达到目标的一种结果。
- 它应该使视点人物的情况比场景开始时糟糕。
- 如果可能的话，它应该是出乎预料的，但它在逻辑上应该遵循场景展开的方式。

★ **继之以反应型场景**

反应型场景通常紧跟着主动型场景，并且看起来是这样的：

1. 反应：在反应型场景的开头，视点人物正在摇摇晃晃地从上一场景的挫折中走出。

他花了一些时间，在情感上做出反应，并终于控制了他的情绪。

2. 困境：在反应型场景的中间，视点人物必须想出接下来做什么。

如果他遭受的挫折非常严重，那么他就没有好的选择。他碰到困境，必须用心思考，选择最不坏的选项。

3. 决定：终于，视点人物做了一个决定。

这为她的下个场景提供了一个目标，而下一个场景通常是个主动型场景。

下面是对一个反应型场景例子的概括：

你一时间无法呼吸。你处在你最可怕的恶梦里，你没有预料到这一点。你在一场雾中蹒跚着离开，渴望在找到一个独处的地方之前，你不会垮掉。你跌跌撞撞地走到外面耀眼的阳光之下，在一棵古橡树下找到了一个安全、安静的地方。几分钟后，精神雾霭开始消散。你擦了擦眼睛，做了几个深呼吸。你展开了湿冷的手，放下了紧握的手稿。好吧，挺好。你坚持到底了。现在该怎么做呢？你可以回去，和她争论，但那很可能会把事情搞得更糟。你可以停止写作，但……写作是你的生命。你可以试着搞清她所谓的"场景结构"是什么意思，但老实说，你觉得你已经知道那是什么了。你究竟该怎么做呢？一个朋友路过，看见你被眼泪打湿的脸，问你是不是不舒服。你解释了发生的情况。你的朋友建议你把你的手稿提交到无须预约的批评桌，让一位职业作家给你提一些具有建设性的建议。"你疯了，"你说，"那会再花我多少钱啊？"你的朋友把你拽起来，捡起你的手稿。"你没有关注定位吧？它是免费的。他们说，那是会议最受忽视的部分。但是，你最好快点儿，因为他们10分钟后就休会。"你感觉你的脸上露出了笑意，"我这就去。"

在这个例子中，对遭到拒绝的反应是内在的：你无法呼吸，你蹒跚着离开，你一头雾水。在你的困境里，你考虑了几个选项：和编辑争论，停止写作，试图自己搞清楚事情，都是一些坏选项。你的朋友提出了第四个选项，即从无须预约的批评桌获得一些帮助。这是一个可以轻松做出的决定，只要你明白那是一个选项。

寻求反应

被动型场景的反应部分可长可短，取决于你的人物要回应的挫折有多大，以及人物的情感有多强烈。反应主要是情感上的。如果你的小说是一部内省式的小说，那么你就可以在反应中呈现你的强烈情感体验。如果你的小说偏重于动作，那么你就可能想使反应短而迅捷。

反应型场景的反应部分是纯粹的情感。只有你的视点人物做了情感投入，它才会持续。最后，你的人物会平静下来，开始比较理性地思考。那是你的反应结束的时刻，你需要继续前进了。

困境是什么？

困境并非情感上的，而是智力上的。你的视点人物遇到了问题。他打算怎样解决它？他有选项，但所有这些选项都是坏的。如果他有好的选项，那么在此前的场景中，你就没有给予他一个足够艰难的挫折。

你的人物会长时间思考这些选项。多长时间？这取决于情况有多可怕，以及你的人物有多擅长分析事实，做出抉择。面对困境，你的人物也许要花很长时间来摸索，或者也许会快速摆脱困境。

作出决定

到了某个时候，你的视点人物必须做出决定，他不可能一直踌躇。当他做出决定时，他需要执行它。决定应该具有以下所有特征：

- **简单**：你的人物需要对他的决定有清晰的认识。
- **客观**：你的读者需要能够准确想象你的人物接下来想要什么。
- **有价值**：你的读者必须相信，从人物的价值观来看，他真的会做出这个决定。
- **可实现**：你的读者必须相信，成功也许只有一章之遥。
- **困难**：你的读者必须对这个决定是否有效抱有一定程度的怀疑。

在凌晨3:00，读者熬夜翻书需要足够强大的理由。简单、客观、有价值、可实现、困难的决定便赋予你的读者那种理由。

请注意，这个决定听起来太像主动型场景的目标。决定正是如此，是追求一个新目标的选择。

★ 循环你的场景

主动型场景始于一个怀有目标的人物，要给他造成冲突压力，然后使其遭遇挫折后退。反应型场景随即开始，带领人物穿越一种情感反应，然后又使他穿越一种智力困境，并最终使他做出决定，即追求一个新目标。

因此，从理论上讲，你可以写一个主动型场景，继之以一个反应型场景，再来一个新的主动型场景，没完没了地循环。这是个不错的理论，并且在实践中常常管用，但并非总是如此。下面有两种理由。根据它们，在你的小说里，你也许可以不遵循这种严格的主动型场景、反应型场景的循环：

- **跟上你故事的节奏**：现代商业小说常常火急火燎地飞速穿越故事。在快速动作小说里，主动型场景篇幅很长，作者也许会用一段叙事概要，飞快地穿越反应型场景。作者甚至会跳过反应型场景，让读者去思考视点人物经历了什么反应、困境和决定。

- **在一个场景之后调换视点人物**：如果你这么做了，那么你可能无法展示，在上个场景遭遇挫折后，你的视点人物的情感反应。那么，你什么时候展示它呢？也许以后，当你在一个新场景里调回那个视点人物时；或永远不会，如果视点人物可以向别的某个人物解释他的反应、困境和决定的话。

无论你是否向读者展示你的反应型场景，你都需要知道它里面发生的情况。这将告诉你，你的人物会在以后追求什么目标。这在很大程度上也取决于你的类型、读者的期待，以及你作为一个作者的技巧。大幅削减反应型场景是现代趋势。

★ 《飘》中的场景结构

不妨思考一下玛格丽特·米切尔的小说《飘》里这个初期例子。斯佳丽·奥哈拉迷恋阿什利·威克斯，希望诱使他将来娶她。在发现阿什利已经和梅兰妮·汉密尔顿订婚时，斯佳丽几乎无法相信，并发誓要在第二天威克斯庄园的烧烤舞会上向他挑明。在下午休息期间，当别的年轻女子小憩时，斯佳丽偷偷地在那个臭名昭著的图书室场景中见了阿什利。下面是对这个主动型场景的分析：

- **目标**：斯佳丽计划会见阿什利，吐露她对他的爱，劝说他娶她，而非梅兰妮。

- **冲突**：阿什利一再解释，斯佳丽是痴心妄想。他们太不一样了。没错，他关心她，但他需要娶一个性格上合得来的女人。在发现自己的梦破碎后，斯佳丽怒气冲冲地告诉他，她恨他，并使劲儿扇他。他离开了她。她太愤怒了，把一个上好的瓷碗摔到了房间对面。

- **挫折**：无耻的恶棍瑞德·巴特勒一直在沙发上打盹儿，每个词都听清楚了。瑞德嘲笑斯佳丽，她丢脸了。

这个主动型场景后面直接跟着一个反应型场景：

- **反应**：斯佳丽怒气冲冲。她几乎无法呼吸，担心自己会晕倒。她害怕她会见阿什利的情况被传出去。任何人都不能知道。

- **困境**：斯佳丽应该去找那些小憩的女孩吗？不可能，因为她无意间听见她们在议论她。哈尼·威克斯在指责斯佳丽"放荡"。她应该离开吗？不可能，因为梅兰妮在捍卫斯佳丽，而这可怕得令人无法用言语形容。更糟糕的是，哈尼大约猜到了斯佳丽爱阿什利。斯佳丽应该回家吗？不可能，那会使哈尼畅通无阻地散播有害的八卦，并且人们会相信她。斯佳丽听不下去了，于是她匆匆下楼，撞到了查尔斯。查尔斯是梅兰妮的弟弟、哈尼的男友。查尔斯看见斯佳丽心神不宁，就站在了她那边。在这天早些时候，查尔斯已经迷上她，甚至鼓起勇气向她求婚。现在，由于战争消息刚刚传来，查尔斯打算和北方佬作战。他问斯佳丽是否会等她。

- **决定**：斯佳丽明白，如果她嫁给查尔斯，那么她的所有问题都将得到解决。这将向阿什利证明，她不过是在调戏他，不是认真的。如果让斯佳丽成为弟媳，梅兰妮会吃不消。这也会破坏哈尼嫁给查尔斯的计划。斯佳丽当即决定接受查尔斯的求婚。

★ 《爱国者游戏》中的场景结构

现在再看一个节奏要快得多的例子，它来自汤姆·克兰西的惊悚小说《爱国者游戏》。杰克·莱恩是主要人物，他是安纳波利斯海军学院的历史教授。

第一章始于莱恩在伦敦进行一次研究之旅。他在图书馆待了一天，然后刚在海德公园见到他的妻子和女儿，就听见仅仅50英尺外发生了一次爆炸。莱恩转过身，看见在一辆抛锚的劳斯莱斯旁，两个枪手在用自动武器射击。下面是对主动型场景和反应型场景做的分析：

- **目标**：莱恩立即决定用他自己的身体制止这场攻击。
- **冲突**：莱恩扑向汽车近旁的枪手，用一个可以让人断胳膊断腿的鱼跃擒抱，出其不意地攻击了他。莱恩夺下枪手的手枪，知道他仍需除掉另一边的那个持AK-47步枪的人。但是，他刚擒住的这个人怎样了呢？他有意识吗？莱恩来不及查明，就朝他的屁股开了一枪，让他动弹不得。莱恩锁定另外一个枪手，后者现在已经丢掉他的AK-47步枪，换了一把手枪。枪手看见了莱恩，双方都开枪了。莱恩感到他的左肩受到了猛烈冲击，但他自己的子弹却击中了枪手的胸膛。莱恩又开了一枪，击中了枪手的面部，立即杀死了他。
- **挫折**：莱恩自己挨了一枪，伤得很重。
- **反应**：莱恩感到眩晕，有些窒息，喘着粗气。

- **困境**：一个宫殿卫士持枪向莱恩奔来。他不可能知道莱恩是个好人。在一场恐怖袭击现场,莱恩手持着一把枪。他应该怎么做呢?
- **决定**：莱恩没时间哀叹这一困境。他把弹夹从他的手枪中取出,扔到地上,然后放下手枪,离开了它们。他只能相信卫士不会朝他开枪。

第十章

动作、对话及其他：情节的底层

在这一章里：

· 写动作

· 描写对话、思想和情感

· 使用描写

· 用闪回复活过去

· 用叙事概要快进

· 把它们组合起来

　　现代小说情节复杂，高达六个层次。第八章解释了最上两层，故事线和三幕结构。第九章囊括了中间三层，摘要、场景清单和场景。在这一章里，我们将探讨情节的最底层。在这一层里，你的故事将逐段展开。

　　作为小说家，你的目标是赋予你的读者一种强烈的情感体验。这么做的多数技巧需要你把你的读者直接深入你的视角（POV）人物的感觉里。当编辑要求你"展示，不要讲述"你的故事时，他要求你做的正是这种事情。

　　要展示你的故事，你有五种主要工具：动作，对话，内在情感，内心独白，描写。你可以把动作和对话运用于任何场景的任何人物，但只能把内在情感和内心独白运用于你的视点人物。一般来说，你只能把描写运用于你的非视点人物，不过有一些重要的例外。你还可以把另外两种工具运用于你的故事，即闪回和叙事概要。如果你处理得当，每种工具都自有其用途。

要成为一个成功的小说作者，你需要懂得把所有这些工具结合起来，把其实是你的故事中的一个人物的幻觉赋予你的读者。在这一章里，我们将描述这些工具，解释它们如何一起发挥作用。

运用七种核心工具展示、讲述

有没有代理人或编辑在你的手稿上潦草地写上"展示，不要讲述"的字样，然后把它交还给你，不做进一步的解释？那不是挺让人生气吗？这当然挺让人生气。原因很简单，因为编辑只是告诉你"展示，不要讲述"，却没有向你*展示*如何"展示，不要讲述"。编辑从不解释"展示，不要讲述"的含义，因为他们认为你已经知道。

展示意味着使用感觉信息，给读者呈现故事。读者想看到故事，听到故事，嗅到故事，感受故事，品味故事，同时体验一个活生生、有呼吸的人物的思想和情感。讲述意味着跳过感觉信息，直奔事实，为读者概括故事。

你拥有五种主要工具，可以用来展示你的故事。就其重要程度而言，它们是：

- 动作
- 对话
- 内在情感
- 内心独白
- 描写

你可以在一个段落里随意将它们混合起来，只要这么做合理，你甚至可以在一个句子里将其混合起来。但是，你不一定非得把它们混合起来。如果你愿意，你可以在一段或更长的篇幅里，仅使用这些工具中的一种。

请注意，此前提到的工具也可以被运用在叙事概要里，以讲述你的故事。鉴于我们对如何运用它们来展示你的故事最感兴趣，我们需要进一步明确我们对动作、对话、内在情感、内心独白、描写的界定，以便它们专指*展示*，而非*讲述*。你可阅读下面各节，看看我们使用这些名称所指的确切含义，以及关于如何使用它们的例子。

你还可以使用另外两种工具：

- **闪回**：你在时间上回到此前的一个场景，运用所有常见手段（动作，对话，内在情感，内心独白，描写）来展示故事的一部分，然后又回到现在。你必须给读者做出某种提示，表明闪回的开头和结束。

- **叙事概要**：叙事概要就是编辑所谓的讲述。叙事概要是一种简便、有效的方式，可以把大量信息传达给读者。它绕过你的读者的感官，直奔他的头脑的认知中心。

在这一节里，我们将分析这七种工具，向你展示在情节复杂性的最低层次，如何把它们有效地结合起来，让你像个职业小说作者那样，展示、讲述你的故事。

★ 动作

*动作*是现在时刻都在发生的东西。动作从不概述，而是展示。写作新手常常认为，动作与快速发生的大场面有关，如汽车追逐、枪战、直升机爆炸等。虽然这些场面偶尔会成为一个场景中的动作的重要组成部分，但对你的读者来说，它们并不是最重要的东西。动作是人物做的普

通、日常的举止和姿势。一个男人亲吻他的妻子,一个女孩抚摸她的狗狗,一片叶子从一棵树上落下:所有这些都是动作,其中的任何一个都可以激发你的人物的情感(从而激发你的读者的情感)。

只有在涉及读者关心的人物时,动作才重要。一架直升机爆炸了,但里面没人,那么它就没有意义。如果一架直升机爆炸了,里面坐着你三岁的女儿,那么它就意味着一切。永远不要展示一个对你的人物之一毫无意义的动作。

看看下面两个动作段落。场景不涉及太多动作,但每个动作都表达了某种东西:

在看见你正靠近她的约会桌时,你的编辑露出了微笑。她正在打手机,但她冲着桌对面的座位做了个姿势,指了指她的手表,抬起她的食指。一分钟。

你瘫坐在椅子上,乐于在她结束通话之前,你可以多一点儿准备时间。你把手伸进你的皮包,掏出你最新的摘要和样章,以及这位编辑去年从你这里买走的小说的续篇。

请注意,这两段有着天壤之别。第一段聚焦编辑,而读者是从外部审视她的,因为她并非视点人物。读者无法阅读她的头脑,但他们可以通过她的动作和面部表情(她的非言辞交流),对她的想法和情感有比较深入的了解。第二段聚焦视点人物,并且我们因此不仅看到了动作,也看到了某些想法和情感。

关于你的编辑,不妨从描写她的姿势的几句话里,看看你都能看出什么:

- 她微笑一下,告诉你她乐于见你。
- 她在打手机,告诉你她是个忙碌的女人。

- 她冲着桌对面的座位做了个姿势，欢迎你，并强化了一个信息：她乐于见你。
- 她指了指她的手表，显示她清楚时间，意识到她在侵占你的约会时间。
- 她抬起一根手指。联系上下文，这只能意味着她想让你等一分钟。

所有这些合在一起，给予你一个简单的信息。编辑乐于见你，但她很忙。你最好递交一份优质的写作样本，否则15分钟之后，她就没这么高兴了。

视点人物的动作也讲述了一个非言辞故事。你瘫坐在椅子上表明你累了，但你把手伸进皮包显示你是有备而来的。在展示视点人物的动作时，作者往往会增添一些想法和情感，让读者更加全面地了解人物。那个作为例子的段落指出了你的想法：你珍惜拥有额外的准备时间。如果想了解关于混合这类信息的提示，可阅读此后的"内在情感"和"内心独白"这两节。

小说就像真实生活中一样，动作胜过语言。如果一个人物的动作传递的信息与她的话语传递的信息不同，那么读者总是会相信动作。

★ 对话

对话指的是你的人物大声说出的话。即使只有一个人物在场，如果他大声说话，就可以说是对话。作者们区分了*直接对话*（引用人物说的原话）、*间接对话*（给出人物所说的话的大意）、*概括对话*（在叙事概要里概括一整段对话）。当我们使用"对话"这个词时，我们指的要么是直接对话，要么是间接对话。这两种对话适合展示，概括对话属于讲述。

下面是关于展示对话的一些规则：

- **在引号里逐字展示直接对话。**不要概括说话人说的话，要逐字展示它：

"给我说实话，不要撒谎，阿什利·威克斯！"斯佳丽说，"你觉得我漂亮吗？"

- **近乎逐字地展示间接对话，不用引号。**在这里，你可以概括一点儿，但你仍需要把对话归属于一个人物：

斯佳丽问阿什利是否觉得她漂亮。

- **用标签告知谁在说话。**你可以用简单的"他说"作为标签，或你可以使用一个动作标签，来命名一个人物或展示他在做什么事情。如果说话人是谁显而易见，你可以完全省略标签，但千万别让读者疑惑谁在说话（并且不要试图让人物互道对方姓名的次数太多）。

要避免使用复杂的标签，如"他解释说"，或"她劝诫说"。简单的"他说"或"她问"就很好。也要避免在你的标签里使用副词，例如"他屈尊附就地说"，或"她挖苦说"。如果他真的屈尊附就或她真的挖苦，那么话语自身就会呈现这一点。

- **每个人物的对话独立成段。**要在和对话相同的那一段里展示标签，即使它是个动作标签。

不妨看看我们的连续场景中的另外三段，每一段都展示了一个不同人物说的话：

你的编辑结束了通话。"好！你今天给我带了什么？"她俯身向前，去够你的手稿。

你把那一摞纸推过桌子。"它还是一部奇特的悬疑小说。我们的英雄，那个汽车司机，被朝鲜的特工绑架。他们试图迫使他透露美帝国主义即将发动的攻击的日期。"

"剽窃者！"你后面响起了尖叫声，"你偷窃了我的想法！"

对立各方：记住对话是战争！

对话就是战争！每个对话都应该是一场可控冲突，发生在至少两个有着对立立场的人物之间。对话的主要目的是推进故事的冲突。

除非对立各方真的相互对立，否则你就不可能发生战争。在我们的对话例子的前两段里，编辑和你目标相同，即讨论你的手稿。读者在这里寻找冲突，结果一无所获，好奇于它何时会出现。只有当第三个人物出现时，我们才拥有了冲突。那个人物所拥有的立场和你或你的编辑完全不同。这个新人物想猛揍某些人的头：或者说，是你的头。现在我们有了冲突。

在我们的例子中，我们使冲突公开了。但是，冲突有可能隐藏在表面的客气下面，只要不同的人物拥有不同的目标。举个例子，在《傲慢与偏见》临近结束时的一个著名场景里，凯瑟琳·德·波夫人抵达丽兹·班内特的家。凯瑟琳夫人的目标是让丽兹否认她打算和夫人的外甥达西先生结婚。丽兹几乎没有希望嫁给达西，但她讨厌那个老女人，拒绝做出这样的承诺。她的目标是保持她自己的尊严。她们两个之间的对话虽然激烈，但仍然保持着那种冷淡的礼貌，丽兹不断以德·波之道还治其身。冲突出自尖锐对立的目标。

使你的对话失去平衡

当读者知道人物接下来要说什么时，冲突可能就小了。但是，当人物相互令对方（和读者）感到意外时，情节将开始闪耀。

在我们的例子中，对话显得非常平衡，甚至平淡，直到第三个人物不知道从哪里冒出来。要想使对话失去平衡，有几个办法。你可以引入：

- 新人物
- 新事实
- 新事件

你的某个人物的价值观有可能发生冲突，迫使他做出一个艰难、不可预测的抉择。这些相互冲突的价值观中的任何一种都会使对话失去平衡，让你的读者不断去猜。

赋予每个人物一种声音

声音是一种特殊方式，可以让人物把词语组织起来，表达理性的话语和理性的思想。哈克·费恩拥有一种强烈、独特的声音，斯佳丽·奥哈拉、阿尔布斯·邓布利多也是如此。任何人都不可能把哈克和斯佳丽或邓布利多混淆。在小说里，在确立读者识别和揭示人物方面，人物的声音非常重要。你展示声音的主要工具是对话和内心独白。我们稍后将在这一章里探讨它们。

拥有精彩对话的小说数不胜数，例如简·奥斯丁的《傲慢与偏见》，哈依姆·波托克的《选民》，奥尔松·司各特·卡德的《安德的游戏》。

★ **内在情感**

*内在情感*指的是你在强烈的情感中感到的内在心理感受。在小说中，讲述人物的情感很常见。举个例子，你可以告诉读者，弗罗多感到害怕，但那不是内在情感，而是叙事概要。如果你想展示他的恐惧，那么你需要让读者感到弗罗多心跳加速，手变得湿冷，脖颈好像有一千根细针扎

着。这才是内在情感,也就是当身体感觉展示恐惧之时。

你只对视点人物使用内在情感。那就是视点人物究竟为何物:一个你可以进入他的身体的人物。你的读者之所以阅读,为的是拥有一种强烈的情感体验。通过展示内在情感,你就拥有了一个绝佳机会,可以传递读者所渴求的诱惑,即情感。

下一段将展示一个内在情感例子,其后跟着内心独白、动作,全都以场景中的视点人物为核心。内在情感出现在那个段落的第一句中。

一个热辣辣的肾上腺素球在你的肚子里涌起。那种声音。你知道那种声音。但是,它来自哪里?你转着看了一圈。

与告知相比,向你的读者展示一种情感要强烈得多。你通过给情感命名,来讲述它。你通过展示人物在高度紧张时刻的心理反应,来展示情感。

要不停地自问,"我的人物感受如何?我的人物感受到了什么?"如果你可以用一种心理反应来回答这两个问题,那么你就拥有一种有效的办法,赋予你的读者一种强烈的情感体验。

下面是一些入门指南:

• 只展示视点人物的内在情感。如果你以客观的第三人称视角写作,那么你就没有视点人物,因而你就选择了不使用内在情感。如果你使用全知或跳跃视角写作,那么你就可以展示一个特定场景中的不止一个人物的内在情感。要考虑这么做的优点,以及你的读者丧失对场景中的主要人物的认同的缺陷。

• 聚焦无意识的心理反应。你的人物的手、脚、肚子、脖子、脸上发生了什么?你可以使用什么隐喻,来重新描述这种感觉?

• 不要命名情感,那只是把情感告诉读者,你要做的是展示它。

- 少即是多。不要过分使用这种方法。只有当你需要一个有着剧烈、生动情感的时刻，才使用它。

你也许认为，我们的*内在情感*这个术语多余。情感不总是内在的吗？是的，它当然是，但你并非总是进入你人物的身体来展示情感。你往往只是运用叙事概要，讲述人物的情感。我们用*内在情感*这个词仅指这样一些场合：你直接进入你读者的身体，展示针对那些情感的内在身体反应。

情感往往会留下可见的外在痕迹，见于身体语言和面部表情。因此，你总是不得不通过人物的动作，对人物的描写，尤其是对他的面部表情的描写，展示你的场景中的其他人物的情感。

几乎所有小说都使用内在情感来展示人物的感受。我们最喜爱的小说包括J. K. 罗琳的整个《哈利·波特》系列，哈兰·科本的《没有第二次机会》，以及肯·福莱特的《地球支柱》。

★ 内心独白

*内心独白*指的是你的人物思考的实际想法。正如对话那样，作者区分了*直接内心独白*（讲述思考的原话）、*间接内心独白*（讲述思考的要旨），以及*概括内心独白*。当我们使用"内心独白"这个词时，我们指的要么是直接内心独白，要么是间接内心独白，二者都是展示。概括内心独白是一种讲述。

思想不仅传达信息，也可以使读者洞察人物。思想是你必须用来展示人物的声音的两种工具之一，而声音涉及人物如何遣词造句。另外一种工具是对话。

就像内在情感那样，你只能对视点人物使用内心独白，从不对非视点人物使用。可看看这个作为例子的段落的中间三句，它们全是内心独白：

一团炽热的肾上腺素从腹部涌起。那种声音。你知道那种声音。但是，它来自哪里？你转着看了一圈。

下面是一些写内心独白的指南：

• 仅为视点人物展示内心独白。如果你以客观的第三人称视角写作，那么你就没有视点人物。如果你以全知或跳跃视角写作，那么你就拥有几个视点人物。

• 就直接内心独白而言，如果思想与现在有关，那么即使你用过去时讲述你的故事，也要使用现在时。例如，"杰克通过他的望远镜查看老虎。*我讨厌那个野兽。*"

• 你根本不需要在内心独白中增添"他想"这样的话语。读者很聪明，足以分辨视点人物的内心独白。

• 就间接内心独白而言，如果你是在用过去时讲你的故事，那么就使用过去时。例如，"杰克通过他的望远镜查看了老虎。他讨厌那个杀死了他女儿的野兽。"

• 当你想插入少量解释性材料时，要使用间接内心独白。在前面那个例子中，我们增加了对杰克讨厌老虎的原因的解释：因为它杀死了他的女儿。真人不会对自己解释原因，因此把这种解释当作直接内心独白是不恰当的。

• 不要使用内心独白向你的读者撒谎。你的人物必须告诉他们自己真相，知道多少就告诉多少。如果你使用内心独白欺骗你的读者，那么他会愤怒。然而，如果人物显然在自我愚弄，那么你的读者也不会介意。

一些小说在使用内心独白上非常有效，其中包括伊丽莎白·穆恩的《黑暗的速度》、奥黛丽·尼芬格的《时间旅行者的妻子》、欧文·肖的《富人，穷人》。

★ 描写

描写在读者的头脑里创造了一种词语图画，很像电影里的图像。看看下面这一段，它描写了一个将要攻击视点人物的新人物：

长长的、油腻的黑发。一道伤疤从他左脸颊向下延伸，消失在一圈肮脏、呈现点点灰色的络腮胡子里。他穿着黑皮衣，佩戴着不锈钢链子。一对木棍武术之类的东西从他的右手垂下来：双节棍？他睁大的瞳孔有硬币那么大。一道烟草汁从他下巴的胡茬中流过。

下面是写描写的一些指南：

- 只展示视点人物能够看到、听到、嗅到、品味到或触摸到的东西。一般来说，这意味着，你不能展示对视点人物的描写，除非他在照镜子。然而，如果你使用第三人称客观、全知或跳跃视角，那么你就有了展示对任何人物的描写的自由。

- 使用强烈的名词和动词。如果你想使用形容词，要自问一个更强烈的名词会不会更管用。如果你觉得需要使用副词，要自问一个更鲜明的动词是否合乎需要。

- 要突出实实在在的细节，以暗示你没有展示的众多细节。

- 要通过视点人物（如果你有一个的话）的视角和情感过滤描写，以便传达他的声音。

- 使用对非视点人物的描写，展示他们通过非言辞交流表达的思想、情感。这些人物的肢体语言、面部表情、说话的腔调，可以让你的读者洞察他们的思想和情感。

向外看：用视点人物的感官

作为小说家，在描写时，要像影视编剧那样思考。如果你的场景只有一个视点人物，要想象他的额头上架着一台照相机。这台照相机会看见什么？描写它看到的东西，并且只描写它看到的东西。你不可以描写你的人物无法看到、听到、嗅到、品味到或触摸到的任何东西。

为什么会有这种限制？为什么不展示可以看到的一切东西？答案是，通过把你自己限制在视点人物可以感觉到的东西之内，你就强化了那种强烈的幻觉：你的读者其实就是视点人物。由于你的视点人物是受限的，你的读者也必然如此。

一些视角选择（第三人称客观、全知、跳跃）不会把你限制在一个视点人物之内。在这种情况下，你仍需要为你想象的照相机选择一个位置。不要任意晃动照相机，以免把你的读者搞晕。

要简洁地增添描写，不必提及视点人物。上面的例子如果这样开始：

你看见一个家伙，他黑发长长、油腻……

"你看见"这个增添的词组没有给场景增添任何有价值的东西，因此只是浪费笔墨。读者知道他在视点人物的视点里，因此他不需要被告知谁在看，因为只有一个人物能够看见。你永远不需要告诉读者谁在看、听、嗅、品味、触摸，从来没有人这样想，"我在看一只老虎"。相反地，他们只是看见了老虎。

向内看：展示人物对所见事物的态度

现代小说家把一小段一小段的描写直接和动作、对话、内在情感、内心独白编织在一起，织成一条细密的、高度个性化的挂毯，反映人物的内心状态，而非世界的实际样貌。

🎯 要用视点人物（如有）的视角和情感过滤你的描写，只关注人物在乎的细节。他会用什么词语来描写他看到的东西？就使用那些词语。他会对他看到的东西做出什么价值判断？就使用包含价值、反映的词语。

举个例子，如果杰克在看杀死她女儿的那只老虎，那么读者就有可能看到这样的话语："老虎恶毒的眼睛在月光下泛着黄光。"恶毒这个词就是杰克对他看到的东西做的价值判断。杰克厌恶这个杀戮机器，读者也会如此，并且不用被告知。

如果你没有视点人物，那么你就需要决定如何过滤那些描写。通过焦点人物的视角和情感过滤它们？通过作者？通过某个全知的叙事人？如今已不流行让作者或叙事人闯入故事，因此要仔细考虑你的选择。

在表面：通过外表揭示人物

作为小说家，你不可能直接进入你的非视点人物身体里，讲述他们的思想，或运用内心独白或思想讲述他们的感受。但是，你仍可以使用描写，使你的读者对他们的思想和感受有所洞察，而不用提及人物的背景故事、现在的行为模式、个性，等等。

例如，一个人的穿着方式可以透露他的很多情况。他的个人打扮或不注重个人打扮也是如此。他的面部表情甚至能告诉你更多。仔细看那个例子，看看读者从会议上攻击你的不幸作者身上发现了什么：

- 长长、油腻的黑发告诉你，他要么不太在乎他的外表，要么反映他是哪种人。
- 伤疤告诉你，他是个打过架的家伙。
- 脏脏的络腮胡子表明他不在意自己的外表，点点灰色暗示他40多岁。
- 黑皮衣和链子是一种陈述。语境很重要：在写作会议上，多数作者都试图显得专业，那种陈述的措辞相当鲜明。
- 双节棍是一种隐含的威胁。
- 扩大的瞳孔提示着吸毒上瘾和高度的暴力可能性。

- 流淌的烟草汁强化了那种信息：他是个粗暴的家伙。
- 他下巴上的胡茬表明他"不专业"。

请注意，描写往往流于程式。但是，我们当然是有选择的。如果我们用一套火烈鸟那样粉红的三件套套装取代黑皮衣和链子，那就让矛盾的信息把事情搅得乱七八糟了。作为作者，你要选择你想传递给读者的信息。

一些小说擅长描写物理环境，如阿瑟·柯南·道尔爵士的《夏洛克·福尔摩斯》系列，汤姆·克兰西的《猎杀红色十月号》及其续集，詹姆斯·斯温的《诈骗意识》及其续集。一些小说则擅长使用人物描写，包括戴安娜·加瓦尔东的《异乡人》，马里奥·普佐的《教父》，查尔斯·狄更斯的《双城记》。

★ 闪回

*闪回*就像一个容器，包含故事中设置在较早时间的场景。闪回以实时展示发生在"过去"的事情，就像它现在正在发生那样。你展示它所使用的技巧和你在别处所使用的一样，也包括动作、对话、内在情感、内心独白、描写。关于闪回，唯一不同的是，它拥有两个转换点，一个在开头，一个在结尾。

闪回不是叙事概要，不是人物追忆往事。无论一些写作教师告诉你什么，闪回都不是一种反人类的方法。你不能过度使用闪回，但它们可以成为一种有用的工具。

如果你确实需要用你所掌握的展示工具（动作，对话，内在情感，内心独白，描写）来展示某个背景故事，那么你就可以使用闪回。当然了，你也有别的选项。你可以使用叙事概要；你可以使用对话，让一个人物从另一个人物的嘴里把背景故事套出来；你甚至可以让一个人物根据已被发现的证据（一本旧书，或剪报）被拼凑出来。

> 如果要使用闪回，那么你需要一个理由。你的读者自然会怀疑，如果闪回如此重要，那你为什么不干脆让你的故事开始得早一些。要在故事里清晰地表明，为何闪回是必要的。例如，如果某个事件发生于故事开始前的20年，那你就完全有理由使用闪回，而非让故事开始于20年前。

> 在读者关注你的人物之前，他们不会关注背景故事，因此要推迟使用闪回，直到让读者深入你的视点人物内部。这时闪回就是展示背景故事的一个可行办法，只要你不过度使用这一技巧即可。

下面是一个包含了几段闪回的例子。请注意进出闪回的转换。

那种烟草汁激发了你对一年前同一个写作会议的记忆。你正在一棵树下踱步，每五秒钟看一下你的手表，等着和一个大腕编辑的约会。你的样章被汗水浸湿了。

"老兄，你看上去有些憔悴，"一个声音从你身后传来，"在等一个编辑？"

你转过身，看到一个家伙。他看上去非常怪异。你冲他微微一笑。"是呀，我有点儿紧张。"

"你的故事是讲什么的？"他把一大口烟草汁吐到了紧挨着你的那棵树上。

烟草汁的臭气使你退缩。"我正在写一部悬疑小说，讲的是一个公交车司机，他梦见迪士尼乐园即将发生一场恐怖袭击，正如他在"9·11"之前不久所做的梦那样。"

他的眼睛亮了。"是吗？老兄，那正像我最近一直在做的那种梦。你的故事里提到朝鲜了吗？ATF杀手呢？"

"ATF？"你知道你在哪个地方听到过这个缩写词，但你的头脑现在有些发蒙。

"酒精，烟草，枪支。"他又吐了一口。"当心点儿，老兄。他们就在这个会上。当心吧。现在不要看，但阳台上现在就有一个，他正在用望远镜看着我们。"

你转过身去看。阳台上根本没有ATF杀手。当你向你的新朋友转回身时，他已经离开了。消失得无影无踪。他是真人吗？树上流淌的烟草汁是仅有的证据。

现在，一年后，他回来了，正迈着悠闲的脚步向你走来，慢慢地晃着他的双节棍，一脸怒容。

闪回的棘手部分是进入点和退出点。你要在每个点上都做到自然转换。

进入闪回

要进入闪回，有一件事必须注意：要明确提及回忆。

在我们的例子中，我们是用"那种烟草汁激发了你对一年前同一个写作会议的记忆"这一句做到的。请注意，我们在闪回的两头，把烟草汁用作了传感装置。这是一种常见的技巧。

回到主要故事

要走出闪回，就把你进入的步骤调转一下：

1. 如果可能的话，要回到你进入闪回时所使用的传感装置。

在我们的例子中，我们使用了"树上流淌的烟草汁是仅有的证据"这句话。

2. 用一次对时间的提及，把读者带回现在。

在我们的例子中，我们是这么做的："现在，一年后，他回来了，正迈着悠闲的脚步向你走来，慢慢地晃着他的双节棍，一脸怒容。"

你现在完全回到了刚刚打断的场景，准备向前移动，完成这个场景。

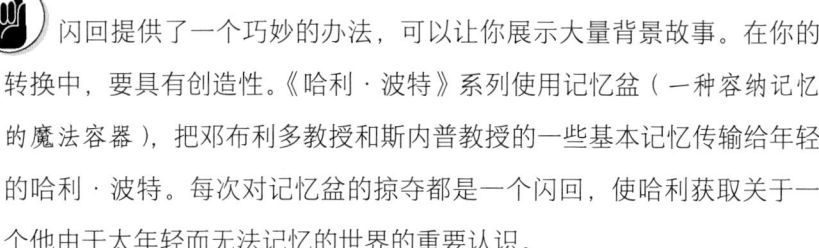闪回提供了一个巧妙的办法，可以让你展示大量背景故事。在你的转换中，要具有创造性。《哈利·波特》系列使用记忆盆（一种容纳记忆的魔法容器），把邓布利多教授和斯内普教授的一些基本记忆传输给年轻的哈利·波特。每次对记忆盆的掠夺都是一个闪回，使哈利获取关于一个他由于太年轻而无法记忆的世界的重要认识。

在其著作《斯坦因论写作》中，索尔·斯坦因用了一章篇幅来探讨闪回。

我们建议你谨慎使用闪回，尤其是在故事开头。在下面这两部小说中，闪回发挥了重要作用：肯·福莱特的《圣彼得堡来客》, J. K. 罗琳的《哈利·波特与死亡圣器》。这两部小说都尽可能久地延缓了展示闪回，确保读者首先进入故事。

★ 叙事概要和其他讲述形式

叙事概要、阐述、静态描写是讲述工具，而非展示工具。下面是对它们的比较：

- **叙事概要**：叙事概要是通过概括发生在一段时间内的事件，讲述一个故事的一部分，而非逐时展示事件。你可以使用叙事概要，概括动作、对话、情感、思想和描写。下面是叙事概要的一个例子：

"乔治·斯麦利在雾中行走了六英里，穿越伦敦，思考着如何诱捕他的死对头卡拉。"

- **阐述**：作者们区分了叙事概要和阐述。阐述是对某个系列的事实作出解释。下面是阐述的一个例子：

"卡拉是莫斯科中心狡诈的头头，他诱惑斯麦利的同事比尔·海顿，使之成为一个双料间谍。"

- **静态描写**：作者们也区分了叙事概要和静态描写。静态描写是对在人物头脑之外得到展示的一个场景、一个人或一样东西的描写。下面是静态描写的一个例子：

"在伦敦郊区一条空无一人的街上，一盏孤零零的街灯在雾中泛着光。"

由于把所有这些讲述技巧罗列出来很乏味，当我们指它们中的任何一种或全部时，我们往往使用*叙事概要*这个包罗一切的词。

关于叙事概要，它违反了"展示，不要讲述"规则。你究竟为什么要干这样的事情？毕竟，就赋予你的读者一种强烈的情感体验而言，直接把你的读者放入一个视点人物的体内才是你的金钥匙。

 叙事概要有什么用呢？下面是一些答案：

- 叙事概要是给予你的读者信息或见解的一种快捷、有效的方式。你其实不想展示在人物生活里进行的一切，而是想压缩那些不推进故事的事件，从而可以聚精会神于那些推进故事的事件。叙事概要使你可以迅速覆盖大量时间（和距离），概括一长串事件。一些事件如果展示会很乏味，不如迅速、简易地讲述。

- 你需要变化讲故事的节奏。在一个快节奏的场景之后，叙事概要可以让你的读者喘口气。

我们的例子包含了两个叙事概要结束段落，它们起到了桥梁作用，把我们从一个相当荒唐的故事，带入了一场对你所拥有的描写场景的主要工具的严肃讨论。我们在这一章里一直在撰写的一个场景，下面是它

的结束段落:

当他靠近时,你突然想到,你刚刚体验过一个作家"展示"场景的所有主要工具。你始于某个动作,继之以对话、内在情感、内心独白和描写。接下来,你转入一场闪回,然后又转出了。现在,你终于开始用一点儿叙事概要,来概括你的场景。

随着双节棍冲你的脑袋尖叫,你突然想到,只有一个作者在被疯狂的暴徒毒打时,他才会按照小说的基本单位,分析他的生活。很显然,你是个真正的作者。

 下面是写叙事概要的一些指南:

- **要短。**你写叙事概要用的词越少,你的读者就会越快乐。你的读者阅读不是为了事实。他阅读是为了情感。要把他掏钱买的东西给他。

- **传达有趣的信息。**如果你要让你的读者艰难穿越叙事概要,那么就要尽可能使这一过程有趣。奇怪或出人意料的事实总是有趣的,解释你的人物或故事世界的谜团的关键信息也是如此。生动、实实在在的细节创造强烈的感觉形象,总是会受到你的读者的欢迎。

- **使用一种强烈的声音。**如果你串联词语、构造你的句子的方法有力、独特、有趣,你的读者就会阅读你的作品。

- **尽可能巧妙。**如果叙事概要非常精彩,那么读者就不介意阅读它。相比于商业作者,纯文学小说家一般使用大段叙事概要。然而,要记住,很多读者之所以不喜欢纯文学小说,正是因为他们不想为叙事概要劳神。

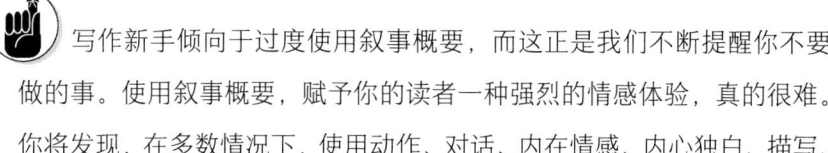 写作新手倾向于过度使用叙事概要,而这正是我们不断提醒你不要做的事。使用叙事概要,赋予你的读者一种强烈的情感体验,真的很难。你将发现,在多数情况下,使用动作、对话、内在情感、内心独白、描写、

闪回聚焦情感体验,更有价值。但是,当你需要弥补时空鸿沟,向你的读者传递信息,表达见解,或仅仅是打断节奏时,你将发现叙事概要是多么有用。在你这么做时,要让叙事概要发挥作用。

包含适度的精彩叙事概要的小说数不胜数。我们最喜欢的小说有马里奥·普佐的《教父》,马克·哈登的《深夜小狗神秘事件》,卡勒德·胡赛尼的《追风筝的人》,特蕾西·雪佛兰的《戴珍珠耳环的少女》,弗里德里克·福赛斯的《豺狼之日》。

展示的秘密

在这一章早些时候,我们拆解了展示的艺术,仔细研究了每个部分。但是,小说的内涵大于其组成部分的总和。你必须按照如下方式,把各部分组装起来:

- **可理解**:在真实生活中,一切都是同时发生的。你必须把它放到一个次序里,并且先关注一个人物,然后关注另一个,以便使读者理解混乱的动作。

- **有感染力**:你必须创造一种幻象,让你的读者成为你的视点人物(或你的焦点人物,如果你没有视点人物或有几个视点人物的话)。

- **可信**:你需要让读者相信因果在你的宇宙中有效,但你又必须避免可预见性。

所有这些都很难,而这正是写小说是一门难以掌握的技艺的原因。在这一节里,我们将向你展示我们认为的小说写作里最重要的技巧。即使你不掌握小说的其他技巧,也一定要掌握这些技巧。

★ 把一切整理妥当

现代小说作者不会乱糟糟地展示或讲述小说。讲故事有一种模式,一种你已经从对话中获悉的模式。在对话里，人物一个个地说话，每个人都在各自的段落里表达着。在那个段落里，别人不允许说话。如果一个人干扰了另一个人，那么第一个人的话就会被突然切断：你真的无法让两个人同时说话。

这与真实生活不同。在真人的真实对话中，同时有两个甚至三个人说话很常见。你的头脑常常可以把这整理妥当，追踪各个说话人，但即使你的头脑犯糊涂，你的耳朵仍能听到同时响起的各种声响。你在写对话中不能这么做，而这正是作者们利用把每个人说的话放入一个独立段落的惯例的原因。读者真的不会容忍一部小说中"每个人都同时说话"。展示的其他方法也是如此。

现代作者并不试图展示"同时发生的一切"，也不会展示"同时感受的每个人"或"同时思考的每个人"，而是会依次聚焦于不同的人物，给每个人物一个段落或更多段落，让他做动作、感受、思考、看。

那个段落或段落群构成小说中的一个单位，即小说复杂性的最底层。我们需要为这个小说单位找一个专业术语。鉴于这样的专业术语好像没有，我们将创造一个。我们将使用电影片段这种类比，而它是一个图像帧系列。

我们把*片段*界定为聚焦于一个人物的一个句子系列，其中包含任何动作、对话、内在情感、内心独白和描写的混合。

有一个片段例子，它只包含对话："你必须把权力之环扔进末日裂隙里。"甘道夫说。

有一个片段例子，它把对话和内心独白结合了起来：弗罗多跟跟跄跄地登上末日峰的侧面。"萨姆，我们就要到了。"那是末日裂隙的入口吗？

有一个片段例子，它把描写和动作、对话结合了起来：古鲁姆望向洞穴外面，用细长、粗糙的手指在眼睛上搭起凉棚，挡住阳光。他咆哮一声，扑向弗罗多。"厉害！"

一个片段可以包含你所需要的数个段落。在拥有不止一个人物的场景里，片段很少持续超过三段，因为一个片段只聚焦一个人物。（那是我们对片段的限定。）只要你把焦点转向一个新人物，那么你就会写一个新片段。

多数场景因而拥有数十个片段，因为多数场景拥有两个或更多的人物，并且他们会互动数十次。

关键是要记住，每个片段只聚焦一个人物。当你把焦点转向一个不同的人物时，一个片段已经终结，新的片段开始了。对撰写聚焦的场景来说，这至关重要。

★ 了解片段的两种类型

作者们使用两类不同的片段，取决于他们是聚焦视点人物，还是非视点人物。要记住，读者是从里面看视点人物的，可以接触人物私下的想法和情感。读者是从外部看非视点人物的，因而只看见人物"公开的脸"。因此，我们区分了这两类片段：

• **私下片段**：这类片段聚焦视点人物，可以接触人物的私下想法和情感。在私下片段里，你的读者通过视点人物的眼睛看世界。读者私下里从内部看到视点人物的动作、对话、内在情感，以及内心独白。

• **公开片段**：这类片段聚焦非视点人物，并且只能接触人物公开、可见的一面。读者公开地从外面看到人物的动作、对话、描写。读者也许可以从面部表情和肢体语言猜到人物的想法、情感，但读者永远不可能确知人物的内心。

在写作、讲授小说多年后，我们认为，创作优秀小说只有一个最为重要的秘密，就是熟练掌握写片段的技巧，无论是私下片段，还是公开片段。在你的场景中，当你在私下片段和公开片段之间转换，读者像视点人物那样体验了生活。

这正是你体验世界的方式。你拥有丰富的私下生活，有着非常复杂的思想和情感。你无法和世界分享它们，即使你尝试通过动作和言辞这么做。你能够通过他人公开的信息，如他们的动作、言辞、面部表情，尝试理解他人，但你并非总能成功。

如果你拥有视点人物，然后通过转换私下片段和公开片段写小说，那么你就会让读者产生一种怪诞的感觉，认为自己就是视点人物。如果你没有视点人物，那么你就只能向你的读者展示你的所有人物的公开片段，赋予你的小说一种电影的感觉。

★ 撰写公开片段

写公开片段要坦率。公开片段向读者展示视点人物能够看到、听到、嗅到、品味到或触摸到的一切东西。由于读者知道视点人物是执行看、听、嗅、品味或触摸的人，你不必点明，只需展示感官输入。

在公开片段里，你可以使用下面三种工具的任意组合：

- 动作
- 对话
- 描写

我们可以在那次闪回之后，立即获得我们的场景例子，并且写一个聚焦于你的死敌的公开片段。到目前为止，我们的场景例子一般同时仅使用一两种工具，先是动作，然后是对话、内在情感、内心独白、描写。

在这里，我们混合、搭配，以获得一个更典型的公开片段。它始于对话，转向动作，然后展示某种描写。所有这些都是公开片段里的典型元素：

"没人偷我的思想。"你的死敌迈着悠闲的脚步向你走来，慢慢地晃着他的双节棍，一脸怒容。他的会议名牌上写着，"嗨，我的名字是：海克·摩尔。"

★ 撰写私下片段

写私下片段比较复杂，因为你是在向读者展示在你的视点人物内、外发生的事情。私下片段向读者展示视点人物做、说、感受、思考的一切。它一般不展示视点人物看到、听到、嗅到、品味到的任何东西。（这些东西一般出现在聚焦别的某个人物的公开片段里。）

私下片段的运作方式取决于你所选择的视角（POV）。现在不妨看看采取不同视角的私下片段的运作（或不运作）方式：

- **第一人称视角**：这是一种常见的视角选择。如果你想发现如何写私下片段，那么这是个不错的选择。在第一人称中，待在视点人物头脑里很容易。你只需向读者展示"我做、说、感受、思考的一切"。

- **第三人称视角**：这是最常见的视角选择，因为读者似乎很喜欢它。它对私下片段非常适用。你需要训练自己，只讲述视点人物（而非别的任何人物）的想法和感受，这是一种很容易掌握的训练。

- **第三人称客观视角**：这是一种不太常见的视角选择，因为你无法进入焦点人物的头脑。你自我限制于焦点人物做的和说的东西，以及对他的面部特征的描写。这意味着，你根本无法以第三人称客观视角写私下片段。你不得不对所有人物都使用公开片段，写完整个故事。这是一种非常严格的限制，你也许会发现自己希望使用一般的第三人称视角。

- **跳跃视角**：写作教师一般会阻止作者们使用这种视角选择，因为你现在可以随心所欲地对任何人物使用私下片段。你的场景里没有读者唯一认同的特殊人物。这有可能迅速毁灭那种幻象：你的读者其实是人物之一。作为作者，你必须格外努力，让你的读者认同你的主要人物。当你可以选择一个不同的视角，让读者代入一个人物，这么做值得吗？

- **全知视角**：很多写作教师都极其厌恶这种视角，而原因和他们厌恶跳跃视角的原因一样。你不仅可以为任何人物写私下片段，也可以转向一个类似上帝的视角。没有多少读者会误认为自己是上帝，因此你现在面临着一个真正艰难的工作。不仅如此，采用这种视角，你会不由自主地使用大量叙事概要，进行讲述，而非展示。我们要提醒你，用全知视角写一部感染力强的小说也是可能的，只要你有掌控它的技巧。

- **第二人称视角**：这是最罕见的视角，因为它要求你在任何时间点上都说服读者，视点人物做的事情就是他会做的事情。如果你可以操控它，那么它将拥有第一人称的所有优势。坚持训练，写展示"你做、说、感受和思考的一切"的私下片段，其实很容易。

在你的私下片段里，你可以使用下面四种工具中的任何一种：

- 动作
- 对话
- 内在情感
- 内心独白

在你的私下片段里，你必须搞对一样复杂的东西：顺序。在真实生活中，动作、对话、内心独白通常要花一点儿时间，一般至少半秒，往往时间更长。这些是理性活动。让你的理性头脑开动起来，需要时间。自发性、本能性的动作或对话是个例外，它们有可能发生得很快（如果触摸一个燃烧的火炉，你的手会在约一秒钟的时间内猛缩回来，并且你马上就会发出一声令人难以理解的叫喊）。这些是非理性的反应，因此它们可以更快地发生。内在情感发生的时间甚至更快。如果一只老虎跳进你的窗户，你会感到一种突然的恐惧，让你根本来不及做出理性或非理性的反应。

🎯 这里有一个可以采用的简单规则：先展示发生时间最快的事情。这通常意味着，你要先展示内在情感，继之以各种本能的动作或对话，然后是各种比较理性的动作、对话和内心独白。

继续以上面的那个场景为例，我们现在要展示一个混合了我们掌握的各种工具的私下片段。我们以一个描写内在情感的例子开始，继之以一个动作，然后是一些内心独白，接着是另外一个动作，最后以两句对话结束：

你的心脏跳到了你的嗓子眼里。你把你的皮包举到了胸口。也许一次小小的谈判就可以让局面平静下来。你脸上露出亲切的微笑。"海克，我们可以就此谈谈吗？我们去年可没少聊，不是吗？"

★ 把因和果组合起来

在此前各节里，我们解释了怎样写公开片段和私下片段。现在仅剩的问题是，如何在整个场景中，把它们串在一起。

🎯 这里有一个关键规则：始终搞对时序，始终把因放在果前面。一般情况下，每个私下片段都至少在一定程度上应该是它后面的公开片段的因，每个公开片段都至少在一定程度上应该是它后面的私下片段的因。

在这里，我们将继续我们的场景，再写几个片段，看看这在实践中是如何运作的。研究下面的例子，确定每个公开片段和每个私下片段。我们在每个片段里使用了什么工具？你能改变内在片段里的任何部分的顺序吗？

海克猛扑向前，抡圆了他的双节棍，朝你的脑袋砸来。

你扭向一边，举起你的皮包阻挡。

双节棍击中了它，送出一个冲击波，穿过了你的肩膀。

你的脖子热辣辣地疼，好像挨了一刀。"唉哟！"你不断地把身体往一边扭，用右手抓住海克的头发，恶狠狠地往下拉，并抬起了你的膝部。

海克的劲道使他的脸撞到了你的膝盖上。双节棍从他麻木的手中落下，他歪倒在地板上。

十几个人同时开始尖叫。四个家伙跳到海克的胳膊和腿上，把他牢牢地按在地面上。"去个人报警啊！"

你跟跟跄跄地向后退。你的肚子翻江倒海，锁骨吱吱地响，可能断了。你的编辑会怎么想呢？

一些人伸出手，友好地搀扶着你回到你的椅子上。"你没事吧？"你的编辑问道。"哇，这真是匪夷所思啊！你们谁去喊辆救护车吧！"

你的眼睛开始蒙上一层柔和、模糊的黑暗。你尽可能长地抵御那种黑暗，知道有一天，你会以某种方式，把这写进一部小说。

在前面的例子里，我们看到了五个公开片段（三个聚焦海克，一个聚焦数目不详的旁观者，一个聚焦你的编辑）。我们也看到四个私下片段。一下子展示不止一个公开片段，每个都聚焦不同的人物，是可以的。在有着多个人物的场景里，为每个私下片段展示两个甚至三个公开片段，是常见现象。

你也许怀疑，每当你转向一个新片段时，你是否必须改换段落。其实不必，你可以用一个段落囊括你的场景。但为了清晰，我们喜欢在片段之间分段。那是把每个人所说的话分成一段的办法，并且我们觉得这么做是合理的，即使我们增加动作、内在情感、内心独白、描写，将其融为一体。以一种你觉得自然的方式，给你的场景分段。在写小说时，唯一牢不可破的规则，是没有牢不可破的规则。

读者是从你的视点人物的身体里体验场景的，因此你想给予你的视点人物尽可能多的出场时间。但是，你必须平衡它和场景需求的关系。当众多情况在你的视点人物之外发生时，你就需要展示那些重要的部分。

请注意，我们根本进入不了海克的头脑，也无法尝试展示他的内在情感和内心独白。我们也不需要这么做。读者只需要体会一个人物的思想和情感，即视点人物的思想和情感。

第十一章

全面考虑你的主题

在这一章里：

· 主题为何重要

· 畅销小说的主题示例

· 为什么应该最后考虑主题

· 发现你的主题

小说是一种艺术。所有艺术都承载了某种信息，我们把那种信息称作你的故事的*主题*。主题是你的小说的深层意义。很多了不起的小说都包含着深刻的主题。当然了，即便小说的主题平淡、模糊，仍不妨碍它成为好故事。主题重要，但给予你的读者一种强烈的情感体验更重要。

在这一章里，我们将尝试分析一些畅销小说的主题。在这里，我们的目的不是做深入的文学分析，我们只想通过给出一些你可能读过的小说的主题的例子，去除主题思想的神秘色彩。

虽然主题重要，但我们依然认为，仅仅围绕主题构建你的小说是不好的。那让人觉得太像说教，而非娱乐。让你的主题自然地从故事中生长出来要好得多。你也许直到修改了好几遍故事，才知道它的主题是什么，因此作为作者，你的问题在于找出你的故事意味着什么。在这一章后面，我们将给予你一些技巧，帮助你做到这一点。

理解你的主题为何重要

人们说起主题，意思各有不同，因此在这里，我们要给出我们对它的定义：*主题是你的书的深层意义，它是你试图让你的读者接受的核心信息*。它也许是"故事的寓意"，也许是你自己对世界如何运作的见解，你的人生哲学，或巧克力蛋糕的独家秘方。你想让你的主题是什么，它就是什么。

你也许非常警惕"信息驱动的艺术"，这是正确的。我们也特别警惕它，但是，你也应该警惕毫无意义的艺术。艺术有意义，恰如食物有滋味。滋味太浓，或太淡，都不对。

在这一节里，我们将讨论主题的作用，阐释主题是什么样子，并提供20部畅销小说的主题作为示例。

★ 思考作者为何给小说添加主题

读者在读你的故事时，都带着他们各自的思维模式，因此他们也许会从你的小说里发掘出一种与你想表达的主题不同的主题。此外，真正精彩的小说也可能包含一系列主题。因此，任何小说的主题都总是模糊的，有讨论的余地。这也是阅读的乐趣源泉之一。

除非为了写一份报告，或参加读书俱乐部的活动，读者打算分析你的小说，否则他们可能不太在意获得对你的故事的"正确"诠释，而是更多地在意故事对他们来说意味着什么。对作者来说，主题之所以重要，是因为你的故事将会是多数读者和你的唯一接触。小说是你向他人展示你对世界的看法的重要机会。

考虑一下这个场景：你在读一篇对你的第一部小说所做的在线评论，

它是刚发表的。那是一篇优秀的评论,面面俱到。评论家对故事线的概括遵循了你数年前提供给你的编辑的概括。评论家喜爱你的人物,说他们"深刻,真实"。他还赞扬了你的迅捷动作和简洁对话。总的来说,他喜欢你的小说。在读到最后一段时,你屏住了呼吸。它差不多是这样:"不过,到了最后,作者对虚无主义存在绝望的乏味想象令读者感到疲惫、压抑。"

你的下巴在桌面上弹了几次。哈?那么,你什么时候对虚无主义的存在进行了乏味的想象?那究竟是什么意思?这个评论家根本就不懂你的想象。他是个白痴。

评论家完全有可能是个白痴。然而,他不懂你的想象的原因也可能是:你没有给出足够证据,让他去理解。评论家不知道你的想象是什么意思,于是就抓住了一些小东西,而你根本没有打算让它们成为核心象征。那个令人讨厌的"虚无主义的存在绝望"就这样出现了,而它也许就出自一个配角在一个小场景里脱口而出的话。

哪里出问题了?很简单,你的故事主题太无力,或者根本没有主题。

★ 考察主题的特征

我们喜欢用一句话来概括一个主题。它不必是一个深刻的句子(如果是更好)。但是,坦白说:如果你的小说不深刻,那么它的主题句子也不可能深刻。并非人人都喜欢深刻的小说,小说的目的是给予读者一种强烈的情感体验。主题只是一种附带的东西。如果你在读者中引发的情感体验足够强烈,那么他就有可能相信你的主题。否则的话,他就不会。

你的主题应该具有以下特征:

- **真实**:你的主题句子应该表达世界的某种真相。

- **重要**：你的主题应该和生活中的重要内容有关。
- **简短**：你的主题应该是一句话，而非长篇大论。

★ 畅销小说的主题示例

看一些例子，是找出如何写一个主题句的好办法。要知道，每位读者从你的小说中获得的东西都稍有不同。如果它是一部深刻的小说，那么不同的读者获得的东西则更加不同。我们这里分析的多数小说都非常深刻，因此我们从它们那里获得的东西也许不同于你从它们那里获得的东西。我们也许偏离得离谱。你自己不妨试着为这些小说确定主题，然后把你的主题和我们的做个比较。有一些共同点吗？那可能是作者真实希望传达的信息的一部分。我们要抗拒那种在这些小说里发现尽可能多的主题的冲动。我们的主题句将给出我们个人从每部小说中获得的主要信息。

我们承认，我们有时不得不去猜一些主题。并非所有的作者都觉得必须赋予他们的作品一个清晰的主题。一些作者真的倾向于娱乐，不会刻意为他们的小说制造一种信息。你也许会觉得，我们的前提是假设发现作者的意图其实是可能的。是的，的确如此。如果我们认为作者的意图是不可能被发现的，那么我们也不会写这本书。作者总是要冒被误解的风险，但我们认为，他也会有很大可能被理解。

- J. R. R. 托尔金的《指环王》（玄幻）："善最终战胜了恶，因为恶击败了其自身。"

我们改动了出自小说的一个著名句子："恶常常会损害恶。"该小说是一个关于善恶之战的史诗故事。

- 威尔伯·史密斯的《河神》（历史动作一冒险）："天才、欺诈和蛮力是冤家。"

这部小说的主题无从得来，因此这是我们从小说那里获取的东西。这是一个设置在古代埃及的冒险故事，天才奴隶泰塔是叙事人和主要人物。冒险小说一般不太重视主题。

- 让·阿尤尔的《洞熊家族》（历史）："尼安德特人也是真正的人。"

主要人物艾拉是个人类少女，在收养她的一个尼安德特人家庭长大。故事解释了尼安德特人的血缘在基因上和人类有多么密切。

- 肯·福莱特的《地球支柱》（历史惊悚）："无人可以凌驾于法律之上。"

这部小说是一个时间跨度达半个世纪的传奇，终结于大约坎特伯雷大主教托马斯·贝克特被杀害之时。虽然我们无法确定我们捕捉到了福莱特意欲为这个故事设置的主题，但根据最后几个场景，这无疑是可信的。但是，或许有另外一个主题，即"善有善报，恶有恶报"。这是陈词滥调，但陈词滥调作为主题往往效果不错，即使对深刻的小说也是如此。

- 戴安娜·加瓦尔东的《异乡人》（穿越言情）："爱战胜一切。"

这是一部言情小说。这种类型不以主题深刻著称。我们的主题句实际上也许适用于所有言情小说。那非常好。主题不需要独一无二或深刻，小说不是哲学，而是要创造一种强烈的情感体验。我们认为《异乡人》是一个出色的故事，这一主题句尤其适用于它。

- 哈依姆·波托克的《我叫阿什尔·列夫》（纯文学）："一位大艺术家无法避免经历巨大的痛苦，并施加了它。"

纯文学小说的主题往往深刻。这是一位深刻的小说家写的一部深刻的小说，主题也相应深刻。我们觉得这部小说对小说作者尤其有趣，他们也许会非常认同主要人物阿什尔·列夫。它是我们见过的艺术家中最佳小说肖像之一。

- 卡勒德·胡赛尼的《追风筝的人》（纯文学）："有办法弥补过去

的错。"

我们引用了第一章的一个句子,它很好地呈现了这部小说的核心真相。

- 艾莉丝·希柏德的《可爱的骨头》(纯文学):"这个世界里有正义。"

这部小说在主题上有些模糊。关于它意欲传达的意义,我们不得不去猜。纯文学小说的主题有可能非常模糊。

- 伊丽莎白·穆恩的《黑暗的速度》(纯文学):"忠于自我。"

从文学中引用一句话作为主题句非常好。这句话引自莎士比亚的《哈姆雷特》,似乎特别适用于这部小说。主要人物是个高度官能作用的自闭症患者,被提供了一个治愈机会。但是,治愈机会能改变他的基本身份吗?这是个艰难的抉择,谁又能说哪个是正确答案呢?

- 奥黛丽·尼芬格的《时间旅行者的妻子》(纯文学):"有一种超越时间的爱。"

这部言情纯文学小说令人难忘。主要人物克莱尔嫁给了亨利,亨利有基因缺陷,造成他在高压期间进行了时间旅行。他们的爱能挺过这种时间错误吗?能,但是……

- 特蕾西·雪佛兰的《戴珍珠耳环的少女》(纯文学历史):"一位大艺术家会为他的艺术不顾一切。"

这部小说的主题与《我叫阿什尔·列夫》的主题很相似。在这两个案例中,居于故事中心的都是一位大艺术家。在《戴珍珠耳环的少女》中,主要人物是约翰尼斯·维梅尔家的一个年轻仆人,故事为约翰尼斯·维梅尔的一幅著名画作提供了一个可能的背景故事。

- 简·奥斯丁的《傲慢与偏见》(言情):"男人的性格比他的金钱、长相或好脾气更重要。"

奥斯丁是一位深刻的作家,她的小说可以被赋予大量的主题,但我们认为我们总结的主题是最恰当的。女主人公丽兹·班内特想爱上某个男人并嫁给他，但并非是个男人都行。最重要的是，她想要一个性格坚毅的男人。宾利先生那样活泼、圆滑的男人不适合丽兹，她需要一个达西先生那样的男人。

- 卡尔·萨根的《接触》（科幻）："上帝是个数学家。"

卡尔·萨根这部小说关乎人类和外星人的首次接触，为他提供了一个可以容纳无数主题的平台，并且要断定哪个主题对他来说最重要并不容易。小说就科学和宗教之间的长期不和思考了一种可能的休战。

- 马丁·克鲁兹·史密斯的《高尔基公园》（悬疑）："好心没好报。"

我们选择了一个著名的谚语作为这个故事的主题。这个故事讲述了一个诚实的警察在肮脏的世界里履职的情况。

- 特德·德克尔的《眨眼》（基督教惊悚）："上帝掌控局面，无论你是否这么认为。"

这是一个在基督教小说中极为常见的主题，会在德克尔的核心受众中引发热烈反响。

- 丹·布朗的《达芬奇密码》（惊悚）："你认为你知道的关于耶稣的一切都是错的。"

故事线基本在三章中间停了，其中一个人物详细阐述了这一主题。这部小说的主题导向色彩非常浓厚，有助于推动在喜欢这个主题的人中的销售。它遭到了历史学家的尖锐抨击。他们认为，布朗以为他知道的关于耶稣的一切都是错的。这些攻击起到了良好的宣传效果，也有助于推动销售。

- 肯·福莱特的《圣彼得堡来客》（历史惊悚）："最危险的是那个无所畏惧的人，因为这样一来，除了爱，他不会受到任何东西的影响。"

惊悚小说通常会在发展主题上花大量笔墨，但我们认为我们的理解已接近真相。刺客是我们见过的最迷人、最受读者认可的坏蛋。他无所畏惧，直到发现了一个理由去爱。

- **约翰·格里沙姆的《糖衣陷阱》（法律惊悚）**："当心你想要的东西。"

格里沙姆的主角米奇·麦克迪尔是个贫寒的法律学生，只想获得一份体面的工作。他获得了一份令人难以置信的工作，但它伴随的条件是他没有想到的，直到为时已晚。

- **约翰·勒·卡雷的《寒风孤谍》（间谍惊悚）**："谍报行动是个无比肮脏的活儿。"

当这部小说于20世纪60年代初出版时，间谍小说通常以肤浅的詹姆斯·邦德之类的人物为主要人物。就你可以在间谍小说中做什么，勒·卡雷重新制定了规则。我们认为，这仍旧是有史以来最佳间谍小说。

- **汤姆·克兰西的《猎杀红色十月号》（军事科技惊悚）**："邪恶帝国将由于其自身的无能而自我毁灭。"

这部小说的主题和我们给《指环王》总结的主题十分相似。军事科技惊悚小说常常由牢固的正义原则驱动，这一类型的读者有着坚定的正误观念，想看到好人取胜、恶人被击败。

决定何时确定你的主题

主题很重要，这一点毫无疑问。但如果你放任不管，一个强有力的主题就会过多地占据你的小说。如果你写小说主要是为了推进你的主题，可能会产生一些负面的结果：

- **你的人物可能很肤浅。** 如果你在塑造人物之前就确定了你的主题，那么你就会受到强烈诱惑，专门为阐发主题而塑造他们。你会不由自主地避免赋予他们相互冲突的价值观，因为其中一种价值观有可能与你的主题相左，或把你的读者搞糊涂。

- **你的情节可能很造作。** 如果你在构筑你的情节之前就知道了你的主题，那么你就会发现，完全按照主题编织故事太容易了。你就会害怕偏离故事线索，或顾虑偏离故事信息的次要情节。你甚至会在情节上玩欺诈，因为要让故事顺利展开，你需要这么做。
- **你可能太说教。** 当然了，如果你的读者同意你的主题，他们不会认为它是说教。但是，不同意你的主题的读者肯定会认为你的故事是一篇说教词，一篇拙劣、不受欢迎的说教词。它也有可能招致评论家的批评。他们一般认为，小说应该首先关乎娱乐。

无论你采用哪种创作模式，我们都认为，在你的故事里，你应该最后发展你的主题，在你已经安排好故事世界的主要细节、人物和情节之时。这样你的故事就不会被信息挤压。小说家写完了整个故事，却没有想清楚它究竟意味着什么，这种情况很常见。可能在写了好几稿之后他们才会想出答案，我们觉得这样挺好。我们觉得，最强大的主题应该是自然而然地从故事里生发出来的主题。在下一节里，我们将帮助你发现故事的主题。

虽然我们提出了建议，但你有可能觉得，你就是想围绕某种主题构建一个故事。你也许根本不担心读者会认为你在说教。这么做可以吗？可以，那是你的故事，因此你想怎么写，就可以怎么写，但要知道，这是一种高风险的方法。（公正地说，它也可能是一种高回报的方法。）

如果你的故事好像是专门为宣扬一种主题而创作的，代理人和编辑就会对你的作品深感怀疑。编辑通常不喜欢伪装成小说的说教。如果你想向他们推销那种小说，那么他们有可能会对你异常严厉。

虽然我们自身对主题先行的小说持谨慎态度，但不得不承认，如果你围绕一个主题构建你的小说，并且能够将其出版，你可能会看到你的辛苦获得很高的回报。很多读者喜爱能证实自己信念的主题小说。如果读者喜爱你的主题，他们也许会告诉他们认识的所有人，让你获得非凡的口耳相传式的宣传。

多数读者只讨厌主题先行、似乎向他们宣扬"错误"信息的小说。如果有读者讨厌你的主题，那么他们肯定也会告知他们认识的所有人，甚至会公开贬损你，赋予你一种甚至更有效的口耳相传式的"宣传"。你可能会想到几部非常畅销的小说，认为它们纯粹是废话，从头到尾都在说教。然而，它们卖得很火，因为对小说作者而言，不存在负面宣传这样的东西。在那些根本不认为它是说教，而认为它很实用、很有道理的人手里，负面宣传真的会使一部小说更有可能畅销。

如果你打算走这种路线，那你就需要非常谦卑，因为你会获得你的崇拜者毫无保留的褒奖，但与此同时，你也会受到你的批评者毫不留情的嘲讽。不要欺骗自己说，你的崇拜者说的是真话，或你的批评者说的是真话。他们只是在对你的主题做出反应，而非对你。

带有浓郁主题先行色彩的小说可谓高风险与高回报并存。在你动笔之前要三思，掂量掂量回报是否值得冒险。

找到你的主题

怎样找到你的主题？这里面无捷径可走，但这一节将确定一些你可以采取的可能途经。

★ **先假设一个主题**

你可能已经知道你的故事的深层意义是什么，甚至从第一天开始，这个想法就跃入你的脑海。这个主题在你的脑海中可能很模糊，但它确实存在。当有人问你的主题是什么时，含糊其辞是完全正常的。

举个例子，如果你在写言情小说，你也许会说，"我的故事与长久的爱情有关"。没有人会去批评这种主题。原因很简单，在言情小说里，主题无非就是这些。

一般而言，悬疑小说读者对主题的兴趣不及对一个好的、原创的谜团的兴趣，因此如果你写的是悬疑小说，你可能不会被问到关于主题的问题。

如果你写的是玄幻小说，你可以说，"它与善恶之战有关"。这可能也适用于很多恐怖小说。

你可以使用和此前的托辞相似的托辞，含糊其辞好一阵子。好在它们其实不是托辞，你的小说主题将大体上和你一直宣称的路线一致。随着故事逐渐展开，可能会有那么一天，你的主题将跃然而出。到那时，你会知道的。不要急于让那一天到来。

这样行吗？当然行了。你在尽你所能，从抽象的东西发展到实实在在的东西。写小说难，找出主题更是难乎其难。如果你还没有得出某种深刻、深邃的东西，这不怪你。任何人都没权利强迫你在时机尚不成熟时提出一个主题，正如他们没权利要求酒商何时把酒备好。

实实在在的主题也许永远没有出现的那一天，不过这取决于你的类型，你的目标读者，你自己作为作者的目标，以及你正在写的具体故事。在这种情况下，你的主题将永远是你开始时所说的那种模糊的陈词滥调。我们在这一章早些时候展示的例子表明，有些小说有明确的深刻主题，有些则模糊得多。

★ **倾听你的人物**

如果你已认真塑造真实、立体的人物，那么你也许想试着倾听他们，以便听见他们真实想说的话。通读他们的一些代表性场景。他们让你吃惊了吗？他们说出什么你自己绝不会说的话了吗？那有可能成为一个非常不错的主题。

🎯 你也许还想采访你的人物，以便找到你的主题。设想你是个记者，要为《时代》杂志写一份人物简介。询问每个人物从他在你的故事中的经历里学到了什么。写下他的回答。有没有你从来没有想过、让你大吃一惊的东西？如果有，要抓住它。

★ **启用测试读者**

🎯 多数作者都有一些喜爱读书的朋友。在你的小说打磨得差不多的时候，请你的朋友来阅读你的书稿。如果他们按时读完，就带他们去喝咖啡，问问他们对你的小说有什么看法。有没有哪个人物说了令他特别惊讶的话？你真的有可能会触动读者的神经。如果你脑子里已然有了一个主题，你的测试读者会告诉你，它是否引起了他们的共鸣。

★ **你必须拥有一个主题吗？**

如果付出了最大努力，你仍无法为你的小说想出一个实实在在的主题，那你该怎么办呢？有可能发生的最糟糕的情况是什么呢？

有可能发生的最糟糕的情况是，一些读者也许会读出一个根本不存在的主题。他们也许会指责你拥有一种"对虚无主义的存在绝望的乏味想象"，无论你有没有这层意思。被误解有可能令人感到痛苦。

还有些读者会发现你没有主题，指控你肤浅。这比被误解稍好一些，但仍让人开心不得。希望以肤浅闻名的作者少之又少。再说一遍，这杀不了你，因此不要介意。

很多读者甚至不会注意你的小说是否缺失一个深刻的主题。读者阅读首先是为了娱乐，其中很多人寻找的是一本不错的沙滩读物，而非某种深刻的东西。即使你没有一个深刻的主题，这些读者也不会在意。

提炼你的主题

即使你的确找到了主题，那么它在你的故事里不能得到充分发展的概率也很高，因为你写故事不仅仅是为了阐释某种刻板的主题。你写故事是为了在情感上打动你的读者，而在此过程中，如果主题出现了，你就需要让它在你的故事里凸显出来。再次通读你的整部小说，标出你可以使主题多少凸显一点儿的地方。一点儿就够了。

要强化你的主题，但要克制解释的欲望。读者是聪明的，要相信他可以找出你想说的东西。

你要寻找的是你的小说里的一些地方。主题在这些地方自然显现，但显得有些模糊或扭曲。要澄清这些东西：当我们说你应该强化你的主题时，我们说的就是这个意思。

你也要寻找一些主题鲜明却太不自然的地方，一些显得冒昧、勉强或拙劣的地方。要调整它，或直接拿掉。主题需要推进故事，而非压迫它。我们采用了下面的一些检验方法：如果主题在叙事概要中出现，那么作者就可能闯入了故事；如果主题在一个人物的对话或内心独白中出现，那么它就可能是合理的，尤其是在它推动了故事的情况下；如果主题是被故事中实实在在的动作所暗示的，那么它往往总是合理的。

要当心你的故事中一些与你的主题矛盾的地方。如果你发现了它们，那么你既可以选择解决它们，使矛盾消失，也可以干脆接纳它们，写一两句话表明，你知道矛盾的存在，可要解决并不容易。读者很聪明，会发现他们认为你没有发现的矛盾。但是，如果你的人物承认矛盾，或努力克服它，那么你的读者就会知道，你知道矛盾的存在，你也可以摆脱困境。

第三部分

编辑、打磨你的故事和人物

《第五波》　　　　　里奇·坦南特

"如果你非要知道，那么你在我的任何一部小说里都没有出现的原因是，你不是一个可信的人物。"

在这一部分……

如果每次都能在你的初稿里写出完美的文章,那就太棒了。然而,写作的现实是,优秀小说总是需要编辑、打磨,然后才能付梓。在这一部分,我们将向你展示如何分析你的人物,如何审视你的故事结构,以及如何编辑你的场景。

第十二章

分析你的人物

在这一章里：

- 通读故事，留意人物
- 关注人物细节
- 分析动机
- 评估你对叙事人和视点人物的选择
- 改进人物

写完你的故事后，你需要以编辑的角色尽可能完善一下。这始于对你的人物进行认真的分析。了不起的小说需要了不起的人物，因此不要怕重塑你的人物，要不断打磨直到他们活灵活现、丰满。

到了某个时间点，你应该编纂一部人物宝典，一下子讲清楚关于每个人物需知的一切。你需要这个来保持故事的一致性，帮助你塑造丰满的人物。最好在开始写作前编纂你的人物宝典，即使你对你的人物还不甚了了。在写故事时，以及在你完成初稿后进行通读时，最好不断对它加以增补。然而，几乎所有作者都仅在写完初稿后分析他们的人物，因此我们将在这一章里介绍这种方法。

在第七章里，我们探讨了人物动机的重要性。我们将其界定为一个人物的价值观、抱负和故事目标的总和。你无法拥有一个缺乏故事目标的故事，而故事目标是你的主要人物想拥有、想做或想成为的那种实实在在的东西。一般来说，故事目标出自人物的某种抽象抱负。抱负终究是出自人物的价值观，而价值观是他认为不言自明、无法解释也无须解释的核心真相。价值观又出自哪里呢？这是个谜。价值观无法得到充分解释，但你可以通过你的人物的背景故事，给予它一个不错的理由。

你也许已经用一种在你看来不言自明的视角完成故事。当你准备编辑你的故事时，你需要重新检查你的选择，验证它是否适合你的故事，然后检查你是否通篇都坚持了你选择的视角。

在这一章里，我们将带你经历分析、改进故事中的人物这一过程。我们将讨论对细节的关注，重提你的人物的动机，确保你的视角真实有效，并强化你的人物。

通读：为编辑做好准备

在开始编辑你的手稿之前，你需要掌握全局。我们强烈建议你进行一次通读。在这个时候，你不要做任何实际编辑，只记录下你需要做的事情，使用我们在这一章探讨的思想。

通读你的整个手稿，每个场景都做笔记。你可以在纸上做笔记，也可以使用你的文字处理软件上的批注功能。不要编辑任何东西，你的目标是确保你的人物有用。在读每个场景时，要在心里回答下面的问题：

• 这个场景的视点人物是谁？这是这个场景的最佳视点人物吗？

• 如果你以标准的第三人称、第一人称或第二人称视角写作，那么你是否只展示了视点人物看到、听到、想到、知道、感到、嗅到、品味到或触摸到的东西？

• 如果你以第三人称客观视角写作，那么你是否意外使用了内在情感和内心独白？这是否意味着，你其实喜欢使用更常见的第三人称视角？

- 你的人物在他们的对话和内心独白中拥有独一无二的声音吗？
- 你的人物乏味、肤浅、不可信、不讨人喜欢吗？

在完成通读后，你仍需做大量工作，来确定你的人物。按照顺序走完下面的步骤：

1. 回顾你的所有笔记，寻找模式。

你的每个人物的主要问题是什么？

2. 花些时间思考你的人物的情况。

你需要做哪些变更，以便让你的人物活灵活现？

3. 修正你的人物宝典，使每个人物变得更完美。

可阅读下面的一节，获取关于如何编纂人物宝典的信息。

暂时不要对你的于稿进行任何更改，你的故事结构和场景中也许存在一些问题，也需要你加以解决。由于人物和情节相互交织，你真的需要全面考虑它们，然后再开始更改。当你进行将在第十三、十四和十五章描述的编辑环节时，也要顾及你在这一章中发现的关于人物的新想法。

为每个人物编纂一部宝典

你在阅读粉丝发来的电子邮件，发现了一封看起来颇有希望的邮件。邮件主题写道，"喜爱你的小说！！！！"你打开邮件，浏览起来：

亲爱的作者：

我读你的小说读了个通宵，喜爱它的每一个词。你成功骗到了我，因此要恭喜你，因为我读过很多书，要欺骗我很难。我在着手写一部我自己的小说。请问你感兴趣读一读吗？

顺便问一句，我能充当校对员吗？我注意到，凯蒂·苏在第17页是绿眼睛，但在第323页，她的眼睛成棕色了。乔纳斯在第3页体重180磅，但三章过后，他达到了210磅，我从没注意到他吃过东西。他的外婆在我们头次听说她时是爱尔兰人，第二次是匈牙利人，最后又变回了爱尔兰人，这究竟是怎么回事？

除此之外，这是一个很棒的故事！让我了解一下校对的工作吧。我要价不高，因为我只有12岁。

你的粉丝，
吉姆·鲍勃

事实是，错误发生了。你不可能写一本完美无瑕的书。但是，你的目标永远应该是完美无瑕，即使你知道你永远也达不到它。你的每个错误都将受到惩罚，热心读者们会给你写信，而且并非所有来信都是善意的。

最令人尴尬的一个错误，可能就是人物前后不一致。就故事里可能存在的众多不一致而言，改变眼睛颜色、突然的体重升高或降低、转变种族只是其中的三种。当你的书里仅有一两个主要人物时，或当你只写了一本书时，你不大可能犯很多错误。但是，随着你的人物和作品猛增，它们全都开始交织在一起。

要避免出现这样的错误，你可以为你的人物写一部宝典。在你的人物宝典中，你不断记录你需要记住的每个人物的一切详情。人物宝典不需要有趣，能完成任务即可。你需要把它保存在你随时都能找到它的地方。

作者们之所以使用人物宝典，是出于两个目的：

- **作为一种创作工具**：就了解你的故事中的所有人物来说，撰写人物宝典是个非常好的练习。它是一种有效的工具，可以出人意料地激发你的创造力。你不可能事先知道哪些细节会影响你的故事，哪些不会，因此要把所有这一切都记录在你的人物宝典中，甚至包括你确信对故事无足轻重的细节。

即使直到完成初稿后,你才创建你的人物宝典,撰写它也会为第二稿提供一些新的、具有创造性的想法。我们常常看到,一些无关紧要的细节暗示了故事后面的情节发展。举个例子,即使你认为你永远无须知道人物的第一条狗叫什么名字,写下它是一条灰狗①这一事实,可能后来就会向你暗示,你的人物了解赛狗和赌博活动。

- **作为一种编辑工具**:如果你记录了每个人物的所有细枝末节,那么当你碰到一致性的问题时,你就可以查阅你的宝典。在你的书问世之前的那个夜晚,浏览10页的宝典,寻找凯蒂·苏的眼睛颜色或乔纳斯的体重,比搜遍你的整部手稿要容易得多。

我们建议你在你的硬盘上,创建一个命名为"已写书籍"之类的特殊文件夹,然后在这里面再为你写的每一本书创建一个文件夹,用它的暂定名命名。在每本书的文件夹里,再创建一个命名为"搜索"的文件夹,把你的人物宝典保存在那里,把小说里所有人物的重要信息保存其中。

你的人物宝典要包含什么?一些有助于你更好地理解你的人物的东西,或帮助你记住你需要保持一致的细枝末节。我们建议你至少考虑下面的主要类别:

- 身体特征
- 情感和家庭生活
- 精神生活
- 背景故事和动机

这一节将详细描述这些元素。

---

① 灰狗,即格力犬,又名灵缇(Greyhound)。原产于中东,是世界上脚程速度最快的犬类,被公认为最优秀的赛狗品种。——编者注

★ **身体特征**

身体特征是最容易追踪的东西，也是出了错最令人尴尬的东西，因为当眼睛从蓝色变成棕色时，真的不可能有像样的解释。你应该记录你认为重要的一切。下面是我们建议你追踪的一些具体特征：

- 出生日期和年龄
- 身高和体重
- 种族
- 头发和眼睛的颜色

要纳入一份详尽的身体描写，其中包括伤疤或身体残疾，以及人物通常的穿着风格。

★ **情感和家庭生活**

你的读者想知道你的人物的私人生活是怎样的。与身体特征相比，这更具开放性。下面是一些入门要点，思考这些要点，以及对你的人物来说适宜的其他事项：

- 人物的性格是怎样的？用25字以内加以描述。
- 人物的幽默感如何？
- 人物的家庭是什么样子？描述他的父母、配偶、兄弟姐妹和孩子。你也可以描述一下其他相关的人物。
- 人物的朋友是怎样的？描述他们，尤其是你认为的他最好的男/女朋友。
- 人物的敌人是谁？解释他们为何成了敌人。
- 人物的口袋、钱包、手提包或背包里有什么？详细描述里面的东西。
- 人物的家是什么样子？详细描述它。
- 人物最快乐的童年记忆是什么？最糟糕的呢？

- 人物会如何描述他自己？
- 人物的朋友会如何描述他？

★ 精神生活

人物都拥有一种公共形象，其中包括教育背景，可能还有事业。下面是一些你可能需要在你的人物宝典里描述的东西：
- 人物的教育背景
- 人物的工作类型和他的工作经历
- 人物喜爱的音乐、书籍和电影
- 任何有趣的爱好
- 人物的个人哲学（以及它的来源）

★ 背景故事和动机

在写作过程中，讲清楚你的人物的背景故事和动机非常重要。人物宝典是储存这些信息的好地方，可以方便你随时使用。人物宝典需要比较详尽地讲述背景故事和动机，如果你没有为主要人物设计清楚这些，强烈推荐你完成第七章中关于每个人物的练习，这些练习是不可缺少的。

在你的人物宝典里，力争为每个主要人物写一页或更长篇幅的背景故事，次要人物的篇幅可略短。而且，你要用一些句子讲清楚主要人物的价值观、抱负和故事目标。

你可以随时梳理背景故事和动机，这取决于你的创作模式。如果你是个跟着感觉走的作者，或一边写一边编辑的作者，你很可能首先写出你的书的整部初稿，然后才多加考虑背景故事和动机。如果你是个雪花型作者或列提纲型作者，那么你可能喜欢先发展背景故事和动机，因此你的初稿将非常接近于你的定稿。无论怎么做都行，但一定要做！

对你的人物进行精神分析

就人物的动机来说，作者的最大问题在于不赋予他们任何动机。主要解决之道是有意识地做出努力，为每个主要人物列出下面的动机核心（我们在第七章介绍过）：

- 价值观：你的人物的核心真相是什么？你可以列举几个。
- 抱负：你的人物最想要的是哪种抽象的东西？
- 故事目标：为实现抱负，你的人物认为他需要完成、拥有或成为的具体目标是什么？

如果你为你的人物把这些设计出来，那就太棒了！接下来，你在编辑中的目标就是优化、深化你的人物，加剧故事冲突，使你的读者觉得非常合理。这一节可以帮助你做到这一点。

★ **价值观存在冲突吗？**

每个人物都有价值观，出色的故事靠价值观的冲突而发展。价值观是核心真相，是你的人物不加检验就信以为真的东西。如果你的主要人物的核心价值观存在冲突，那么他就会变得不可预测。你的故事也将如此。

唐·柯里昂是马里奥·普佐的《教父》中的黑手党大佬。不妨思考一下他的两种相互冲突的价值观：

- "没有什么比尊敬更重要。"
- "没有什么比家人更重要。"

当一个正在崛起的年轻黑手党成员找到唐·柯里昂，提议就毒品开展一次联合冒险，唐·柯里昂的麻烦开始了。唐·柯里昂认为这类犯罪是坏生意，他不会染指其中。但是，唐·柯里昂的长子桑尼当着那个做毒品生意的黑手党成员的面，询问父亲的意见，暴露了他对此事的兴趣。这是一种明目张胆的不敬。在此之后，唐·柯里昂申斥了桑尼，但没有驱逐他。唐·柯里昂对家人的爱与他对尊敬的需要产生了冲突。

这是个致命的错误。那个被拒的黑手党成员感觉到这种弱点，试图刺杀唐·柯里昂，以便他可以和桑尼谈条件。这导致柯里昂家族和纽约五大家族发生了一场可怕的消耗战。

在阅读你的故事时，你要问问自己主要人物的价值观是否存在冲突。如果没有，你能不能修正它们，使之发生冲突？你能不能增添一种新价值观，使之和现有价值观发生冲突？

★ 可以通过背景故事理解价值观吗？

你的人物通常不会给出他们的价值观的理由。价值观是如此神圣、真实的真相，真的无法解释。如果一个人物可以解释他的价值观，那么你把他带得就不够远：这些价值观下面的某些核心真相解释了它们。如果是这种情况，那么这些潜在的核心真相就是他的价值观。

你不是你的人物。你是你正在创作的故事世界的上帝。你无所不知，能够从你的人物的背景故事出发，至少能在某种程度上解释他的价值观。

寻找唐·柯里昂的价值观来源

唐·柯里昂为何如此珍视尊敬？他为何自称是一个"可敬的人"？他无法给出理由，因为在他看来，这是不言自明的。但是，答案在于唐·柯里昂是个西西里人，是在一种荣誉文化里长大的。在这样一种文化里，荣誉比金钱有价值得多。唐·柯里昂在美国的犯罪产业极其依赖获得他的朋友和敌人的尊敬。

唐·柯里昂为何如此珍视家人？这同样是他的西西里文化的一部分。血缘忠诚就是一切，不需要任何解释。没有什么可能的解释。如果有人向唐·柯里昂要解释，他反而会感到吃惊。

但是，并非所有西西里人都成了黑手党大佬。什么可以解释唐·柯里昂步步高升、成为国家最危险的犯罪家族之一的首领？唐·柯里昂拥有一种我们尚未探讨的价值观："一个男人要慎用权力，尽可能惠及他的家人和那些尊敬他的人。"

在《教父》的第一章里，在他女儿的婚礼上，当唐·柯里昂接待四个不同的访客时，这种价值观变得清晰了。每个访客都有求于他，他对每个访客做出的回应则清晰地展示了他的价值观。那些过去尊敬他的人得到了他们想要的东西。那些过去不够尊重他的人必须首先学会尊敬，然后才能获取认识教父的好处。

唐·柯里昂的这种价值观是从哪里来的？直到这本书开始数章之后，当马里奥·普佐提供了几页背景故事，展示了在一个以蔑视和不公对待寡言少语、谦卑的西西里年轻人的世界里，一个寡言少语、谦卑的西西里年轻人如何通过他做的一系列选择，变成了有权有势的教父，读者才找到了答案。到了这个漫长的背景故事的结尾，读者仍不认为唐·柯里昂是个有道德的人。然而，读者明白了唐·柯里昂如何实现行为的自洽。

理解你的人物的价值观

你的一些人物会继承文化价值观，其他人物会基于早年经历创造他们的价值观。你应该能够赋予每种价值观某些理由。然而，不要盼着能够笃定这些"核心真相"的确是真实的。价值观是极其个性化的东西，就其性质而言是无法被证明的。你至多能够做出合理解释,就其文化、个性、遗传特征和生活经验而言,使你的人物的价值观对他自己有意义。你只需如此。

在通读自己的手稿时,要问自己如下问题:

• 你的人物的价值观对你有意义吗?就算你不同意这些价值观,你能理解你的人物是如何逐渐认同它们的吗?

• 如果价值观对人物没有意义,那么你能不能为每个人物找到一个办法,使之认同目前似乎不近情理的价值观?

• 如果你给价值观找的理由显得无力,那么你能强化它吗?如果你不能,那这些价值观就是有问题的,你需要提出更可信的东西,因为你的读者不会相信有人会持有这些价值观。

每个人物都认为他是故事的英雄,没有哪个人物会认为他是邪恶的化身。人物通过他们的价值观、他们认为"显然真实"的核心真相,来证明他们行为的正当。你的读者越可能排斥人物的价值观,你越需要努力展示一个背景故事,解释这些价值观是如何产生的。你的读者必然认为,你的人物相信他的价值观是绝对真实的:这就是塑造三维人物的秘密。

★ 抱负是否源于价值观?

每个人物都拥有一种*抱负*,一种他在生活中比其他东西都更想要的抽象的东西。一些人物在他们的故事的早期就知道了这一点,其他人物则只是逐渐培养出了抱负。无论怎样,这种抱负都需要出自人物的价值观。

《教父》讲述了唐·柯里昂的小儿子迈克尔·柯里昂怎样培养一种像他父亲那样的价值观。在故事开始时,对迈克尔来说,这似乎是一种不大可能有的抱负。在1945年，他是个英俊的陆军士兵和大学生，抛弃了自己家庭的犯罪联系，交了一个非意大利女友。当他和女友谈他父亲的黑暗历史时，女友以为他在开玩笑。

然而，迈克尔在本质上和他父亲一样，都有着残忍的意志，善于控制自己的情感。他和他父亲有着同样的价值观，即重视家庭纽带和尊敬。他也和他父亲一样，无法解释它们。在唐·柯里昂遭受一个黑手党对手的严重伤害时，正是家里的白绵羊迈克尔自告奋勇，要杀死那个下令实施枪击的人。这是迈克尔朝着模糊意识到的那种抱负（成为一个像他父亲那样的人）迈出的第一步。

那种抱负直接出自迈克尔的价值观。在他父亲遭受枪击之前，迈克尔一直疏远家族生意。但是，不对这一枪击实施报复，迈克尔真的无法转身离开。他办不到。他的血缘纽带要求他这么做。在决定实施报复后，迈克尔所选择的方法为他赢得了尊敬，就连他父亲的老哥们儿和豪横的副头目也尊敬他。迈克尔不是没有其他选项，但它们没一个会博得尊敬。虽然迈克尔自己不知道，但他真可谓他父亲的儿子。

在你通读自己的故事时，要自问是否为每个主要人物都确立了一种抱负。那种抱负至少源自一个人物的价值观吗？如果不是，你有两个选项：

- 给你的人物找到一种新价值观，以解释那种抱负。
- 改变抱负，以便和人物的价值观保持一致。

★ **故事目标能满足人物的抱负吗？**

每个主要人物都需要一个故事目标，一种实实在在的愿望，关乎得到某种东西，完成某种东西，或成为某种人。除非你的主要人物拥有一个故事目标，否则你就没有故事，只有一系列对读者来说毫无意义的事件。有了故事目标，你的读者才会投入到故事中。你已经布置鱼钩：主要人物能否达成他的故事目标？

故事目标必须客观、简单、重要、可实现、有难度。但是，在编辑阶段，你需要检验一样东西：实现故事目标会不会真的实现主要人物的抱负？如果不会，那么这就是个问题。

实现迈克尔·柯里昂的抱负

在《教父》中，迈克尔·柯里昂觉得自己必须杀死那个下令枪击他父亲的人，以及那个和后者结盟的卑鄙警长。在他们三个会面商谈媾和的餐馆里，他枪杀了他们。20分钟后，他已经上了一条驶向西西里的船只。他将在西西里躲藏，直到事态平息。

这终结了第一幕。对迈克尔来说，这是一场灾难。他已经计划娶他的盎格鲁－撒克逊白人新教徒女友为妻，安顿下来，过一种平凡的生活，置身他的家庭的犯罪冒险的阴影之外。现在，他要被迫躲到西西里。他的故事目标简单明了：回家。

然而，情况比那要更为复杂。没错，迈克尔想回家，但回家干什么呢？迈克尔知道，读者也知道，迈克尔永远也无法回到家，重新开始他以前那种守法公民的生活。他是个凶手，五大敌对黑手党家族对他做出了死刑判决。他杀死了警察，有很长的囚禁判决在等着她。

如果迈克尔再次回到家，他将需要他父亲、他的家庭以及他们维持的另一种权力体系的帮助。迈克尔永远也不能清清白白地回家，除非作为柯里昂集团的一员回家，否则甭想回家。鉴于他的血缘关系，他将和他的两个哥哥竞争。当唐·柯里昂隐退或去世时，谁会成为新教父？如果迈克尔回家，那么他别无选择，只能瞄准那个位置。他是三个儿子中最聪明的那个，但他是最彪悍的那个吗？在早期展示了他坚定的道德主义倾向之后，迈克尔能作为新教父回家吗？这是在小说剩余部分推动故事前进的故事问题。

迈克尔的抱负是成为一个像他父亲那样的人。他能够以多种方式实现这一抱负。但是，他选择的方式是成为他的父亲。

评估主要人物的故事目标和抱负

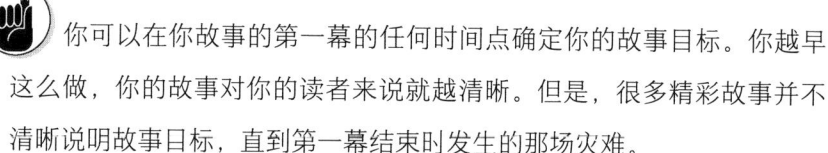

你可以在你故事的第一幕的任何时间点确定你的故事目标。你越早这么做，你的故事对你的读者来说就越清晰。但是，很多精彩故事并不清晰说明故事目标，直到第一幕结束时发生的那场灾难。

在通读你的故事时，要自问下面的问题：

- 你的每个主要人物都有一个故事目标吗？如果没有，那么你就需要确定一个。不然的话，那个人物的存在就只是为了推进其他人物之一的故事。每个人物都必须拥有他自己的生活。
- 每个故事目标都直接出自人物的抱负吗？
- 故事目标客观、简单、重要、可实现、有难度吗？如果它未能达到以上任意一点，你能重新设置它吗？
- 每个主要人物都拥有一个你已在第一幕结尾讲清楚的故事目标吗？如果没有，你能督促那个人物迅速发展一个故事目标吗？

叙事人：对视角和声音进行微调

你使用哪类叙事人，以及叙事人如何讲述故事，有可能对你的人物或你的故事是否有效产生重大影响。在这一节里，我们将帮助你重新评估你对视角和视点人物的选择，确保你写作的一致性，并考虑人物的声音。

★ **你的视角策略管用吗？**

每个故事都需要一种视角策略，其中最常见的三种依次是：

• 第三人称视角：你通过一个人物展示场景，使用"他"或"她"等第三人称代词。

• 第一人称视角：你通过一个人物展示场景，使用"我"等第一人称代词。

• 跳跃视角：你通过几个人物展示场景，从一个人物的视角跳向另一个人物的视角，每种情况都使用第三人称代词。

你在你的手稿里选择了什么视角？在这一节里，你要回顾你的决定，确保它管用，因为错误的选择会搞砸你的故事。

评估你的视角

在这一节里，我们将帮助你确保你所使用的视角对你最为有利。如果想获取更多关于每种视角的利弊的信息，可阅读第七章。

第三人称

第三人称视角为所有类型所接受，因此如果你使用它，那么你不必再担心你的选择。第三人称是个好的、安全的选择。

下面有一些问题，它们可以帮助你确保你最为有效地使用了第三人称：

• 每个场景中的视点人物（你想让读者认同的那个人物）清晰吗？你在那个场景里是否尽早确定了视点人物？

• 你是否意外溜出视点人物的头脑，告诉读者他不知道的事情，或向读者展示他无法看见的东西？

• 你是否在你可以溜进的叙事概要里，（以适当的巧妙方式）把一些信息当成对话或内心独白告诉读者？

- 你是否确保通过视点人物的情感镜头过滤描写？

第一人称

一些读者不喜欢第一人称视角，我们也不知道原因究竟是什么，因为没有任何可信的理由让人不喜欢第一人称。在赋予读者一种强烈的情感体验上，它至少和第三人称视角一样出色。但是，事实依然是，有些读者拒绝阅读第一人称的小说。

提出如下问题，以帮助你充分利用第一人称视角：

- 你的视点人物，也就是叙事人，能在大部分时间里在场吗？如果你的叙事人不能在整个动作中亲临现场，那么第一人称就可能出现问题。在此情况下，你将不得不借用其他人物，讲述在这些场景中发生的事情。使用多个视点人物，好让你能够在这些场景中使用另外一个叙事人，这么做有意义吗？

- 你有没有给予叙事人的内心独白和叙事概要太多展示时间？这两种技艺都很重要，但问题是它们是否相称。

- 你是否充分利用第一人称叙事所赋予你的那种亲密感？

- 如果你的叙事人拥有一种独一无二的声音，那么它是否会渗透于整个故事，其中包括其他人物的动作和描写？

跳　跃

我们交谈过的多数编辑都很讨厌跳跃视角，并且不接受反驳："玛格丽特·米切尔在《飘》中就是这么做的。"不喜欢跳跃的编辑会判你出局，并说，"你不是玛格丽特·米切尔。醒醒吧"。

如果你使用跳跃视角，要问自己下面的问题：

- 在每个场景中，每当你转向一个新视点人物时，你都有可信的理由吗？

- 你的视角跳跃是否太频繁，以至于读者无法强烈认同每个场景中的焦点人物？
- 你能否减少视角跳跃的次数，而不损害你的故事的情感冲击力？

全　知

使用全知视角如今已经太常见了。用好它很难。很多编辑认为全知视角是危险信号。反驳说你喜欢的这个作者或那个作者使用全知视角也没用，因为这种反驳没有多少分量，除非你能写得和他们一样好。

如果你要使用全知视角，要自问如下问题：

- 你是否有令人信服的理由，要给予任何人物都不可能知道的信息？
- 你是否给予你的读者充分时间进入重要人物的头脑？如果没有，你能增加你花在那里的时间吗？
- 你能减少转进、转出人物的头脑的次数吗？
- 你的全知部分是否足够牢靠？

第二人称

第二人称视角用好很难，并且很多读者都厌恶读那种用第二人称写的故事。如果你知道你在做什么，它可能会有效，但在任何小说中，它都有可能对你造成打击，而在你的处女作中，它甚至有可能给你造成双倍打击。因此，在选择这一视角之前，一定要三思，并且听取已出版过作品的作者或编辑、代理人的意见，确保它对你有效。

如果你要使用第二人称，要自问如下问题：

- 你有可信的理由使用第二人称而非第一人称吗？
- 你在让视点人物进入每个场景方面存在问题吗？如果是这样，转而使用多个第三人称视点人物是否更好理解？

客观第三人称

用好客观第三人称视角不容易，因为你可能会放弃你超越影视编剧的两个主要优势：写内在情感和内心独白的能力（可阅读第十章，了解这两种有效工具的详情）。因此，这种视角在技术上具有挑战性：你只能用动作、对话和描写展示主要人物的想法和情感。然而，第三人称客观视角是可行的，如果你用得格外好，它可以给人一种电影般的感觉。

如果你使用第三人称客观视角，下面是一些要考虑的问题：

- 你的小说能给人一种强烈的电影般的感觉吗？
- 即使你不使用内在情感和内心独白，你的读者也会认同每个场景中的焦点人物吗？
- 虽然你无意那么做，你是否偶尔会移入人物的头脑里？如果是这样，转而选择第三人称，你可以有意而非意外地进入人物内部，是否更有意义？

你的视角选择是否适合你的类型

不妨看看最近出版的同类型的其他小说（任何最近20年出版的东西都可算作"最近"）。它们中有多少使用你使用的视角，又有多少使用不同的视角？评论家批评了他们的视角选择，还是无视了它？在线读者书评提及视角选择了吗？如果提了，它们说了什么？

如果你认识一些已出版过同类作品的作者，可询问他们对你的视角选择的看法。你的选择会不会成为你故事的终结者？（如果是这样，那么就要改变你的视角选择，即使这么做显得不公平。）你的选择会成为读者的问题吗？（如果是这样，那么就要认真思考你的选择，但不要觉得必须更换。）

如果你在写作会议或别的地方有机会和你的编辑或代理人谈谈，要向他们出示你的样章，询问他们你的视角选择是否有问题。

★ 你选择了合适的视点人物吗？

即使只有一个视点人物的小说，也需要一些认真思索：哪个人物是故事的最佳视点人物？举个例子，在几乎所有福尔摩斯故事中，华生医生都是视点人物，而非福尔摩斯。为什么？福尔摩斯对他自己的技能极其自信，如果他是视点人物，那么他容易显得傲慢自大。由于华生坦率承认他折服于福尔摩斯强大的自我，读者就不必猜测作者是否知道福尔摩斯自负。然后华生就可以自由地称颂福尔摩斯比较招人喜欢的特点。如果福尔摩斯是视点人物，那么他这么做时，可能会显得更加自负。

🎯 如果你拥有一个夏洛克·福尔摩斯那样富于传奇色彩的核心人物，你也许会发现设置一个搭档非常有用，因为作为一个视点人物，他可以让你稍微拉开一些距离。

在拥有多个视点人物的小说里，你需要为每个场景确定一个视点人物。这是个困难的问题，你往往无法找到容易的解决办法。你不需要一个搭档，因为每个视点人物都可以互相关照。

🎯 你对视点人物的选择也许取决于场景是个主动型场景，还是个反应型场景：

• 如果它是个主动型场景，那么谁在场景中损失最大，谁又是场景中实际的输家？这也许是同一个人物。他们也许都可以成为一个不错的视点人物，因为他们在场景中最有可能拥有强烈的情感体验。

• 如果它是个反应型场景，那么谁在场景的反应部分最为痛苦，谁又在场景的困境部分拥有最佳的分析技能？这又可能是同一个人物。他们都是视点人物的不错选择。场景的反应部分是个好环节，可以给予你的读者情感冲击；困境部分是个实实在在的机会，可以让你的读者进入视点人物的思维过程。

一个场景中的任何人物都有可能成为视点人物。要考虑他们中的每一个，询问对你的读者来说，哪个是最有趣的选择？这并非一个轻松的选择。通过不同的人物的眼睛来审视，场景可能会给人造成非常不同的感受。

★ **你的视角一致吗？**

在你确定你选择的视角策略适合你的小说之后，你仍需保证在整个小说里，你真的前后一致地使用了那种视角。你的读者也不希望你对人物改变规则。如果你打算对某个人物使用第一人称视角，那么就要在整部小说里一以贯之。

正常情况下，如果一部小说是用第一人称视角写的，那么整个故事都要用那种视角，但我们已经见过一些小说对一个人物使用第一人称视角，对其他人物使用第三人称视角，效果也挺好的。戴安娜·加瓦尔东的《琥珀中的蜻蜓》就是个不错的例子。

一致性很重要。如果你打算在一个场景中对一个人物使用第三人称视角，那么就不要在其他场景中对那个人物使用第一人称或其他视角。

修补有缺陷的人物

你的人物不是写了就不能改。如果你发现了你的一个人物的问题，那就继续打磨他！你可以修改你的人物，使他们更深刻、可信、有趣。但是，你首先需要诊断问题。这一节将告诉你如何改变乏味、肤浅、不可信、不讨人喜欢的人物。我们可以向你保证，与改变真人比起来，改变书中的人物一定容易得多！

★ 乏味的人物

在拥有坚定、令人信服的目标时，人物是有趣的。如果他们缺乏一个好目标，那么他们就未免乏味。如果你的人物乏味，要给予他们一些他们渴求的东西。

如果是在你的故事的初期，那么你的人物也许还没有一个界定清晰的故事目标。那没什么。要记住，在你的主要人物的生活中，你的故事是一种打扰。在故事突然降临到他们身上之前，他们过着各自的生活，追求着一些目标。也许是适度的目标，但他们有想做、想拥有或想成为的东西。当你引领你的人物走向他的故事目标时，这些适度的目标会吸引读者的兴趣。

举个例子，在乔治·卢卡斯的《星球大战》中，直到第一幕结尾，卢克·斯凯沃克才有了一个坚定的故事目标，当时帝国风暴兵杀害了他的叔叔和婶婶。在这个事件发生后，他的故事目标迅速变得明确：和奥比万·克诺比一起去帮助反叛联盟。但是，早在他家发生杀戮之前，卢克就一直在培养一种愿望，想上军事学校，成为一名飞行员。他一直怀着浓厚的兴趣，关注着反叛联盟，非常仇视帝国。在电影开头，卢克希望新机器人能够彻底解放他叔叔，好让他可以尽快去接受军事训练。这不是个大目标，但足以使他比较有趣。当他遇见克诺比，并发展出一种大得多、更为重要的目标，他变得有趣多了。

★ 肤浅的人物

如果人物身上真的没有多少深度，读者甚至能够预见他们会做什么或说什么，他们出现时缺乏立体感，或他们的兴趣显得微不足道、不重要，那么我们就称他们肤浅。

🎯 该怎样修补肤浅的人物呢？多数情况下，人物只是需要一些价值观。你要么根本没给过人物价值观，要么只给了他一种价值观。给他另外一种价值观，并务必让它和第一种价值观发生冲突。在某些情况下，你赋予人物的价值观自身真的肤浅。

举个例子，比如你有个主要人物，她是个海滩美女。她其实只喜欢在海滩闲逛，把她的皮肤晒成褐色，向冲浪者微笑。她只有一种价值观："在海滩闲逛是这个世界上最好的事情。"当你这样写出来的时候，她的乏味就一览无余，对吧？但是，给她增添一些深度并不难。采访这个美女，找出她这样做的原因。为什么她在海滩花那么多的时间？

也许她母亲死了，他父亲动不动就发脾气。家如地狱般可怕，于是她躲到了海滩上。但是，喜欢海滩并非她真正的价值观。她真正的价值观是"家庭对我重要""安稳对我重要"。这两种价值观为你的美女制造了冲突，因为她的家庭侵犯了她的安稳，这就是她去海滩的原因。突然之间，海滩小姐的深度增加了一些，是吧？

★ **不可信的人物**

你几乎总会认为你的人物可信，因为对你来说，你的人物是真人。因此，当你的一个批评者坚称，"弗雷德霍姆不会放火烧市长的房子，他就不是那种人"。你多少会感到震惊。你可以辩称，你真希望弗雷德霍姆会烧房子，但如果你的读者不买账，那你就有麻烦了。

当你听到你的人物要做某种不可信的事情，那你要窃喜你至少塑造了一个足够真实的人物，读者认为他们知道弗雷德霍姆究竟是什么样子。那是一种成就。但是，你怎样才能说服你的读者，让他们相信弗雷德霍姆能够纵火？

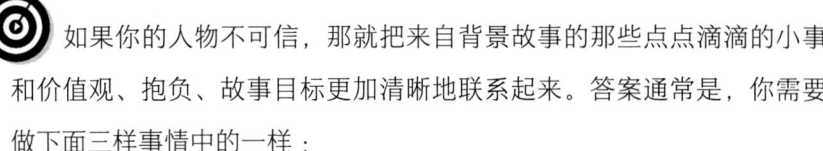如果你的人物不可信，那就把来自背景故事的那些点点滴滴的小事和价值观、抱负、故事目标更加清晰地联系起来。答案通常是，你需要做下面三样事情中的一样：

- **更为清晰地表明，人物的故事目标直接来自他的抱负。** 故事目标是实现抱负的最佳方式吗？要做到这一点，有没有更简单、可信的办法？
- **更为清晰地表明，人物的抱负直接来自他的至少一种价值观。** 哪种价值观对他的抱负的支撑最为牢固？另一种价值观是否正好坚决反对他的抱负？你能不能找到打破平衡的办法，使抱负显得更加可信？
- **更为清晰地表明，人物的价值观究竟为什么对他如此重要。** 在人物的背景故事里，价值观拥有可信的解释吗？

在这一章早些时候，我们探讨了迈克尔·柯里昂的奇特例子。他是个诚实的年轻人，前程远大，但出自一个黑帮家庭。在故事的一个关键节点上，迈克尔同意报复对他的父亲进行的未遂杀害，杀死了一个敌对的黑手党成员和一个狡诈的警长。对迈克尔来说，这是方向上的一大变化，但作者马里奥·普佐却通过打下基础，让它显得可信。马里奥·普佐向读者展示了迈克尔的家庭背景，他的家庭和荣誉价值观，他钢铁般的意志，以及他像他父亲那样思考的能力："这不关乎个人。这是生意。"很少有读者会同意迈克尔的决定，但他们认为迈克尔会做出如此决定。

在某些情况下，在深思了你的人物的背景故事、价值观、抱负、故事目标之后，你意识到，他真的做了某些出格的事情。如果是这样的话，那么你要么改变他的行为，要么找一个能够胜任的新人物。

★ 不讨人喜欢的人物

一些人物就是不讨人喜欢。当你的测试读者对你说，他们不喜欢一个特定人物，你没有多少选项。你要么能够使人物变得讨人喜欢，要么能够使他更讨人喜欢。下面是加工一个不讨人喜欢的人物的办法：

1. 弄清楚人物为什么不讨人喜欢。

他烦人？愚蠢？傲慢？笨拙？残忍？

2. 询问那种行为是否故意，然后加工你的人物。

下面是加工他的方法：

- 如果那只是偶然，那么就让他少一些烦人、愚蠢、傲慢、笨拙或残忍。

- 如果你的人物有意不讨人喜欢，那么就让他比较有趣、深刻、可信一些（正如我们在此前三节里所探讨的那样）。

不妨思考一下弗里德里兑·福赛斯的惊悚小说《豺狼之日》中的那个杀手。无论从谁的标准来看，豺狼都绝对不讨人喜欢。他是个雇佣杀手，受雇杀死查尔斯·戴高乐。他若无其事地杀死了一个试图敲诈他的摄影师。他勾引一个已婚女人，然后在她变得碍事时杀害了她。

是什么使豺狼成为了一个令人痴迷的人物？因素有很多。其一，他能力出众，正如读者在他的杀人雇主面试他时所发现的那样，以及他透露说，他对他们的了解超过他们对他的了解。其二，他肩负了一项不可能完成的任务：刺杀世界上受到最好保护的人。其三，他动机强烈：完成合同会让他富裕得足以退出刺杀行当。其四，他小心翼翼地做准备，从不向读者透露他做事的原因，让他们去猜他将怎样杀死戴高乐。其五，面对数不胜数的困难，他行动坚决。所有这些因素都使豺狼赢得了读者的尊敬和迷恋。

第十三章

检查你的故事结构

在这一章里：

· 解决常见的故事线问题

· 分析三幕结构

· 利用场景清单，重构你的故事，撰写第二稿

我们建议，当你准备开始编辑你的手稿时，首先要分析你的人物，然后分析你的故事结构（这一章的主题）。无论你的创作模式是哪种，都要找出你的故事的这些大问题，首先解决它们，然后再埋头详细地编辑。

故事结构无非是对你的故事进行的一种高度概括。在这一章里，我们将向你展示如何在三个层面上编辑你的故事结构：故事线（故事的一句话概括），三幕结构（故事的一段话概括），场景清单（一个概括小说中每个场景的清单）。

你的故事线是一种有效的销售工具，你可以永远用它把你的故事推销给你的编辑、出版团队、书店店员和读者。不过，它不仅仅是一种销售工具，也是你对你的小说的内容所持的战略视野。一个好的故事线可以迫使你界定什么重要、什么不重要，从而大大简化你的编辑过程。

三幕结构可以让你绘制出你的故事的大体框架。如果你拥有一个令

人满意的三幕结构，那你就掌握了取悦你的读者的主动，因为现代读者痴痴地盼着一个三幕结构，无论他们是否知道它。如果你的三幕结构存在缺陷或偏离，你的读者也许会觉得故事好不到哪儿去，即使他无法清晰地解释原因。你需要在你的读者看到之前，找出错在哪里，纠正它。

场景清单可以让你纵览你的故事，使制订你的手稿的修改计划变得容易。你可以使用你的场景清单，做出增添、删除、移动场景的决定。你也可以就你打算做的重要修改，给自己增添提示。等你修订好你的场景清单，你可以利用它迅速创作你的小说的第二稿。

编辑你的故事线

我们坚定地认为，编辑你的手稿的第一步应该是界定你对你的小说所持的战略视野，即你的故事线。在你编辑你的小说时，故事线可以指引你做出每个决定。你为什么需要故事线？因为如果你真的理解你的故事，那么你就可以把它浓缩为一个最多包含25个字的句子。如果你无法把它浓缩到那种程度，那么你就仍未理解你的故事。

你写故事线了吗？如果没写，可通读第八章关于如何写故事线那一节，然后写一个故事线，描述你的故事。完成这件事再往下看，因为这一节考察的是我们在故事线中发现的一些最常见的问题，并就解决它们的办法提出了一些建议。你无法解决你没有的东西。

★ 删除一切不必要的东西

故事线的目的不是讲故事，而是确定小说的方向。多数故事线太长，因此你应该问的第一个问题永远是："我还能从我的故事线中删除什么？"

下面是我们会在一个故事线中审视的三个数字：

- **字数**：如果字数超过25个，那么要尽可能地删除一些词。
- **人物数**：如果故事线提到的人物超过三个，那就太多了。两个比三个好。你也许只需一个。
- **故事线索数**：如果故事线索超过一个，那么就要坚决考虑把它减至一个。

故事线是你的读者和你的故事的初次接触，也是你对故事所持的战略视野。要让它简单，好记。这么做不仅是为了你的读者好，也是为了你自己好。

★ 不要提人物的名字

在你向一个人介绍你的故事线时，这可能是他第一次接触你的小说。他也许根本不了解你的人物的背景，因此你必须在故事线中给出所有背景。要审视你的故事线，关注人物，用几个词描述他们，但不要提他们的名字。

在故事线中提人物的名字浪费笔墨。毕竟，"霍比特人弗罗多"和"一个霍比特人"哪个更短？"维托·柯里昂，一个黑手党家族的教父"和"一个黑手党家族的教父"呢？"丽兹·班内特，一个未婚青年女子"和"一个未婚青年女子"呢？

说出你的人物的独特之处，但不要提他的名字。你的故事线可以帮助你推销你的故事概念。除非你要写历史小说，涉及著名人物，否则你无须给出人物的名字。你只需两三个界定人物的词，霍比特人、教父、未婚青年女子（对适当的读者来说）自有其意义。再好的名字，如果没有背景，就无趣了。

★ **保持专注**

给故事线增添几个字太容易了。如果你的故事线仅有13个字，你也许会认为增添5个字，提及第二条故事线索或第三个人物，真的费不了多大事儿。但是，要三思。增添真的有帮助吗？又或者，它会使情况变得复杂，更容易让你的目标读者误读信息？

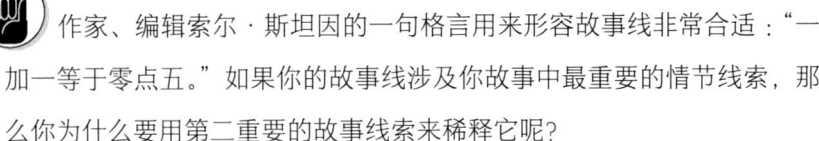作家、编辑索尔·斯坦因的一句格言用来形容故事线非常合适："一加一等于零点五。"如果你的故事线涉及你故事中最重要的情节线索，那么你为什么要用第二重要的故事线索来稀释它呢？

★ **缩短一些故事线例子**

你也许觉得，你要写的故事太复杂，你真的无法把你的故事线缩短，但无论如何都要把它缩短。

要清楚一样东西：故事复杂是好事。我们都是冲着复杂的故事来的，而动人的宏大故事需要宽广的舞台，如 J. R. R. 托尔金的《指环王》等玄幻小说，马里奥·普佐的《教父》等惊悚小说，简·奥斯丁的《傲慢与偏见》等永不过时的言情小说。然而，这些小说中的每一部都包含一个核心情节线索和中心人物，即小说的总焦点。这一节将依次考察这些小说，展示如何把一个复杂的大故事线压缩成更容易掌握的东西。

例：《指环王》

《指环王》是一个宏大的故事，包含数百个旅行联盟、大量人物、数不胜数的群体、十多种语言、六个有知觉力的种族、几个主要情节线索。

下面是一个冗长、复杂的故事线,并且它没有公正地处理故事:

巫师甘道夫一直想击败黑魔王索伦,因此当他获悉霍比特人弗罗多拥有索伦的权力之环时,他劝说弗罗多去瑞文戴尔,和精灵之王埃尔隆德商议如何彻底摧毁指环,而最佳方式原来是派一小队霍比特人、人、精灵、矮人,朝摩多走;但是,他们的团队遭到了兽人的攻击,两个霍比特人被绑架,迫使幸存者中的三个去追赶他们,留下弗罗多、他的仆人萨姆和不可信的古鲁姆继续朝摩多进发;古鲁姆试图把他们出卖给尸罗;与此同时,阿拉贡、莱格拉斯、吉姆利在圣盔谷打了一场恶仗,然后驱策洛希林去冈多作战,而他们自己则取道死亡之路,要在决战中和洛希林会合;这场战斗拯救了冈多,但几乎杀死了法拉米尔;法拉米尔爱上了伊欧玟,伊欧玟爱着阿拉贡,阿拉贡则和阿尔温订婚了;阿拉贡除非成为王,否则不能拥有阿尔温;不到弗罗多摧毁指环,他就不能成为王。

这还不到它的一半,甚至不到十分之一。我们使用了三百多个字,提到了十三个人物的名字,仍忽略了梅蕊、皮平、汤姆·邦巴迪尔、凯兰崔尔、波罗米尔、塞奥顿、迪耐瑟、树须等基本人物,以及大量其他人物。我们怎样才有可能削减更多呢?

答案很简单:关键人物是霍比特人弗罗多。无论其他人物作战如何勇敢,如果弗罗多没有把权力之环投入末日裂隙,一切都毫无意义。这是弗罗多的故事。因此,要把故事线压缩到弗罗多身上:

一个霍比特人获悉,要从黑魔王手中拯救中土,关键是要摧毁他的魔环。

二十几个字,两个人物,一条情节线索。这几乎不足以讲述故事,但故事线并不是要讲故事,而是要告诉你故事中最为重要的东西。如果你是J. R. R. 托尔金,你的出版商要求你把字数减一半,这个故事线将告诉你应该保留什么、删除什么。

例：《教父》

《教父》是个宏大的故事，涉及纽约城、拉斯维加斯、好莱坞和西西里的数十个人物。小说把无数故事线索编织在一起，织成一块复杂的挂毯。不妨考虑下面这个杂乱的故事线：

当一个纽约黑手党家族的头目唐·柯里昂在街上被枪击并几乎送命时，他的次子弗雷迪在情感上崩溃，被送到了拉斯维加斯；他的长子桑尼接管了生意，并试图通过极其残忍的战争，迫使家族的敌人屈服，直到桑尼被对手伤害；三子迈克尔替那场未遂刺杀报了仇，然后被迫躲到了西西里，直到事态平息，他得以回去，并帮助接管了对家族的控制。

这个故事线省略了大量人物，如职业杀手卢卡·布拉西、柯里昂妈妈、迈克尔的女友凯·亚当斯、桑尼的女友露西·曼西尼、著名歌手和影星约翰尼·冯塔纳、约翰尼的搭档尼诺·瓦伦蒂、家族智囊汤姆·哈根、偏执的电影大亨杰克·沃尔茨、杰出的外科医生朱尔斯·西格尔、迈克尔的妻子阿波洛尼娅、迈克尔的妹妹康妮和她一无是处的丈夫卡罗·瑞契、两个副头目泰西欧和克莱门萨。他们大多是视点人物，并且都对故事重要。我们省略了所有这些重要人物，可我们写出的故事线仍包含150个字和四个人物。我们现有的东西还是太多了，怎样才能进一步压缩呢？

这很容易：进一步压缩。只有两个人物对我们的故事线不可或缺，一个是教父唐·柯里昂，另一个是他最小的儿子、将会取代他的迈克尔。其他人都是次要的。由于迈克尔是故事的核心人物，我们的故事线就以他为焦点：

当一个黑手党教父在街上遭到枪击时，他最小的儿子离开大学，要为他报仇。

三十几个字，两个人物，一个情节线索。它不完美，无法捕捉故事的宏大。只有读了故事，才能捕捉到它的宏大。但是，这个故事线让你关注主要故事。如果你必须把最初的手稿编辑成出版形式，那么这个故事线将可以一直指导你。

例：《傲慢与偏见》

与前面举的例子相比，简·奥斯丁的小说不算太宏大。但是，就言情小说而言，它仍够宏大了。言情小说通常非常紧凑。看看这部小说这个可能的故事线：

当丽兹·班内特和她的姐妹获悉，富有的年轻单身汉宾利先生搬到了内瑟菲尔德庄园附近，她们希望她们中的一个能嫁给宾利，为其他姐妹嫁给富有的年轻人打开通道；幸运的是，姐姐简的确吸引了宾利，人们对他们成婚抱有很高的期望，直到宾利突然放弃乡村生活，去了伦敦，留下简徒自伤心。她的妹妹们开始追求威克汉姆先生，一个富有魅力的士兵；他告诉丽兹，宾利的朋友、富有的达西先生把他折腾穷了；达西是个粗鲁的男人，刚开始没有显示出对丽兹有兴趣，直到他出人意料地向她求婚；她拒绝了，然后开始后悔；当她了解到达西是个比威克汉姆好得多的男人，她更加后悔；威克汉姆最后勾引了丽兹最小的妹妹莉迪亚，击碎了她们姊妹嫁给体面男人的希望，直到达西挺身而出，私下解决了所有问题。

唉哟！这个故事线真糟糕，是吧？它包含三百多个字，提到了六个人物，涵盖了三条故事线索。它还是太长了。我们甚至没有提班内特妈妈、班内特爸爸、玛丽·班内特、凯蒂·班内特、科林斯夫人、夏洛特·卢卡斯、凯瑟琳·德·波夫人、乔治安娜·达西或菲茨·威廉上校。我们只字不提那种可怕的限嗣继承，而它是班内特家的姑娘们的困境的根源。我们几乎什么都没说,但我们还是说得太多了。

解决之道是聚焦主要人物丽兹和达西先生,以及他们的故事线索。其他一切都必须舍弃。一切。只剩下这个:

一个来自特殊家庭的年轻英国女人受到了一个傲慢、富有的年轻男人的追求。

三十几个字,两个人物,一条故事线索。这个故事线里根本没有透露小说会存在两个世纪这一事实。无论什么故事线,都不会告诉你这样的东西。不要企图让你的故事线承载太多东西。

一个故事线就是一个片段,仅此而已。然而,它会在整个修改过程中指引你思考。因此,在开始详细编辑你的手稿之前,要把它处理好。

检验你的三幕结构

当你拥有了一个可靠的故事线,准备走向修改故事的第二步:编辑你的三幕结构。在第八章里,我们描述了三幕结构,并用我们所谓的三灾难结构对它进行了扩充。下面是主要思想:

- 每一幕都涵盖故事的一大块,每场灾难都是故事中的一个时间点。
- 第一幕大体涵盖故事的头四分之一,并引入主要人物。
- 第一场灾难在第一幕结尾降临,迫使主要人物义无反顾地投入故事。如果主要人物在故事的这个时间点还没有故事目标,那么这场灾难将迫使他选择一个。
- 第二幕大体涵盖一半故事,包括很多障碍和挫折。
- 第二场灾难出现在第二幕的中点,通过改变故事走向,解决萎靡的中段的问题。
- 第三场灾难出现在第二幕结尾,迫使主要人物致力于结束故事。

处理多出来的各幕

你也许想知道，如果你的故事拥有不止三幕，该怎么办。如果是四幕呢？或五幕呢？或二十幕呢？请记住，三幕结构之所以受欢迎，是因为它管用，但它并非故事唯一可能的高层结构。如果你的故事结构管用，那就用它好了。

如果你拥有一个四幕结构，那么你的四幕篇幅也许差不多。如果是这样，那么你的第二幕和第三幕基本就是我们所谓的第二幕，你的第四幕则是我们所谓的第三幕。这不过是术语上的差异。

然而，如果你拥有一个五幕结构，那么它也许就和一个三幕结构存在根本差异。那也没什么，只要它管用。如果把你的故事当作一个三幕结构来思考没有意义，那么就不要这么思考。

如果你拥有一个二十幕结构，那么我们就怀疑你把你的故事分得太细了。如果你仔细看，那么你也许就能够把这些幕合并成三大块，并且在一个三幕结构通常的地方设置主要灾难。

正常情况下，这意味着投入某种终极对抗。它似乎很可能失败，但也许会成功。成功意味着主要人物达到了他的目标，失败意味着他没有。

- 第三幕完成终极对抗（其中包括高潮及其解决），显示后果，并最终做个结尾。

如果你还没有写你的三幕结构，现在到为你的故事把它写出来的时候了。通读第八章关于如何写三幕结构那一节，然后写一个。

在这一节里，我们将带你经历检验你的三幕结构各方面的过程。我们将检验《教父》和《傲慢与偏见》的三幕结构：这两部小说是不是合乎标准？我们也将纳入一些问题，帮助你分析你自己的故事。在回答这些问题时，不要做改动，只要就你想做的改动记记笔记即可，然后一下子做完全部结构改变。在这一章的末尾，我们将讨论写你的第二稿。

你也许想知道，次要故事线索是否也拥有一个三幕结构。可以有，并且用三幕结构分析其他故事线索往往都是有意义的。不必让每个故事线索的三场灾难和主故事中对应的灾难在同一时间发生，我们给出的三场灾难的时间安排只是个大概。

★ 你的三场灾难是什么？

第一步是确定你的三场灾难：一场灾难使主要人物投入故事，第二场改变故事的走向，第三场使终极对抗发生。

下面是我们对《教父》的三幕结构的分析，其中三场灾难使用了斜体字：

当黑手党教父维托·柯里昂*几乎被他的敌人维吉尔·索洛佐杀死时*，强大的柯里昂家族陷入了混乱。维托的小儿子迈克尔看似是个乖宝宝似的大学生，却实施了报复，杀死了索洛佐及其警方保护人，但在此之后，迈克尔被迫逃到了国外。迈克尔的长兄桑尼·柯里昂与其他五家族斗争数月，直到*他的敌人终于在户外抓住他并将其杀害*。迈克尔躲在西西里，爱上并娶了一个当地女孩，但她在一场针对他的刺杀企图中丧生了。终于，迈克尔回到家中，成了柯里昂家族的新教父，并找到一种残忍却有效的方式，与他的敌人达成了持久的和平。

下面是我们对《傲慢与偏见》的三幕结构的分析，其中灾难使用了斜体字：

当丽兹·班内特和她的姐妹在舞会上遇见一些富有的青年男子时，

她非常不喜欢他们中的一个，即达西先生。丽兹的姐姐简爱上了达西的朋友宾利先生，丽兹对威克汉姆先生感兴趣。她随后了解到，他已*在财务上被达西摧毁*。数月后，当丽兹去汉斯福拜访她已婚的朋友时，达西先生和她交往，向她求婚，但*她直接拒绝了他*。丽兹很快就发现，达西比她以为的要好。当她的妹妹莉迪亚和威克汉姆先生私奔、姘居时，她开始后悔自己拒绝了达西。在丽兹获悉达西先生挽救了她妹妹的名声、他获悉她再也不讨厌他时，他们两个意识到，他们是天作之合。

现在来看看对这两个三幕结构的一些分析。

★ **你的各幕在篇幅上平衡吗？**

三场灾难标志着第一幕的结束、第二幕的中间和结束。你的读者对各幕的长度有所期待：

- 第一幕应该大体涵盖故事的头四分之一。
- 第二幕应该占据故事的大约一半。
- 第三幕应该涵盖最后四分之一。

这只是大概。很多优秀故事都多少违背了这些准则。

注意《教父》和《傲慢与偏见》的篇幅

《教父》在内容上被分成篇幅不等的七卷，我手中的版本有446页。第一幕153页，大约占故事的三分之一。第二幕到354页。因此，它的第一幕比一般的要长一些，第二幕和第三幕又比通常要短很多。这里面的原因很简单：《教父》是一部非常复杂的小说，人物众多。布置这个棋局要用很多页。结尾之所以较短，是因为多数故事线索此前已经完结，只留下主要线索（迈克尔的故事）需要解决。

《傲慢与偏见》分为61章,我手中的版本有332页。第一幕贯穿前16章,到73页,大约占故事的五分之一。第二幕到第46章,237页,故事进行到近四分之三。各幕因此相当平衡,但终篇比一般的要长。终篇之所以需要比一般的长,是因为奥斯丁必须结束几条密不可分的主要故事线索:首先是莉迪亚和威克汉姆的线索,其次是简和宾利的线索,最后是丽兹和达西的线索。每条故事线索终结都需要大量篇幅。

检查你的故事中各幕的平衡

看看你的小说的三幕结构,回答下面的问题:

- 你对各幕的相对篇幅感到满意吗?
- 你的各幕中有没有哪一幕的长、短大大超过正常?如果各幕长度的比例异常,那么你对此有很好的理由吗?
- 大幅削减或增加某一幕的篇幅合理吗?
- 移动第一场灾难或第三场灾难,使各幕的比例趋于正常,有意义吗?

如果你觉得你可能需要为你的故事更改结构,那么你就要做笔记,但不要做任何具体变更!你仍有大量其他事情需要思考。

★ 开端:它能加速故事吗?

你的开端(第一幕)开始时,读者对你的人物和他们的背景故事、价值观、抱负、故事目标一无所知。然而,你不能用头50页的篇幅,带领读者加速穿越这一切,从而使故事陷入停滞。你需要在第一页就有所行动,从而开启你的故事。

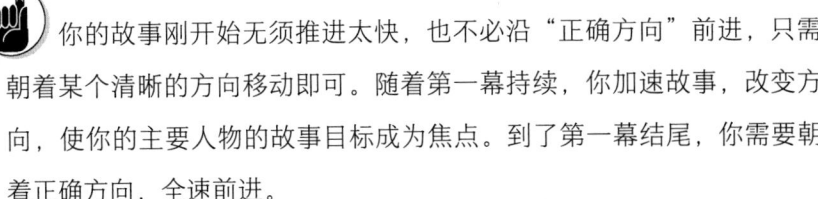你的故事刚开始无须推进太快，也不必沿"正确方向"前进，只需朝着某个清晰的方向移动即可。随着第一幕持续，你加速故事，改变方向，使你的主要人物的故事目标成为焦点。到了第一幕结尾，你需要朝着正确方向，全速前进。

看看案例小说中的加速

《教父》始于维托·柯里昂的女儿的婚礼。读者在这场婚礼上结识了众多人物，他们都对故事具有重要意义。在婚礼之后不久，柯里昂拒绝索洛佐提出的生意主张，使他成了敌人。此后不久，柯里昂在街头差点儿被杀害，并且故事已在全速前进。加速很快，但过程平稳、利落。

《傲慢与偏见》始于宾利先生租下内瑟菲尔德庄园的消息，以及班内特夫人坚决向她丈夫提议，他们真的需要结识那个年轻人，以便他可以爱上他们的五个女儿中的一个。在短短数页内，那些年轻女人就在一个当地舞会上认识了宾利和他的朋友达西。宾利受到班内特一家的欢迎，达西则开局不利。到了第10页，奥斯丁已迈开大步，故事完全展开。

检查故事的开端

通读你的故事的前五章，考虑这些问题：

- 你的故事的开头有多少页背景故事？有多少叙事概要？如果答案让你吃惊，你能减少前五章中的背景故事和叙事概要吗？
- 读者要阅读多少页，才能认识所有关键人物？早点儿介绍这些人物可行吗？
- 主要人物是否马上就拥有某种目标，即使那并非他最终的故事目标？

★ 第一场灾难：对行动的召唤清晰吗？

你的读者需要知道你的人物真的投入了故事。主要人物也许不久前才熟知他的故事目标，但故事目标通常尚未受到火力检验。这种情况在第一幕结尾的第一场灾难发生时发生了变化。如果它是一场真正的灾难，那么它将迫使主要人物重新思考一些事情。如果他想要他认为他想要的东西，该有多糟糕呢？

通过让主要人物在退出和继续之间做出选择，出色的第一场灾难能使人物选择继续投入。简言之，第一场灾难赋予主要人物一种对行动的召唤。

使迈克尔·柯里昂和达西先生投入故事

在《教父》中，迈克尔·柯里昂对行动的呼唤其实出现在他的第一场灾难之前，家族会议之时，当时他自愿杀死维吉尔·索洛佐和变节的警察保镖。这虽不符合迈克尔的性格，却很可信，因为读者已发现，迈克尔真的是他父亲的儿子。从迈克尔的视角看，他的决定不仅仅是个人复仇，而是正当的生意逻辑。有人需要杀死索洛佐，而唯一能够接近的人就是看似天真的迈克尔。迈克尔可以离开他的家人。到目前为止，他一直对他的家人敬而远之。他现在选择和他们共命运。这一决定是不得已的，因为它牵涉杀死一个穿制服的警察。

在《傲慢与偏见》中，当丽兹从威克汉姆先生那里听说，他被达西先生毁了，第一场灾难出现了。这是个谎言，但丽兹却不知道这一点，达西也仍未获悉这一谣言。但是，此后不久，在宾利先生的舞会上，达西邀请丽兹跳舞，而她则在彬彬有礼的面具后面，竭尽所能地粗鲁以对。达西已爱上丽兹，但她尚未知道这一点儿。他太怕人们说长道短，不敢告诉丽兹威克汉姆究竟是什么货色。他对行动的感知是清晰的：如果他不增加对丽兹的追求，威克汉姆那样的恶棍就有可能得到她。但是，达西会一只手背在后面打这场仗，因为他不能通过揭露威克汉姆是个要勾引他的妹妹乔的恶棍，使丽兹蒙羞。

呈现你对行动的召唤

阅读包含你的第一场灾难的那一章。你的第一场灾难终结了第一幕。认真思考下面的问题，并做一些笔记：

• 你的灾难和一种对行动的召唤（一种对实现故事目标的要求）一起出现吗？

• 你对行动的呼唤的风险是什么？回报是什么？你能不能通过增加风险或回报，提高赌注？

• 你的主要人物为什么不能拒绝对行动的召唤？他的背景故事、价值观、抱负中的什么东西迫使他投入了故事？你有没有阐明理由，使你的读者相信你的主要人物做出的投入故事的决定？

★ **第二场灾难：它是否能支撑漫长的中间篇幅？**

你故事的第二幕，也就是中间部分，是最长的一幕，因而最有可能落入一种乏味路线，令你的读者丧失兴趣。你的主要人物将遭受挫折，取得一些小胜利，但不久之后，它们就有可能彻底融合在一起。到了第二幕中段，你的读者想要并需要一种节奏变化。这就是你需要第二场灾难的原因。

第二场灾难要大，需要改变故事的走向。它也许是一场意外，或只是你的主要人物冒险决定的合理后果。

改变《教父》和《傲慢与偏见》的走向

在《教父》中,主要人物迈克尔被安全地藏在了西西里。生活在美国继续,但在长兄桑尼不太高明的领导下,柯里昂家族正在经历一个漫长的覆灭过程。桑尼是个残忍的杀手,但缺乏他父亲的狡诈和手腕。小说的中点刚过,唐·柯里昂的一个客户,一个名叫亚美利哥·博纳塞拉的殡葬承办人,就收到了唐希望他帮忙的请求。博纳塞拉去了他的殡仪馆,接待了唐……唐带来了遭到疯狂射击的桑尼·柯里昂的尸体。读者对此感到震惊,但这是必要的,因为这清晰地表明,迈克尔·柯里昂必须回家,掌控家族。

在《傲慢与偏见》中,丽兹·班内特正在拜访她的闺蜜夏洛特。夏洛特已嫁给丽兹乏味的堂兄科林斯先生。科林斯喜欢拍达西的姨妈凯瑟琳·德·波的马屁,而达西正在拜访她。丽兹不愿意看见达西,并且她认为他看不起她。正好在故事的中段,丽兹和读者遭逢了意外,达西向她求婚了。他的求婚笨拙、傲慢、无礼。她直率、无礼地拒绝了他,显然已破釜沉舟。但是,她的拒绝对达西而言是个转折点,因为他现在看清了他自己的为人。达西意识到,他需要改变态度。他是否有足够的勇气来改变态度呢?

思考你的第二场灾难

阅读包含你的第二场灾难的那一章,然后在你的笔记中回答下面的问题:

- 灾难是否大体出现在故事的中间?如果不是,那么移动事件,使之更靠近中间,可行吗?
- 这场灾难是不是故事里迄今为止所发生的最糟糕的事情?如果不

是，你能使之更加糟糕吗？

• 灾难有没有制造一个转折点，迫使你的主要人物发生某种重要的内在变化，或迫使关于如何达到他们的故事目标的计划发生某些改变？

• 灾难是否尽可能地出人意外？在不毁灭其可信性的情况下，你能使之更意外吗？

★ **第三场灾难：它是否推动故事终结？**

第二幕的目的是通过给你的主要人物设置一系列障碍和挫折，推迟终结。这增加了紧张气氛，使读者越来越担心主要人物究竟能否达成他的故事目标。你的第三场灾难要迫使你的主要人物转入他的残局。他必须做出决定，以追求某种行动或某种终极对抗，或以彻底胜利终结，或以彻底失败终结。

案例小说中的终极对抗

在《教父》中，唐·柯里昂通过彻底认输对桑尼的死做出了回应。他召集五大家族头目开会，终结了敌对行动。他同意了那个导致战争的请求，将为它们的毒品走私活动提供政治和法律掩护。他发誓放弃对桑尼被害复仇，但警告说，他不会容忍对他的小儿子迈克尔的伤害，并且他仍希望把迈克尔带回美国。与此同时，在西西里，迈克尔娶了一个当地女孩，沉浸在新婚之喜中。他和他的妻子决定换个对他了解不多的新地方。但是，就在他们打算离开的那天，一枚汽车炸弹欲杀死他，却杀死了他的妻子。这是另外一场令人震惊的灾难，并提出了一个问题：面对这种违反教父的停战条件的行为，柯里昂家族会作出回应吗？

在《傲慢与偏见》中，达西先生给丽兹写了一封信，讲述了关于威克汉姆先生的真相，回应了她对他的求婚的冰冷拒绝。在第二幕的剩余部分，丽兹慢慢发现了真相：达西是个有品格的男人，不会说他人的闲话，对朋友亲切、真诚，喜爱艺术，赢得了那些最了解他的人的喜爱。她为什么要拒绝他呢？她和达西的一次意外相遇令人非常尴尬。他们俩都变了，但他们能回到那次灾难性的求婚之前吗？这似乎是不可能的。然后，消息传来，威克汉姆先生和丽兹最小的妹妹莉迪亚私奔了。现在丽兹必须回到一个颜面扫地、被流言摧毁的家庭。达西觉得他有责任，因为他为保护他的妹妹乔治安娜的名声，没有揭穿威克汉姆的欺骗。达西能否做些什么进行补救？

评估你的第三场灾难

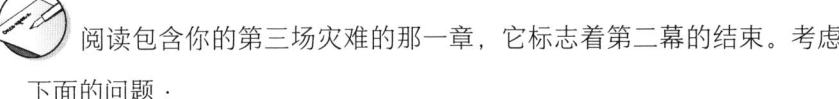阅读包含你的第三场灾难的那一章，它标志着第二幕的结束。考虑下面的问题：

- 这场灾难是出人意料但仍可信的吗？如果读者不能看到它的到来，你能不能稍微调整你的故事，使它更有冲击力？如果它不太可信，你能不能多做些铺垫，使读者更容易接受？

- 这场灾难是迄今为止故事里最糟糕的吗？灾难是否令局面显得没有希望？你能不能令这个黑暗时刻对你的主要人物而言甚至更加黑暗？

- 灾难是否迫使主要人物采取某种破釜沉舟的行动过程，从而走向结束？或者，你的主要人物可以无所事事地走开吗？如果是这样，你能不能给他施加更大压力，从而使他别无选择，只能不顾一切，拼死一搏？

★ **结尾：它使你的读者想告诉他人吗？**

你无须使你的读者喜欢你的结尾。读者读你的故事，是因为开头吸引人，中间令人全神贯注。许多书都戛然而止，其中包括很多畅销书和经典作品。但是，结尾是你的读者回到日常生活之前，最后读到的东西。如果你的结尾令他满意，那么他就会四处称赞你。写一个出色的结尾是你的最佳营销计划，因为它能激发读者口耳相传，而口耳相传则是世界上最强大的营销力量。

在第八章里，我们探讨了三种结尾：快乐的，不快乐的，苦乐参半的。这些结尾的任何一种都能够成为一个出色的结尾，取决于你写的是哪类书。不要以为快乐的结尾最令你的读者满意。不要以为你必须写出一个不快乐的结尾，粗暴对待你的读者，才叫够艺术。你的结尾应该适合你的故事。你的主要人物需要以出乎读者意料的方式，得到他应该拥有的东西。

畅销小说的结尾案例

在《教父》里，维托·柯里昂终于找到了一个办法，既可以把他的儿子迈克尔带回家，又可以规避体制等着迈克尔坐的电椅。于是，迈克尔摆脱了困境。然而，有人试图在西西里刺杀迈克尔。谁干的？迈克尔和维托会怎样回应？当五大家族违反了停战协定时，迈克尔究竟还能不能在美国生活和工作？迈克尔是个像他父亲那样的人，还是像他大哥桑尼那样残暴，抑或像他的二哥弗雷迪那样懦弱？

如果你读了这本书，那么你就知道，结尾非常适合故事。在他的父亲死于中风后，迈克尔掌控了家族，用示弱诱使他的敌人沾沾自喜，然后下令为他死去的妻子展开一系列报复，并成为了纽约黑社会势力最大的人。在下令报复自己的姐夫时，迈克尔证明他甚至比他的父亲还无情。这是个苦乐参半的结尾。迈克尔已经实现他的故事目标，不过却是以泯灭他的良知为代价的。他成就了伟大，却丧失了他的善良。这足以使你抓住你的朋友，告诉他们，"我刚读了最令人惊叹的书……"

在《傲慢与偏见》中，当她的叔叔不知用了什么方式挽救了危局，丽兹·班内特感到吃惊。她的妹妹莉迪亚和威克汉姆被找到，威克汉姆的债被清偿；他们结婚，消除了原本有可能阻止年长的姐妹嫁人的家庭耻辱。然而，整件事让人觉得有些奇怪。当宾利先生回来追求丽兹的姐姐简时，丽兹抛开了她对这种奇怪的运气转折的思索。如果很多个月之前，当达西先生向她求婚时，她不那么无礼，那么她自己的未来或许会同样光明。达西比她曾经梦想过的男人要好很多，但她已经够不到他了。或者，他够不到她了？

当达西的姨妈凯瑟琳·德·波夫人来到丽兹家中，气哼哼地讲述了一个奇怪的流言，说丽兹勾引了达西。丽兹只能怀疑这样的流言出自哪里，但她没有否认。凯瑟琳夫人气炸了肺，而她对丽兹的无礼讲述燃起了达西的希望，达西想再次向丽兹求婚。如果你喜欢这种东西，那么这是个快乐的结尾，可以让你告诉一些朋友：最近几个世纪以来，喜欢这种东西的读者成千上万。

评估你故事的结尾

通读你故事的整个结尾，即第三幕，思考下面这些问题：

- 你的主要人物是否抵达了某种终极对抗，从而使故事的矛盾达到极点？
- 你的故事的结尾是快乐的，不快乐的，还是苦乐参半的？这个结尾是你要写的那类书可接受的结尾吗？

   1. 如果它是个快乐的结尾，那么你能使胜利更彻底吗？

   2. 如果它是个不快乐的结尾，那么你能使失败更可怕吗？

   3. 如果它是个苦乐参半的结尾，那么你能使对比更鲜明吗？

• 你的结尾适合你的故事吗？你的主要人物得到他配得到的东西了吗？它是否出人意外？

• 你的结尾的什么特征会促使你的读者告诉一些朋友？你能强化这种特征吗？如果没有这种特征，你能否塑造一种而不牺牲你的艺术的完整性？

场景清单：分析场景流

在你拥有一个可靠的故事线、搞定你的三幕结构之后，我们建议你分析你的场景，务必使它们相互配合。场景清单使你对小说中的场景一览无余。如果你还没写场景清单，可阅读第九章，寻求写场景清单方面的帮助。它花不了多长时间，并且你将发现，在编辑情节的中间层上，它是一种非常有效的工具。

在这一节里，我们将讨论如何修改你的场景清单（重新排序、增添、删减、重新定位场景），从而使你能够尽快编辑场景。我们也将讨论铺垫，解释如何运用你的场景清单，进行所有大规模修改，迅速创作你小说的第二稿。

★ 重新安排你的场景

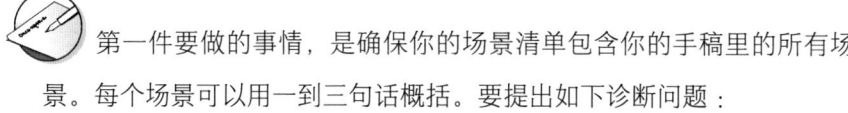
第一件要做的事情，是确保你的场景清单包含你的手稿里的所有场景。每个场景可以用一到三句话概括。要提出如下诊断问题：

• 三场主要灾难在你的故事里的间距相等吗？浏览你的场景清单，确定包含三场灾难的三个场景，标记出来。你对三场灾难的间距满意吗？如果不满意，你能否移动一些其他场景，使间距更令人满意？能不能增加或删除新场景？

- **如果你在使用多个视点人物，他们中的一些是否获得了太多出场时间，而其他人物则太少？** 如果你用色彩标出每个视点人物，那么你一眼就可以看出，每个人物拥有视角的场景有多少。希望每个主要人物成为视点人物的次数多于次要人物。如果你发现了你不喜欢的模式，你能不能改变一些场景的视点人物，使分配更为合理？

- **故事逻辑对每条故事线索有效吗？** 如果并非如此，你能否增添、删除或给场景重新排序，使逻辑更有效？时间线合理吗？

- **你的场景的情感强度变化如何？** 并非所有场景都需要同样强烈，这会令你的读者感到厌倦。你需要为你的场景的情感强度确立一种节奏。每个场景所达到的强烈程度都应与它在故事中的位置相适应。如果它强度不够，可考虑重新安排它，或找办法增强它的情感冲击力。

- **你能否通过推迟一个场景增加悬念？你能否把一个人物移出某些关键场景，拒绝给予他一些信息？**

我们发现，借助场景清单工作可以使修改过程顺利得多。与在一个文字处理软件中删除、粘贴多页场景相比，在电子表格上移动几行要容易得多。

★ 铺垫：埋设线索，令你的读者做好准备

在让你的三场主要灾难可信和让它们出人意料之间，你必须保持平衡。这很难，因为读者可能会提前看出一场必然的灾难即将到来。另一方面，读者也许会觉得，一场出人意料的灾难真的有点太不可信了。你的故事的高潮或结尾同样如此，也应该既可信，又出人意料。

要想在出人意料和可信程度之间保持合理的平衡，关键是要提前为你的灾难和故事高潮做铺垫，插入读者可能会忽视的一些小线索和一些

其他信息。在你抛出一个出人意料的转折时，你的读者会立即意识到，他应该看出它的到来，因为你给出了他需要的所有信息。要记录这些线索和暗示，你的场景清单是个理想办法。

举个例子，如果你在写《傲慢与偏见》，想使第三场灾难（威克汉姆先生说服15岁的莉迪亚和他私奔）既尽量可信，又令人意外。如果简·奥斯丁使用电子表格制作了场景清单，那么她就会增添笔记提醒自己，把下面的线索插入特定场景：

- 书中显示莉迪亚早就痴迷军官。
- 纳入一个场景，显示在一个舞会上，莉迪亚和威克汉姆跳舞。
- 在达西先生写给丽兹的信中，透露威克汉姆曾试图和乔治安娜·达西私奔，增添一个她15岁的注释。
- 在别的场景里，一带而过地提及莉迪亚15岁。

当然了，你不需要记住插入的所有这些线索。当你准备编辑你的手稿时，场景清单可以让你方便地决定把线索放在哪里。场景清单可以让你对你的故事一览无余，帮助你尽可能宽地隔开星星点点的铺垫的距离。

★ 加以整理，形成第二稿

如果你已修改了场景清单，那么你现在就已准备好对你的手稿进行第一轮真正的修改。我们假设你已把你的整部手稿都输入文档，如果你没有，那么你可以更改下面的步骤，创建一份文件，把你的小说第二稿全都纳入。要完成以下步骤：

1. 复制一份文件，给它起个新名字，告诉自己它是第二稿。

如果原文件被命名为"小说一稿.doc"，那么你可以把你的新副本命名为"小说二稿.doc"。把你的原文件保存在一个安全的地方。从现在起，只在第二稿上工作。

  2. **如果你从场景清单里删除了一些场景，那么也要在你的新文件里删除对应的场景。**

  我们将在第十四章里讨论删除场景。

  3. **如果你在场景清单里增加一些场景，要在你的新文件里的适当地方做标记。**

  在方括号里增加一两句，解释在新场景里应该发生什么就可以了。此时你还不必写新场景，但如果你想写，也可以。

  4. **如果你在场景清单里移动了一些场景，要把对应的场景剪切、粘贴到它们在新文件的新位置中。**

  5. **如果你标志出了任何需要大改的场景，要在场景开头的方括号里插入一个批注，解释场景需要做什么改动。**

  你还无须做这些更改。

  6. **如果你还没移动你的所有新场景，现在要写它们。**

  你的第二稿现在完成了。

  7. **给你的文件制作一个新副本，让它开启你小说的第三稿。**

  给它起个"小说三稿.doc"之类的名字，祝贺你！你现在为编辑你的第三稿场景做好了准备。

第十四章

编辑你的场景结构

在这一章里：

· 决定哪些场景需要修改

· 修改主动型场景和反应型场景

· 删除无法拯救的场景

确定了你的人物是丰满的，你的故事线、三幕结构和场景清单是有力的，你已为编辑小说中场景的结构做好了准备。小说的基本单位是场景，因此处理好场景的结构很关键。你的小说也许有50—100个场景，甚至更多，并且所有场景都很重要。它们全都需要为你的故事做出贡献。

在这一章里，就主动型场景和反应型场景这两种基本场景，我们将给予你一些具体诊断提问。每个提问都暴露出一种特定的问题。关于每种问题，我们都将提出一个计划以修复它。

例子很重要，因此这一章也将向你展示一些残损场景例子，以及如何使之成形。我们不打算从已出版的小说中取出一些我们认为存在缺陷的场景，并试图修复它，这可能会令其他作者感到难堪。相反，我们将浏览已出版小说，寻找一些优秀场景。然后，我们会设想这些场景存在我们自己设计的问题的早期版本。我们将告诉你怎样才能着手修改这些假定问题。最后，我们将概述作者实际上如何写真实小说中的场景。

如果你断定一个场景无法修改，那么你就必须把它从它的苦难中拯救出来。对那些你修改不了的场景一定要无情，对那些你能拯救的场景要仁慈。

注意，这一章只涉及结构问题，下一章将解释如何处理动作、对话以及你创作场景所使用的其他工具的问题。建议你先解决你的场景的结构问题。

分类：决定是否修改、删除或保留一个场景

编辑场景始于一种我们称作分类的过程。要给你的场景分类，你需要阅读每个场景，分析其结构，做出如下三种决定之一：

- **结构合理。**不要改动它。
- **结构不合理，但可以修改。**修改它。
- **结构不合理，也永远不会合理。**删掉它。

在第九章里，我们描述了两类场景结构：主动型的（遵循目标、冲突和挫折模式）和反应型的（遵循反应、困境和决定模式）。在这一节里，我们将帮助你确定一个场景的结构是否合理。

★ 识别有问题的场景

就每个场景而言，下面是一些你应该问自己的基本问题。在你问这些问题之前，要仔细阅读场景。不要略读。要按你的正常速度来读，不要编辑，也不要记笔记。然后，提出下面的问题：

- 在这个场景里，你的视点人物离故事目标更近，还是被推得更远了？
- 在场景结尾，你的视点人物的情况是好转了，还是恶化了？
- 如果你是第一次读这个故事，那么你会不会不得不翻页，发现接

着发生的情况？

如果一个场景推动故事向前，我们就说它管用。如果你对这些诊断问题之一做出肯定回答，那么你的场景结构就很可能管用。如果你对它们都做出肯定回答，那么你可以确信它管用。

如果你的场景结构管用，那么就不用管了。我们并不是说，你将永远不编辑这个场景。我们的意思是，你可以对场景结构置之不理。

如果场景结构不合理，那么你的工作就要复杂多了。真正的问题是场景为什么不合理。下面是一些最常见的结构问题：

- 场景既非主动型的，亦非反应型的。
- 场景计划是主动型的，但它的一些部分（目标、冲突或挫折）缺失了或存在不足。
- 场景计划是反应型的，但它的一些部分（反应、困境或决定）缺失了或存在不足。

★ 评估场景的修复概率

如果你的场景的确存在结构问题，那么你仍需决定是修复它，还是杀死它。

要深思如何修复一个场景，然后再宣布它的死亡。只有当场景对你的故事是一种无药可救、毫无希望的消耗时，你才可以放弃它。考虑下面的问题将有助于你决定你能否修复场景的问题：

- **场景中什么改变了？** 如果什么都没改变，如果任何东西都没有改变的可能，那么这个场景就有大麻烦了。你为什么要拥有一个什么也改变不了的场景？我们会猜测，你之所以把它放在那里，是为了给你的读者提供大段背景故事。如果是这样，那么你真的需要那整个背景故事吗？

它是驱动故事必不可少的因素，还是你的读者没有它也能活下去？

- **场景是给你的人物提供了新信息，还是仅仅对你的读者来说新鲜？**如果它对你的读者来说不新鲜，那么要找一个办法，使之至少让他们中的一个觉得新鲜、有趣：

1. 你能不能找到一个办法，把新信息转化成一个人物眼里的坏消息？如果能，那么它就是一个挫折，是结束一个主动型场景的绝妙办法。

2. 有没有办法使用新信息，帮助一个人物推动他的故事目标？如果有，那么它就是一个决定，是结束一个反应型场景的绝妙办法。

- **场景是以一个挫折或一个决定结束的吗？**如果不是，那么场景就不符合无论哪个标准模式：主动型场景或反应型场景。那也许就是你觉得它不管用的原因。你能不能想出一个办法，在场景结尾增添一个挫折或一个决定？那会加强场景的情感效应吗？

如果场景看上去是可修复的，可阅读下面"修复主动型场景"和"修复反应型场景"这两节。如果你找不到办法，给你的场景引入变化，最好是一个挫折或一个决定，那么你也许就必须放弃它。我们将在"放弃不可治愈的场景"中探讨不可修复的场景。

修复主动型场景

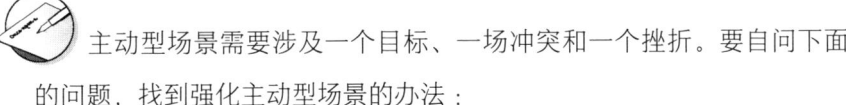
主动型场景需要涉及一个目标、一场冲突和一个挫折。要自问下面的问题，找到强化主动型场景的办法：

- **你在场景开头清晰确定一个目标了吗？**目标简单、客观、有价值、可实现、有难度吗？如果它未达到上述任一标准，那么你能找到使它达到标准的办法吗？

- **场景的主要部分有没有被导向达到那个目标？**视点人物遭遇阻力

了吗？每个主动型场景都需要冲突，需要朝向目标的重复步骤，每次尝试都要遭遇阻力。你的场景中的阻力是否弱，使场景令人厌倦？你的人物得到他想要的东西是不是太容易了？你能想出加强阻力的办法吗？你能否使你的视点人物的生活更艰难？

场景的长度符合它的重要性吗？你应该缩短它，还是加长它？

• **你的场景终于一场严重的挫折吗？**挫折是不是目标的彻底翻转？与如果他最初从没追求过目标相比，那使视点人物的处境变得糟糕了吗？你能不能为了这个场景扭转你的目标，以便使挫折更符合它？

在这一节里，我们将以一个存在瑕疵的场景例子开始，向你展示询问诊断问题如何能帮你修复一个主动型场景。

★ 设想一个主动型场景：《豺狼之日》

我们拿来的例子是一个假定的主动型场景，它被设置在弗里德里克·福赛斯的惊悚小说《豺狼之日》的初期。（我们当然知道，福赛斯的实际场景基于一个真实的历史事件，因此我们不打算重构他着手写他的场景的实情；我们在这里的目的是展示你可以怎样拿一个存在缺陷、无骨无肉的场景，通过提出适当问题，赋予它骨肉。）

下面，我们将以概括形式，展示一下我们设想的这一场景存在瑕疵的版本是如何运作的：1962年8月22日，12个法国人站在巴黎一条熙熙攘攘的街道旁。时间是晚八点刚过，暮色朦胧，能见度很差，但两辆雪铁龙轿车和几辆警方摩托的轰鸣引起了那些人物的注意。他们转过身，看见总统查尔斯·戴高乐的车队一闪而过。

在看见戴高乐时，街边的人们很愤怒。他们都是参加过阿尔及利亚战争的老兵，都感觉被戴高乐违背他保住阿尔及利亚的竞选承诺给欺骗了。他们指名道姓地骂了戴高乐几分钟，然后朝当地酒馆走去，想借酒浇愁。

★ 为改变而检查

此前一节中的假定场景的问题出在哪里？全都有问题！这里什么都没改变。在场景的结尾，人物的境况既没变好，也没恶化。那12个法国人在场景开头就讨厌戴高乐，在结尾也是如此。

之所以什么也没改变，是因为人物进入场景时没有任何特定目标。因为没有目标，所以他们除了骂上几句，无法发泄他们的愤怒。尽管这也许是你对某个讨厌的政治人物所采取的行为方式，但它却只能构成一篇糟糕的小说。什么也没发生。这个场景不合理。

你也许会抱怨，从来都没有哪个作者写过这样一个场景。一个作者进入场景都肯定有其目的，对吧？答案是不对，并非总是如此。对很多作者来说，小说的乐趣是在他们写作时，发现小说通向哪里。如果他们没在初稿上纠正它，那么他们就需要在编辑阶段修改它。

我们怎样才能让我们的假定场景合理而有意义呢？我们将考虑我们的诊断问题，看看我们能否改进它。

★ 选择一个有效的目标

就一个主动型场景来说，首先要考虑人物的目标。目标在场景开头就被清晰确定了吗？那个目标简单、客观、有价值、可实现、困难吗？如果不是这样，你能让它这样吗？

我们的人物在场景例子的开头没有任何目标，但我们可以给他们一个。这些绅士会选择什么目标？冲车队挥拳头？向一个听不见他们的人喊无礼的话？非也，非也。这些都是不重要的目标，不值得我们注意。我们需要给他们一个大目标，我们能够想象的最大的目标。在这里，要设置一个不大可能实现的目标。

我们将要赋予他们的目标是刺杀查尔斯·戴高乐。这相当极端，但我们的人物是一些激情澎湃的人。极端目标造就优秀的小说。现在检查一下,看看这个目标是否符合我们的要求。

- **它简单吗?** 是的。简单意味着解释目标简单。读者不需要复杂证据证明,一颗射向大脑的子弹会杀死一个人。
- **它客观吗?** 是的。在场景的末尾,戴高乐要么死了,要么活着。任何观察者都将能够分辨他是死是活。
- **它有价值吗?** 是的,在我们的人物头脑里这是个关键点。你的读者无须相信目标有价值,只需相信你的人物认为目标有价值。
- **它可实现吗?** 是的。查尔斯·戴高乐终有一死。向他开枪次数够多,他就会死掉。注意:你也许会主张这不可实现,因为读者知道,戴高乐在1962年没有遇刺。没错,但读者总是愿意搁置怀疑,考虑事件的一种替代历史。
- **它难实现吗?** 是的。法国安全力量训练有素、强悍、遵守纪律。靠近戴高乐没有那么容易。

作为设置一个界定清晰的目标的结果,场景必然变得有些长。场景的开头将不仅仅展示那些站在街角无所事事的人,还会展示他们按照他们花了数月演习的计划,进入位置。

★ 延长冲突

假设我们重写了我们的假定场景,增加了如下一个新的、经过改进的目标:蓄意的刺客等着戴高乐车队经过,他们已精心策划一切。他们设置了一个监视哨,在戴高乐的雪铁龙接近时向他们发出信号。他们拥有一队徒步的步枪手,打算用弹幕阻止戴高乐的车。他们还有一队人准备坐车乘虚而入,实施致命一击。他们拥有逃离车辆和撤退策略。他们的计划进行顺利。那些人杀死了戴高乐,然后漫步去了最近的酒馆。在那里，兴高采烈的同胞给他们买了酒。他们一直喝到凌晨。

这个场景有什么问题？从结构角度来看，明显的问题是没有冲突。不妨看一下我们的诊断问题：视点人物遭遇抵抗了吗？你的人物得到他想要的东西是不是太容易了？你能让你的视点人物活得艰难一些吗？

对我们的刺客来说，这个场景进展太顺利了。解决办法很简单：我们需要让计划泡汤。杀手制订了周详的计划，但即便如此，某些东西也必须出错。然后，出错的东西越来越多。冲突需要持续进行，直到场景结束。我们的人物不会只面对一个障碍，他们将面对一连串障碍。

假设我们给这个场景设计了某种冲突。首先，刺客没有料到，当戴高乐的车抵达他们的行刺区域时，天会这么黑。他们的监视哨没能看见在暮色中驶近的车队，直到它经过，因此他没能发出信号。

这是一个障碍，但这还不够。当情况变得棘手时，人物没有溜走。尽管他们错过了信号，措手不及，但在他们看见戴高乐的车的一瞬间，他们还是开始射击了。当车队一闪而过时，他们尽其所能地开了很多枪。他们是神枪手。有些人的子弹击中了汽车，打爆了轮胎。

这就是冲突，但这仍不够。法国安全力量并没有对这些子弹坐视不理。戴高乐的司机按照他所受的训练，采取了躲避行动。他的卫兵开始还击。乘车的第二队杀手向戴高乐射击。他的司机再次躲避，安全人员则奋勇还击。随着这场冲突的展开，我们逐时地展示了这场冲突的所有细节。

★ 急切地寻求挫折

假如我们像我们在前两节详细概括的那样，重写了我们的假定场景：我们的12名刺客制订了杀死查尔斯·戴高乐的详细计划。然而，他们没有考虑夜幕降临的时间，因此他们被搞了个措手不及。但他们还是开火了，打爆了总统专车的轮胎。法国安全力量还击，一场大规模枪战随即上演。戴高乐的车开不动了，戛然而止。刺客团队的首领射出他最后一颗子弹，杀死了戴高乐。

现在，这个场景的问题出在了哪里？结构问题是我们的人物得到了他们想要的东西。他们得到的东西可以让他们快乐到极点，因此小说在第10页结束了。这对你的打击是不是有点儿早？

不妨再查看一下我们的诊断问题：你的场景是在一场严重挫折中结束的吗？挫折是不是目标的彻底反转？与他最初没有追求那个目标相比，它是否使视点人物陷入了一种更为糟糕的境况？

在故事的初期，人物不需要胜利。他们需要挫折，他们需要一场大失败。他们需要有理由回来，在下一章、再下一章、又下一章中再次战斗，直到故事结束。早期的成功制造乏味的故事。早期的失败制造激动人心的故事。

解决之道是让戴高乐逃脱这种企图，但也让刺客在混乱中脱逃，对自己愤愤不平，决心下次做得好一些。那是他们的目标的彻底翻转。他们的处境比场景开始时恶化了，因为法国安全力量正怒气冲冲地追捕他们。那些蓄意的刺客现在成了逃亡之人。

★ 检查最终结果

下面是场景在小说中实际展开的情形：刺客在街上面100米的地方设置了一个监视哨，在戴高乐的车接近时通过挥舞报纸，向他们发送信号。这应该会让枪手获得几秒钟的时间，集中火力向车辆射击。

他们的计划的瑕疵出在他们查阅夜幕降临时间表之时。他们查阅的表格是此前的1961年的，而非目前的1962年。在1961年，8月22日这天，夜幕在晚8:35降临。但是，在1962年，夜幕降临提前了25分钟，在晚8:10。（福赛斯没有为这一显然不可能的事件进行天文学上的解释，但好像也没几个读者曾经质疑过它。）

随着场景展开，戴高乐的车在晚8：18靠近。在它高速驶过时，监视哨发出了信号，但街下面100米之外的枪手几乎看不见它。他们在戴高乐疾驶而过时才看见他。他们匆忙向撤退的雪铁龙开了几枪，打爆了它的轮胎，打烂了它的窗户，距离总统的鼻子只有几英寸，却未能使车停下，甚或射中戴高乐。第二队乘车的杀手然后与戴高乐的安全力量展开了一场激烈枪战，但他们也失手了。车队抵达了机场。戴高乐嘲笑说，"他们就射不中。"

行动失败了。刺客现在开始逃亡。法国安全力量事先获得了警报，分外小心。这是确立随后整部小说的一场挫折。

弗里德里克·福赛斯并没有按照我们概述的方式发展他的场景，因为他的场景基于一场真实的刺杀企图。但是，如果他没有一个可以借鉴的历史事件，那么他仍有可能像我们开始时那样，从一个跛脚的场景把它发展出来，只要问对问题就行。

修复反应型场景

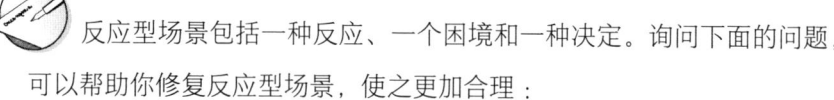反应型场景包括一种反应、一个困境和一种决定。询问下面的问题，可以帮助你修复反应型场景，使之更加合理：

- 场景始于一个与上个场景相适应的反应吗？反应是情感上的，还是本能上的？从视点人物的情感状态和个性类型看，反应合理吗？反应是否太长或太短？

- 你是否从反应走向困境，没有给视点人物留下好的选择？困境的难度与你正在写的场景是否相适应，既不太长，也不太短，既不太容易，也不太难？你的人物身边是否就有明显的解决办法，但他太愚钝，看不到？你对你的人物的囚禁是否足够？人物是否花了适当时间，尝试解决问题？

- **你的人物在结尾时做决定了吗？** 决定简单、客观、有价值、可实现、困难吗？你的读者会尊重你的人物的决定吗？你的读者是否觉得必须翻页，看看人物是否能够执行决定？

在这一节里，我们设想了一个不合理的假定反应型场景，并逐步改变它，使之变得合理。

★ 设想一个反应型场景：《异乡人》

我们从戴安娜·加瓦尔东的时间旅行小说《异乡人》获取灵感，设想了我们的反应型场景例子。这个场景大约设置在小说的四分之一处，构成了小说的三幕结构的第一幕结尾，因此我们首先需要谈谈故事设置。

那是1945年末。二战结束了。女主人公克莱尔·兰德尔是一名英国护士。在经过数年战时分离后，她正在和丈夫弗兰克重新熟识。在和弗兰克去苏格兰期间，克莱尔意外通过了一扇时间传送门，并发现自己身处1743年的苏格兰，没办法回去。麦肯兹部族收留了她，但他们怀疑她是英格兰间谍。当克莱尔在那里待了大约一个月时，当地的英格兰上尉"黑杰克"·兰德尔（克莱尔的丈夫弗兰克的一个祖先）审问了她，并且不相信她谎称自己来自哪儿。在会见结束时，兰德尔上尉重击克莱尔的肚子，命令她的苏格兰朋友下个星期一把她交给他囚禁，以便进一步审问。这是克莱尔现在必须走出的挫折。这是个大挫折，是小说的三幕结构中的第一场灾难。

我们应该怎样追随这场灾难呢？在我们告诉你戴安娜·加瓦尔东怎

么做之前,我们设想了下面这个结构不合理的反应型场景:克莱尔和部族首领之一杜格尔·麦肯兹、他的侄子杰米·弗雷泽聊了一次。杰米·弗雷泽是一个喜欢虚张声势的年轻大个子,克莱尔迷恋他。他们一致认为,要在星期一把克莱尔交出去,她运气真是坏透了,但由于他们无计可施,克莱尔和杰米也许只能喝醉,然后退到一个隐秘的地方,为每部言情小说所需的爱情场景做准备。

★ 为改变而检查(再一次)

上一节中的反应型场景错在了哪里?它糟透了。直到场景结尾,什么也没改变。克莱尔在开头时就处在致命危险之中,在结尾时依然如故。

之所以什么也没改变,是因为克莱尔似乎不在乎。她在遭受重击后根本没有做出反应,也不担心她的未来。由于克莱尔似乎不想改变,不追求改变,因而什么也没有发生。你也许知道,在那种情况下,有些人会和他们的朋友一醉方休,但我们的虚构人物需要比那更坚强。在小说中,人物需要还击。正如我们所描述的那样,这个场景不管用。

你也许会认为,没有人会写这么一个弱的场景。不,他们会写。作者们一直在写弱的场景,但要记住,写弱的场景往往只是写强的场景的垫脚石。解决之道是提出正确的问题,然后使用答案来强化场景。在下面各节里,我们将向你展示怎么做。

★ 使反应与挫折匹配

要从关于反应型场景的反应部分的诊断问题开始:场景始于和前一场景中的挫折相匹配的一种反应吗?它是情感和本能的吗?从视点人物的情感状态和个性类型来看,反应合理吗?它是持续时间太长,还是太短?

在我们的假定场景中,在肚子挨了重击后,克莱尔似乎没有感到疼痛，或有什么情感反应。这不对头。我们要给她时间感到疼痛，让那种震撼传遍她的全身并发泄出来，让她对她的攻击者感到愤怒，让她仔细思量，明白自己的无助。她将花时间去感受。

如果我们把这种反应拉得太长，那么克莱尔会显得像个胆小鬼；但如果我们把它缩短，那么她会显得不近人情。我们将使反应的时长适应其重要性。我们将让她经历疼痛，然后她将为场景的下一阶段做好准备。

★ 经历困境

假如我们给我们的假定场景增添了一种适当的反应，就像下面这样：有几分钟，由于肚子疼痛，克莱尔几乎喘不上气，她觉得她可能要呕吐。想到一个长得像她丈夫的男人竟然能这么坏，她的脑海一片茫然。然后，她和杜格尔·麦肯兹、他的侄子杰米·弗雷泽聊了聊。他们认为，她必须在星期一把自己交出去，虽然这很残忍，但他们无能为力。克莱尔和杰米也可能会喝醉，然后退到一个隐秘的地方，为每部言情小说必备的爱情场景让路。

这比我们对那个场景的初次删减稍好一些，但这依旧非常不切实际，结构仍不稳固。克莱尔现在已从上个场景的疼痛中走出，但她似乎不担心她的未来。

接着看我们的下一组诊断问题：你是否从反应走向了一个让视点人物没有好的选择的困境？困境的难度适当吗？你的人物身边是否就有明显的解决办法，但她太愚钝，看不到？你对你的人物的囚禁是否足够？人物是否花了适当时间，尝试解决问题？

我们需要详细讲述克莱尔的选择，使她直面她的问题。它们全都是不好的选择，但克莱尔必须花时间谈论或思考它们，以便让读者相信，她真的被囚禁了。

首先，杰克·兰德尔不相信她。如果她在下个星期一把自己交给他，那么他就可以为所欲为：鞭笞她，强奸她，把她吊死。考虑到兰德尔可怕的名声，这些情况大概率会发生。把自己交出去是个糟糕的想法。

克莱尔可以试试别的吗？她可以逃走吗？根本没有可能。英格兰士兵控制着道路。此外，她不能随随便便地离开和她一起行进的苏格兰人，因为他们仍怀疑她是个英格兰间谍。每个人都怀疑克莱尔，真心喜欢她的只有杰米。

杰米的叔叔杜格尔终于想出了一个绝妙的办法，可以解决他们的问题。如果克莱尔嫁给杰米，那么她就再也不受英格兰法律约束，而是会成为一个苏格兰人，从而受到当地领主的保护。

这场婚姻也将使杰米永远不可能篡夺他叔叔的领主地位，因为麦肯兹永远不可能接受一个娶了英格兰裔妻子的领导者。这个计划解决了每个人的问题，但对克莱尔来说，这是个糟糕的想法。诚然，她喜欢杰米。她甚至迷恋他。但是，她结过婚了，并且她是那种对结婚誓言很严肃的人。她的丈夫仍在1945年，并且她希望尽快通过时间传送门回到他身边。克莱尔不可能嫁给杰米。

★ **做出决定**

考虑到此前两节做的修改，我们的场景已变得相当合理，有了一种强烈的反应，以及一种我们可以如此概括的明显困境：有几分钟，由于肚子疼痛，克莱尔几乎无法呼吸。她认为她也许会呕吐。想到一个长得像她丈夫的男人竟然能这么坏，她的脑海一片茫然。她现在需要想出下个星期一做什么。她不能把自己交给兰德尔上尉，因为他有可能杀了她。她不能逃走，因为英格兰人控制着道路。她不能接受杜格尔的建议嫁给杰米，因为她已经嫁给了一个她爱的男人。她无法做出决断，就在那个周末一醉方休，和杰米互相慰藉。

这里面出了什么问题？结构问题在于，克莱尔惊恐不已，这个困境因而永远不可能结束。

不妨看看我们的诊断问题：你的人物在结尾时做决定了吗？决定简单、客观、有价值、可实现、困难吗？你的读者会尊重你的人物的决定吗？你的读者是否觉得必须翻页，看看人物是否能够执行决定？

克莱尔需要做决定，而这意味着接受她最不坏的选择，其结果就是嫁给杰米。这个决定符合我们的所有标准。嫁人既简单，又客观。它有价值吗？是的，杰米是个热心肠的家伙，并且克莱尔已经迷恋他。它可实现吗？是的，因为杰米愿意，并且能找到一个牧师。这困难吗？是的，因为克莱尔已经嫁人。她嫁给了一个尚未出生的男人，并且仍然忠于他。

★ 获得最终结果

下面是反应型场景在《异乡人》中的实际运作情况：在兰德尔上尉重击了克莱尔的肚子后，她用了几个段落感受她的疼痛，并从生理上的震撼中恢复过来。杰米的叔叔杜格尔在兰德尔上尉的办公室和他对抗，发泄怒火，但克莱尔听不太清楚。

在痛骂兰德尔之后，杜格尔护着克莱尔出了城堡，把她带到一个硫磺泉边。这个硫磺泉名为说谎者之泉，因为根据当地的一个传说，谁只要喝了它的水，然后再撒谎，她的胃就会被烧坏。在克莱尔喝了之后，杜格尔询问了她，打心眼儿里认定她并非英格兰间谍。他仍搞不清她是谁，或她来自哪里，但他相信，他可以通过让她嫁给杰米，使其进入部族。

杜格尔给克莱尔详细讲述了几年前兰德尔上尉如何一个星期两次鞭笞杰米，几乎把他打死。杜格尔大肆渲染，清晰表明兰德尔比克莱尔所想象的要坏得多，杰米勇气非凡。

杜格尔为什么要告诉她这些？他想给克莱尔造成一种印象：兰德尔上尉非常坏，杰米非常优秀。然后，杜格尔告诉她，他已断定，她必须嫁给杰米。克莱尔当然反对，极其抵触，但把自己交给兰德尔太可怕，她不敢想象。杰米强壮、勇敢、善良，会用生命保护克莱尔。

到了这时候，读者会迫切希望她同意。但克莱尔继续反对，寻找摆脱的办法。她梳理她所能想到的每个理由，先是和杜格尔，然后和她自己。终于，她要求和杰米谈谈。杰米对娶她毫无疑虑。慢慢地，她的抵抗减弱了。她终于认识到，她别无选择，她将嫁给杰米。这是那个使克莱尔投入故事剩余部分的决定。

放弃不可治愈的场景

只要你问对问题，然后使用答案找到改进办法，就像我们在此前各节向你展示的那样，那么弱的场景就能够成为强的场景。然而，无论你怎么努力，一些场景就是痊愈不了。

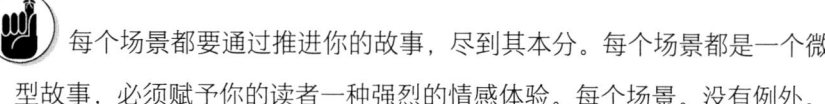
每个场景都要通过推进你的故事，尽到其本分。每个场景都是一个微型故事，必须赋予你的读者一种强烈的情感体验。每个场景。没有例外。

如果你有个你真的修复不了的场景，那么你已经知道，你应该放弃它，而你可能只是不想那么做。你觉得这个场景是你的孩子。你为这些话语付出了辛劳。你呕心沥血，创作了这个场景。就因为它现在不管用，你就应该放弃它？

如果这个想法让你犯难，那么你就是被错误的比喻束缚了。场景不是你的孩子。场景根本不是人。场景只是对你的故事里的冲突的记录。那就是它：不过是记录。它们是白纸上的黑墨水，是一个硬盘上的字节，是无生命的物体。

当然了，我们不建议你删除任何场景。它将永远保留在你的电脑里，端坐在你以前的草稿中，只要你需要查阅它。当你放弃一个场景时，你所做的只是拒绝把它拖到你的下一份草稿里。这个场景是枯木，是一种失败的、此时正在吞噬你的故事的生命的想法。别管它了。

🎯 如果丧失一个场景会在你的故事里留下一道小裂隙，那么你就要做笔记，以挽救你所需要的无论什么字节。如果你要使用场景，给予读者某种必要信息，那么要找别的某个管用的场景，把那种信息塞到那里。

不要浪费你的情感能量，为那些无法修复的场景而哀伤。你需要那种能量，把新的情感生命注入能够修复的场景中。

第十五章

编辑你的场景内容

在这一章里：

·决定是展示还是讲述

·编辑片段

·遵循关于闪回的特别提示

·编辑讲述

在这一章里，关于创造一种强烈的情感体验，我们将关注其中一项最重要的编辑任务：编辑你的场景，以提高你的展示力和讲述力。编辑常常建议作者"展示，不要讲述"。那尤其对写作新手而言是好的建议，他们往往展示太少，讲述太多。问题是，中级作者有时候反而展示太多，讲述太少。你需要保持适当平衡，在高强度的部分里展示故事，并在你需要压缩时间或把重要信息传达给你的读者时，讲述故事。

下面是展示的秘诀：把每个场景写成一个片段（小说中冲突的最小单位）系列。片段由动作、对话、内在情感、内心独白、感觉描写构成。如果编辑告诉你，你展示的不够，那么你就要训练自己写片段，并按照我们将在这一章里向你展示的方法，编辑它们。

讲述则没有这么简单的秘诀。你拥有多种多样的讲述方式：叙事概要、阐述、静态描述都能胜任。在熟练作者手里，这些都是有效工具，但在怎样充分利用它们上，给予你准则又极其困难。然而，关于讲述，以及怎样编辑你的讲述片段，我们将给予你一些准则。

决定是展示还是讲述

展示有可能在情感力上很强，但在信息内容上通常较弱。讲述很少携带情感冲击，但它能够有效传达信息。哪个最有效，你就使用哪个。

要逐句编辑你的场景，脑子里想着下面的问题：

- 句子是在展示还是讲述？
- 你这个句子需要多少情感冲击？它包含了多少情感冲击？
- 句子有助于推动故事吗？
- 你这个句子需要多少信息？它实际包含了多少信息？

在这一节里，我们将帮助你回答这些问题，确定呈现你的故事的最佳方式。然后，我们将通过一个例子，展示如何把我们的准则运用于展示和讲述。

你不必总是做出决定，把一个片段从讲述转向展示。有时候，讲述真的更有意义。但是，无论你是决定展示还是讲述，你都应该知道你做这个决定的理由。在你编辑每个场景的每个句子和段落时，要衡量你的选项，如有需要即可转换。

★ 知道片段、闪回或讲述技巧何时使用最为适宜

在这一节里，我们将提供一些实用准则，帮助你决定是否使用片段、闪回来展示某种东西，或是否使用叙事概要和相似工具来讲述它。

何时使用片段

只要下面的情况都确实（多数时间里都确实），就使用片段：

• 无论发生了什么，都是现在发生的。

• 某种在情感上重要的情况正在你的场景里发生。如果是主动型场景，那么这意味着你的主要人物正在确定他的目标，面对冲突，或经历挫折。如果是反应型场景，那么这意味着你的主要人物正在做出情感反应，经历困境，或做出一个决定。

何时使用闪回

当遇到下面这种情况时，就使用闪回：

• 主要人物的背景故事里发生了某个在情感上重要的事情，你的读者需要立即知道它。

• 你无法使用对话、内心独白或它们的结合，用片段（在当下）揭示事件。

• 你能够在不打破目前故事的紧张态势的情况下，插入闪回。

记住，闪回是设置在过去的一系列片段的容器。闪回需要在每一头儿都有一个过渡，把读者及时带回，然后继续带领他向前。

何时讲述

在出现下述情况时，你可以使用叙事概要、阐述或静态描述，讲述你的故事：

• 你需要传达某种不会推动故事向前的信息，但你的读者又必须知道它。这种信息也许与故事世界有关，或与一个人物的背景故事有关，或与和故事相关的某些世界大事有关。（如果信息并非基本信息，可以把它完全删掉）

- 你需要展示从一个时间到另一个时间或从一个地方到另一个地方的过渡。

- 你想压缩时间，表达一种价值判断，或加速一些你不需要详细展示的动作。

- 信息几乎没有情感冲击力。

- 使用片段展示信息会耗时太长，或太令人厌烦，或太沉闷。

★ 一个做决定的例子

我们现在要把上一节中的展示和讲述准则用于一个作为例子的段落。下面就是我们想编辑的段落：

在你的第一次签名售书会上，你感到紧张，因为你将对一群陌生人讲话。为打消你心中的恐惧，你开始想你最初写书的原因。在"9·11"事件发生后，你常常做与它有关的恶梦。渐渐地，你开始想知道，如果你在那场悲剧发生前就做过那些恶梦，会发生什么情况。你可以阻止它吗？你认为你可以。那就是激发了你的第一部小说的设计的东西。

这个段落全是讲述，并且相当乏味。它的一部分目前正在发生，另一部分是背景故事。它携带情感冲击了吗？不太多。它需要吗？是的，因为我们打算让这成为一个作用很大的场景的开头，并且我们想在这一章里继续发展那个场景。

我们的第一个目标是加入一些情感。最明显的选择是主要人物正在感受的焦虑。我们需要戏剧化地表现它，而最佳方式是使用一些内在情感，可能还要使用一些内心独白。

我们的另一个目标是展示一些背景故事，因为对我们正在发展的场景的剩余部分来说，它是重要的。我们可以使用闪回吗？不可以，因为就场景的开头而言，那是个坏主意。我们可不可以使用对话或内心独白呢？可以。那我们应该使用哪个？对话往往好一些，只要我们不让一个人物对另一个人物讲述他们都知道的情况，只要它可以推动故事。在这个例子里，主要人物将对一群人讲话，而他们对作者的背景故事很感兴趣，因此我们完全有理由提及过去。此外，我们可以使这个背景故事立即引发冲突。

我们现在要重写这个段落，把它扩充为三个段落。我们可以选择多种风格，但我们选择了一种与动作小说相适应的类型，因为它可以让我们清晰阐释我们的要点：

在你的第一次签名售书会上，你手心冒汗，几乎听不见书店公关总监介绍你。你的心脏在你的胸膛里怦怦直跳，你的耳朵嗡嗡响。人群发出的掌声刺穿了包围着你的恐惧之幕。现在是表演时间，无论你准备好了没有。你站起来，颤抖着朝讲台走去。

你最后一次痛饮凉水，深呼吸，冲人群微笑。"在"9·11"之后的一些年里，我经常梦到当时发生的情况，"你说，"然后有一天，我开始想，如果我在"9·11"之前就做过这些梦，会是什么样子。如果我当时怀疑某个事情即将到来，情况会是怎样……还会无所作为吗？假如我不得不怀着猜想如果我能改变局面的内疚活着，会发生什么？如果开始梦到某种新的、即将到来的灾难，会发生什么？我会做什么？"

"扯淡！"有人在人群后面大吼道。

现在考虑一下我们在这个修订版中都做了什么。我们已经从一段扩充到三段，以一个附加文本（当你从讲述转向展示时，这种附加文本很常见）终结，因为展示不太有效。下面展示新段落是如何划分的：

段落一

1. 我们微调了第一句，不过它依然是讲述，而非展示。这里为什么讲述？为什么不使用一个更生动的句子？我们不是不可以使用某种动人的感觉描述，但我们选择迅速确立环境，直奔情感部分。

2. 第二句和第三句赋予读者三次内在情感，即展示视点人物情感的心理反应。我们这里不是求细微的。我们在展示出汗的手、怦怦跳的心脏、嗡嗡响的耳朵。

3. 下一句展示了鼓掌，道出了恐惧。这不是个强烈的句子。我们是在用这一句降低强度，因为场景内的强度变化非常重要。

4. 下一句是间接内心独白：关于表演时间的陈词滥调。这种陈词滥调在这里之所以起作用，是因为视点人物就是那么想的。

5. 最后一句是动作：人物站起来，颤抖着。在这里，我们同样不是试图显得细微。颤抖是个强烈的动词。

到了第一段结尾，视点人物已经有了清晰的场景目标：克服第一次签名售书演讲的焦虑。

段落二

1. 下一段始于三个动作，它们全都展示了视点人物试图控制一下自己：喝水，深呼吸，微笑。我们不需要告诉读者，视点人物正在和焦虑搏斗。动作表现出了焦虑。

2. 第二段剩余部分全是对话，是视点人物说的。它填补了一些背景故事。这么做不错，因为书店的听众不知道这一信息，但绝对很感兴趣，愿意听到它。

头两段构成了一个较长的私下片段（可阅读第十章，了解对这个名称的充分解释），是一个聚焦视点人物的私下片段。

段落三

1. 最后一段是一个公开片段，把焦点转向了一个非视点人物。

2. 这点儿对话也给场景引入了更多冲突。视点人物现在不仅要对付焦虑，也要对付某个未知的对抗者。这一场景的风险加大了。

出色的展示：编辑片段

如果你断定，你的场景中的某个部分需要展示，而非讲述，那么你首先要做的就是确保那个部分使用片段。你可以用五种基本展示工具来写片段：动作，对话，内在情感，内心独白，感觉描写。

如果你有个部分由片段构成，那么你仍需要做一些编辑工作。下面是我们在片段里看到的最常见的问题：

- **段落不聚焦一个人物。**这是个问题，因为一个段落应该尽可能统一。
- **场景拥有不止一个视点人物。**除非你打算用跳跃或全知视角写作，否则这也是个问题。
- **读者看见了视点人物无法看见的东西。**这是个问题，除非你打算用第三人称客观或全知视角写作。
- **读者在果后面看见了因。**这有可能使读者感到困惑，因为在现实世界里，因发生在果之前。
- **时间尺度混乱，缓慢的过程先于迅速的过程完成。**这有可能让读者摸不着北。

在这一节里，我们将给出一些准则，帮助你解决这些问题。我们还将向你展示某种解决办法的例子。

你一般会遵守这些片段编辑准则，但偶尔会根据需要违反它们。但是，我们鼓励你根据这些准则，检验你写的一切，看看它们是否暗示了改善你的写作的方法。如果它们的确暗示了，那么要使用它们，继续向前。如果不是这样,就是忽视它们也没关系。

★ 编辑片段准则

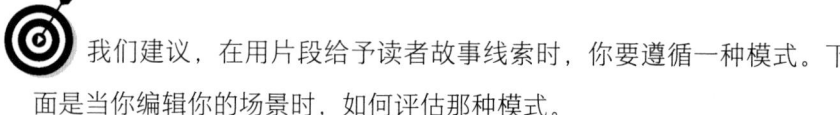
我们建议,在用片段给予读者故事线索时,你要遵循一种模式。下面是当你编辑你的场景时,如何评估那种模式。

1. **识别片段是私下片段,还是公开片段,在片段间增加一个段落间隔。**

私下片段聚焦视点人物。公开片段聚焦别的人物。如果可以的话,要剔除叙事概要。

2. **确保每个片段都使用适当的工具。**

每个私下片段都可以使用动作、对话、内心独白或内在情感,但它一般应该避免描写。描写几乎总是向视点人物展示外在的东西。

每个公开片段都可以使用动作、对话或描写,但它应该避免内心独白和内在情感,因为你的读者不可能知道非视点人物在想什么、感受什么。

3. **确保每个片段时间设置正确。**

下面是如何管控一个片段中的两个事件的时间设置:

- 如果它们大约同时发生:按照它们的发生顺序展示它们。
- 如果它们同时发生:按照从快到慢的顺序展示它们。
- 如果它们同时发生,耗时也一样:按照你最喜欢的顺序展示它们。

在这一节里,我们将查看一些杜撰的、写得很差的片段例子,并通过这种模式,展示如何改造它们。

★ 修复混杂的片段

一个穿黑皮衣的大个子从他藏的地方走了出来。他一直藏在烹饪书分区里。他的左脸颊上有一道疤,灰色的连鬓胡显得很脏。他手持一把电锯。他启动它,使之快速旋转,并大步朝你走来。"你偷走了我的一个主意,伙计,你再也偷不成了!""你叫什么名字?"当穿黑皮衣的家伙向你走来时,你的心脏在你的胸膛里怦怦直跳。你抓住你的两本书,觉得它们可以提供某种保护。"斯罗克莫顿,"他说,"可我的朋友叫我海克。"斯罗克莫顿?什么样的父母才会给他们的孩子取斯罗克莫顿这么个名字?"老兄,我们确信我们可以把这说清楚。"斯罗克莫顿站住,用电锯直接对着你的脸:"我会让斯蒂尔先生替我谈。"

这个段落包含七个片段,其中三个是私下片段,四个是公开片段。

我们并不觉得,一定不能把私下片段和公开片段混在一个段落里。有时候,这有可能是合理的。但是,我们把两个不同人物的对话放进同一段落,也比较罕见。出于相同的原因,为每个片段专门起一个段落,将有助于读者一直向前走。

在下面这个句子中,这个问题特别明显:"老兄,我们确信我们可以把这说清楚。"在你读了整个句子后,你可以通过语境判断出,说话人是视点人物,而非斯罗克莫顿。作为一个结果,当你开始读这一句时,你的部分脑子在尖叫,"在这儿说话的是谁?"段落的混杂性正迫使你付出超越正常的辛劳,在一定程度上把你带出故事。作者不应该这么对待读者。

现在把这一大段分开,每个片段一个段落。这就变得比较易读了,也在页面上留出更多空白,使读者的眼睛更快地掠过故事,创造一种事情正在更为迅速地开展的错觉。

一个穿黑皮衣的大个子从他藏的地方走了出来。他一直藏在烹饪书分区里。他的左脸颊上有一道疤,灰色的连鬓胡显得很脏。他手持一把电锯。他启动它,使之快速旋转,并大步朝你走来。"你偷走了我的一个主意，伙计，你再也偷不成了！"

"你叫什么名字？"你的心脏在你的胸膛里怦怦直跳。

穿黑皮衣的家伙一步步向你逼近。

你抓住你的两本书，觉得它们可以提供某种保护。

"斯罗克莫顿，"他说，"可我的朋友叫我海克。"

斯罗克莫顿？什么样的父母才会给他们的孩子取斯罗克莫顿这么个名字？"老兄，我们确信我们可以把这说清楚。"

斯罗克莫顿站住，用电锯直接对着你的脸："我会让斯蒂尔先生替我谈。"

这样读起来就好一些了。我们几乎根本没有改变任何词语，但清晰度却非常好。每个小小的改进都有益。你也许会主张，这种改变微不足道。是的，是微不足道，但非常值得你花时间，因为你付出了这么小的一点儿努力，就获得了这么大的改进。我们建议，你要先用段落把所有片段分开，然后再干别的事情。

★ **修复无心的跳跃视角**

你也许会选择在一个特定场景中使用多个视点人物。如果你用跳跃或全知视角写作，那么你就是有意选择在每个场景中拥有不止一个视点人物。那是你的选择，你有那么做的自由。

如果你打算一个场景用一个视点人物，但你又进入了别的人物的视角，那么问题就来了。视角跳跃混淆了你发送给你的读者的情感信息，因此如果这不是你选择的视角，你就需要修复它。

阅读下面这个段落系列，它跳进、跳出多个人物的视角：

你的听众尖叫着，避开斯罗克莫顿。其中一个女人，想起了她的丈夫，晕倒在地板上。两个家伙抓住她，把她拖向安全地带。他们中个子较高的那个突然想到，他原本可以从后面给斯罗克莫顿来个抱摔，把斯罗克莫顿制服，但他现在处在一个安全距离上，没胆量回去冒险。

斯罗克莫顿脸上挂着不怀好意的笑容，打量着你。他在想他童年时，他爸爸是怎么折磨他的。他在想他的母亲怎样扭着她的手，尖叫，从不干涉。他在想你多像他的七年级英语老师，在他写关于被鞭笞的诗时，他的老师无动于衷。

你可以从斯罗克莫顿的眼神里看出，他就要向你冲来。你把你左手的书狠狠摔在讲台上，注意到斯罗克莫顿的眼睛瞥了一下这个动作。然后，你把你右手的书径直地向他的脸砸去。

这里的问题是，读者被信息搞糊涂了。首先，读者进到了一个女人的视角里，她很快就晕了过去。到了下一刻，读者成了一个男人。这个男人多少展示了一些勇气，帮助拯救了那个女人，但他的勇气不足以使他攻击斯罗克莫顿。接下来，在整整一个段落里，读者又成了斯罗克莫顿，并由于他悲惨的童年而开始同情他。最后，读者返回真正的视点人物，现在不得不和斯罗克莫顿战斗。

 你的读者想知道他该支持谁。当你让他随意地从一种视角跳向另一种视角，他就会支持所有人物，而这意味着他可能谁都不支持。你想做的事情太多，结果却收获寥寥。

你能有效地在各个视角之间跳跃吗？当然可以。玛格丽特·米切尔在《飘》中这么干过，马里奥·普佐在《教父》中这么干过。但是，他们都不是随意的。如果你打算允许自己在一个场景里进入多个视点人物的视角，那么你需要有个理由。你也需要小心管控你的读者的情感。

如果你发现自己无心地做了视角跳跃，那么解决办法很简单：只使用私下片段写你的视点人物，只使用公开片段写场景里的其他所有人物。

这里有个对作为例子的那个段落的重写。我们必须做个彻底的手术，不能让我们的读者深入非视点人物的视角，而要更加牢固地植根于真正的视点人物视角里：

你的听众尖叫着，避开斯罗克莫顿。其中一个女人晕倒在地板上。两个家伙抓住她，把她拖向安全地带。

斯罗克莫顿脸上挂着不怀好意的笑容，打量着你，但他的眼睛却遭受折磨，呆呆地盯着你，仿佛你是他认识的某个人。汗水从他的额头渗出。在他饱经风霜的脖子上，一块补丁状的旧伤疤里，一根动脉血管在跳动。

你可以从斯罗克莫顿的眼神里看出，他就要向你冲来。你把你左手的书狠狠摔在讲台上，注意到斯罗克莫顿的眼睛瞥了一下这个动作。然后，你把你右手的书径直地向他的脸砸去。

在这里，我们已经丧失了些许斯罗克莫顿的童年的情感力量。如果我们打算在这个场景里使用一个视点人物，那么在这一点上，我们只能这样。但是，我们也有收获，因为我们已经赋予读者一个他可以明确支持的视点人物。

你也许想知道，如果你从斯罗克莫顿的视角写这个场景，是否效果更好。有可能。但是，如果你以那种方式重写，那么读者会希望你把他只放在斯罗克莫顿的视角里。

★ 修复"魂不附体"的体验

你也许会选择向你的读者展示视点人物无法看见或知道的东西。如果你以第三人称或全知视角写作，那么这就是你的艺术选择。然而，如果你已选择了别的视角，那么也需要始终如一地坚持它。

下面这个段落系列将展示，当你展示视点人物无法看见的东西时，会发生什么情况：

斯罗克莫顿把头猛地向旁边一歪，书嗖地从他右耳旁飞过。他恼怒得两眼放光，朝你走去，快速运转着电锯。

你抓了一把你的书，倒退着远离他，举起它们，当做盾牌。你没有看见，你就要踩到书店的公关总监身上，她刚在你身后晕倒了。

情况前面进展得很顺利，直到我们展示出了视点人物看不见的东西：书店的女士躺在地板上，晕了过去。

这里出了什么问题？它没有加剧紧张气氛吗？也许。紧张气氛是对某种糟糕状况的预期。向你的读者展示视点人物也许会踩到书店的女士，有可能会加剧紧张气氛。但是，是有代价的：展示这一点提醒了读者，他不是视点人物，而你的主要目标之一是让你的读者相信，他就是视点人物。

不要仅仅为了一点儿附加的紧张气氛，而摧毁虚构之梦。不要把你的读者带到视点人物之外来增加紧张气氛，而要通过给予你的视点人物一些暗示来制造紧张气氛。

如果你不小心漫游到了视点人物的视角之外，那么解决办法很简单：仅使用私下片段写你的视点人物，仅使用公开片段写场景里的其他人物。只向你的读者展示你的视点人物能够看到、听到、嗅到、品味到、触摸到的东西。下面是作为例子的场景的一个重写：

斯罗克莫顿把头猛地向旁边一歪，书嗖地从他右耳旁飞过。他恼怒得两眼放光，朝你走去，快速运转着电锯。

你抓了一把你的书，倒退着远离他，举起它们，当做盾牌。你没有看见，你就要踩到书店的公关总监身上，她刚在你身后晕倒了。

"亲爱的耶稣呀,帮帮我!"书店的公关总监在你后面呻吟着。片刻之后,地板上发出沉闷的响声,告诉你她晕倒了。

★ 修复因果问题

切记要先展示原因,然后再展示结果。下面这个作为例子的段落破坏了这条规则:

你惊恐万状,扑向左边,双手抱头,祈愿你不会落在公关总监身上,就在斯罗克莫顿拿着电锯向你扑过去之后。

这太糟糕了!我们把原因(斯罗克莫顿的猛扑)放在一个长句子的尾部。在这个长句子里,我们先展示了原因的所有结果(你对斯罗克莫顿的猛扑做出的全部反应)。对读者来说,这是最令人困惑的情况。

只要你在你的小说里看到"之后"这个词,就问问你是否已经把原因放在结果后面。如果你这样做了,就把它改过来:

斯罗克莫顿拿着电锯向你扑过去。

你惊恐万状,扑向左边,双手抱头,祈愿你不会落在公关总监身上。

★ 修复时间尺度问题

不同的过程需要长度不等的时间。枪击比眨眼快,眨眼比触地得分跑快,触地得分跑比总统选举快。

如果你展示两个同时发生的事件,那么要先展示快的那个。这是个微小的问题,但必须修复,因为它可以增加清晰度。

在这一节里,我们将讨论有可能不知不觉产生时间尺度问题的两种常见途径。

同时发生的事件

阅读下面的句子，它把发生快和发生慢的事件结合了起来：

斯罗克莫顿一边一头倒向地板，一边发出一声长长的怒吼，而就在此时，电锯的轰鸣停止了。

当一个作者试图把尽可能多的东西装进一个句子时，他的用意是好的。然而，你的读者不在乎你是否用意良好，他只在乎他是否能沉浸到故事里。

这里的问题是：我们正试图使两件事同时发生，但它们又不可能同时发生，因为它们有着不同的时间尺度：一个发生得慢些，另一个快些。

- 慢："斯罗克莫顿发出一声长长的怒吼，跌倒在地。"这耗时至少大半秒（测一下你自己跌倒用时，你就会发现它确实需要好一会儿。）
- 快："电锯的轰鸣停止了。"这几乎在他的手指滑离开关的一瞬间就发生了。

只要你看见两个短语被"一边……一边"这样的词连接起来，就要起疑。要问问自己，这两个动作究竟能不能同时发生，并延续同样长的时间。

请注意，在跌倒过程中，斯罗克莫顿有可能一直在吼叫，因此把这两个事件用"一边……一边"连接起来非常合适。但是，他跌倒的速度不可能和电锯停止轰鸣的速度一样快。因此，用"就在此时"是个错误，因为它暗示，两件事同时发生了。

差之毫厘，就可能失之千里，即使它们太微小，读者看不到。读者也许不会有意识地注意到这两件事不可能同时发生，但他会觉得这一段有些失真。他会说，"我实在想象不出来它"。他是对的。你已使动作滑出了焦点。解决办法是找出哪个事件先开始,并且先展示它,即使当第二件事发生时,它仍在持续。

就斯罗克莫顿的情况而言,他被绊了一下,跌跌撞撞向前倒,发出了一声长长的怒吼,然后撞在了地面上。在这一过程中间的某个时间点,他的手指滑离了电锯开关,电锯的轰鸣声停止了。因此要那样写,写两句。

斯罗克莫顿发出一声长长的怒吼,一头朝地板倒去。电锯的轰鸣声停止了。

私下片段中的特殊问题

下面这段文字在第二个私下片段(第三段)中混淆了时间尺度:

你撞在地板上,感觉气息正在呼呼地从你身体内飞出。有那么一会儿,你眼前发黑。你迫使自己把黑暗抖落,摇摇晃晃,一味地想站起来。

还没等你转过身,斯罗克莫顿就从后面抓住了你。"去死吧,你这个纳粹!"一只结实的手掐住了你的喉咙。

你想起来你的一个朋友向你展示的一种技巧,当时你正在摸索你的书。你猛跺斯罗克莫顿的脚背,用肘部猛捣他的肚子,并本能地抓掐住你的喉咙的那只手。一阵惊恐划开了你的腹部。

在第三段之前,文字进展顺利。但第三段是一个私下片段。在那里,时间尺度完全弄反了。

下面是感受、本能动作、理性动作和话语的时间尺度:

- 感受发生快,大约几毫秒。
- 本能动作发生差不多一样快,约为十分之一秒。
- 理性动作和话语耗时最长,至少半秒。

因此,在一个包含全部这三种元素的私下片段里,你需要首先展示感受，其次是本能动作，再次是理性动作和话语。看一下例子的第三段，看看当我们重新给它们排序时，情况如何显得更合理：

你撞在地板上，感觉气息正在呼呼地从你身体内飞出。有那么一会儿，你眼前发黑。你迫使自己把黑暗抖落，摇摇晃晃，一味地想站起来。

还没等你转过身，斯罗克莫顿就从后面抓住了你。"去死吧，你这个纳粹！"一只结实的手掐住了你的喉咙。

一阵惊恐划开了你的腹部。你本地抓掐住你的喉咙的那只手。然后，你想起来你的一个朋友向你展示的一种技巧，当时你正在摸索你的书。你猛踩斯罗克莫顿的脚背，用肘部猛捣他的肚子。

斯罗克莫顿抓你的力道变弱了。

你迅速转过身，用肘部猛捣他的腹股沟，并伸出一根手指，戳了他喉咙下部那个柔软的部位。

那无疑是阴招，但你承受不起给他喘息之机。你也承受不起给你的读者喘息之机。他之所以买你的书，是因为他想获得一种强烈的情感体验。如果你任由你的场景离开焦点，哪怕是在最细微之处，那么你给予你的读者的东西就将少于他支付的钱。无论你写的是最勇敢的动作小说，还是最温情的言情小说，你都应该尽可能地向你的读者传递最强烈的情感体验。

进、出闪回

如果需要闪回，那就使用它（关于如何知道它是否需要，我们在前面的"决定是展示还是讲述"这一节里讨论过）。剩下的唯一问题是如何编辑你的闪回。要记住，闪回无非就是一个容器，里面装着一系列设置在过去的片段，以及在开头和结尾有个转换。我们已在此前一些节里讨论过编辑片段，你现在只需操心你的转换点。

转换一点儿都不神秘。它们只需清楚表明，你的视点人物正在闪回或闪进。要做到这一点，你通常只需明确提及一种记忆。下面是个不符合规范的例子：

"给我们说说，你是怎样击退一个体重为你的二倍的人的。"拉里·金说。

布拉德说，"从后面抓住我，尝试让我窒息。"

你双臂抱住他的身体，伸手去抓他的喉咙。片刻之后，你的脚背感到刺痛。撞到你肚子上的一肘从你肺里盗走了所有空气。你腹股沟上挨的重重一击瞬间就让你的内脏疼起来，疼得厉害。

"我觉得我只是动作敏捷而已。"你说。

哇哦！从拉里·金到布拉德的转换令人困惑，因为我们进、出闪回太快。读者需要可以从两头挡住闪回的提示，就像下面这样：

"给我们说说，你是怎样击退一个体重为你的二倍的人的。"拉里·金说。

两年来，你一直试图忘掉，为了你的书，就巷战战术，你采访你的前海豹突击队朋友布拉德的情形。

布拉德说，"从后面抓住我，尝试让我窒息。"

你双臂抱住他的身体，伸手去抓他的喉咙。片刻之后，你的脚背感到刺痛。撞到你肚子上的一肘从你肺里盗走了所有空气。你腹股沟上挨的重重一击瞬间就让你的内脏疼起来，疼得厉害。

那是两年前的事情了。你仍然忘不掉布拉德。在你的书中，你没有向他致谢。关于那次采访，你没和任何人说过。

你冲拉里·金眨眨眼，给了他一个扭曲的微笑。"我觉得我只是动作敏捷而已。"

创造你自己的风格

随着你在写小说的艺术和技艺上日渐精湛,你将发现一种对你有用的风格。在这本书里,我们小心谨慎,不太敢教你如何创造你的风格,因为它是一种非常个人化的东西。你的确有选项,很多选项。下面是一些问题,你不妨在发展你的风格时思考一下:

- 风格对你有多重要(与故事世界、人物、情节、主题这四根小说的支柱相比)?
- 你想要一种鲜明的、把你和其他所有作者区分开来的风格吗?或者,你更愿意以一种不会让你的读者从故事上分神的风格写作?
- 有没有哪位作家的风格和你想拥有或已经拥有的风格相似?如果是这样,你和那位作家有何不同?
- 你所写作的类型是否有一种典型风格,你的读者希望你遵从?(辣手侦探小说的风味迥异于摄政时期的传奇。)
- 避免俗套对你有多重要?你写的每个句子都必须是新鲜、原创的吗?或者,"跳出框框"成了新的框框?

我们无法告诉你,哪种风格对你最合适。我们的确鼓励你试验新的风格技术。它们与你发生共鸣吗?它们对你的测试读者管用吗?如果是这样,那么就保持它们吧。如果不是这样,你的自然风格将适时盛开。

编辑你的讲述

我们希望你不要以为我们讨厌讲述,讨厌叙述概要、阐述或静态描写。并非如此。这些讲述工具在任何故事里都有其价值。如果你不相信我们,不妨读读《哈利·波特与魔法石》第一页。那一整页都在讲述,并且很精彩。如果你要讲述，那么要确保它起码管用。如果你能做好准备，可以变得技艺高超，那就讲述吧。

下面是我们发现的关于讲述的最常见的问题，以及一些使这些讲述片段活起来的方法：

- **啰里啰唆**：要尽你所能地简洁。
- **抽象语言**：要尽可能实在。要使用效力强的名词、动词，以及生动的细节。
- **解释太多**：要克制解释的欲望。

我们将在这一节里讨论这三种修复方式。

收紧文本和润色

编辑常常意味着既要删除不需要的词语，又要插入增加生动性的词语。下面是一个需要收紧和色彩的讲述片段例子：

在采访结束后，你步行穿越机场，意识到在你的首次签名售书会上发生的情况虽然近乎灾难，却对你的事业有利。机场往往有书店，因为飞机乘客在空中几乎无事可做，他们中喜欢阅读的人太多了。在你去登机门的路上，你经过的每家书店都有你的书。你在回家的飞行中睡着了，做了一个令人心神不安的梦，使你有了写下一本书的灵感。

这大多是叙事概要，掺杂了一点阐述。这里真的没有多少事情发生，不足以推进故事，因此我们显然不想用片段来展示这段文字。然而，我们也不想把它完全删掉，因为在从上个场景到下个场景的过程中，它起到了很好的过渡作用。在下个场景里，你回到了家，正在思考你的下一部小说。

头两句解释太多余。如果你的签名售书会上发生的灾难使你上了拉里·金的节目，那么它显然对你的事业有利。多数人都知道机场为什么有书店，那些不知道的人也能轻易猜到。要克制解释的欲望。

最后两句缺乏色彩或实实在在的细节。即使你没有展示穿越机场的步行或飞行，你仍可以让它们稍微生动一些。

下面是同一段文字的编辑版本。它删掉了多余的词语和不必要的解释，并增添了一点儿色彩：

在采访结束后，你步行穿越机场，经过巴恩斯·诺贝尔书店，你的书堆到了天花板上。当你在你的登机门坐着等待时，六名不同的乘客攥着你的书，请你签名。你在飞机里闭上眼，希望休息一下。你睡了一会儿，但你的梦被数百个和斯罗克莫顿一模一样的人给惊扰了。他们全都拿着电锯，嚷着你的名字。当你的飞机降落在你家乡的机场时，夕阳最后几道橘黄色的光线映在航站楼的窗户上，绚烂至极。就这样，你知道了你的下本书应该写什么。

请注意，这个编辑过的版本比原版本长，尽管我们删除了不必要的解释。这是因为，我们插入了一些实实在在的细节，它们导致了字数的增加。

知道何时该毙掉一段讲述

有时候你发现了一段讲述不需要编辑，而是需要被毙掉。你也许想彻底删除一段文字，而下面是最常见的理由：

- **讲述背景故事**：每个作者都知道背景故事糟糕，但这仅限于其他作者。每个作者都认为，他是例外，可以在第一章就写上几页背景故事，而不受惩罚，因为读者渴望了解它。这是彻头彻尾的谎言，读者几乎不关注第一章中你的背景故事。只有当他们开始知道一个人物时，他们才开始关注他的背景故事。

如果你在你的头五章里讲述背景故事，那么要问问你自己，你是否愿意冒着增加成本的风险留住这么大的篇幅。如果是这样，那就保留它吧，因为它肯定很非常巧妙。否则的话，就干脆删掉吧。

- **解释故事世界**：作者们有一句格言，"克制解释的欲望"。我们不打算费劲解释为什么这是实话，因为它就是实话。要尽可能少地解释你的故事世界。

- **阐述主题**：你的读者不傻，不需要有人解释你的小说的深层意义。解释你的作品会让它更肤浅。千万，千万，千万要克制解释的欲望。

第四部分

十要点

《第五波》　　　　　　　　里奇·坦南特

"我想成为一个小说家,我只是不确定我肚子里是否有那么多的墨水。"

在这一部分……

在这一部分，有两章作为参考的总结，来帮助你顺利完成创作、销售小说的流程。我们将探讨设计、分析故事的10个步骤，以及出版社可能拒绝小说的10种原因。

第十六章

分析你故事的10个步骤

在这一章里：
- 创造你的故事线和三幕结构
- 制作人物界定、素描和图表
- 写长、短摘要
- 详细阐明场景

优秀小说是通过设计出现的，绝非偶然得来。在写你的故事之前或之后，你可以赋予它某种秩序和目的感。重要的是，在某个时间点，你必须拟定出你的故事的设计，然后塑造或重塑你的故事，从而使你的设计帮助你达到你的主要目标：赋予你的读者一种强烈的情感体验。

在这一章里，我们将概述兰迪的雪花写作法的10个步骤。这是一种流行的分析故事设计的方法。这些步骤会帮助你从简单开始，然后逐步增加复杂程度，直到你拥有一个完美的设计。此外，兰迪发现最好在人物和情节发展方面交替进行。因此，步骤2、4、6、8涉及情节，步骤3、5、7涉及人物，这可以保持故事发展的平衡。

你可以把雪花思想用于你所使用的无论哪种创作模式：*创作模式*不过是完成初稿的方式。"雪花"是分析故事的一种方法。因此，如果你使用列提纲的创作模式，那么在写你的初稿之前，你也许可以应用雪花思想分析一下。但是，如果你想使用跟着感觉走或一边写一边编辑创作模式，那么你可以先写初稿，没有任何设计。然后，你可以使用雪花法，分析你的故事，帮助你编辑它。

雪花的每个步骤都具有魔力。它们都是在你写的故事之前非做不可的事情。你可以按照你喜欢的任一顺序做它们。你甚至可以倒着做，从步骤10到步骤1。这些步骤只是工具，可以帮助你设计你的故事，并分析它。来用对你管用的东西，忽略其余。

步骤1：撰写你的故事情节

首先，写故事线：对你的故事的一句话概括。你会使用你的故事线，引起你的代理人或编辑的兴趣。你的代理人会使用你的故事线，把你的书卖给出版社。你的编辑会使用你的故事线，把你的想法卖给出版委员会和销售团队。你的故事线会被用于销售链的各个环节，一直到你的读者。你的读者会使用你的故事线，向他们的朋友解释为什么你的书这么酷。你的故事线甚至会让你受益，使你在编辑阶段注意力集中，因此你总是知道哪些东西对你的故事不可或缺，哪些不是。

兰迪的第一部小说的故事线是："一位物理学家在时间上回到过去，杀死使徒保罗。"这只有20个字，但它为他卖掉了很多本书。

在你的故事线中，要聚焦核心冲突。不要提任何人物的名字，而是要讲对你的故事最为重要的一两个或三个人物的有趣的事情。故事线应该最多25个字，如果你能用不到15个字写出来那更好。

步骤2：撰写你的三幕结构

把你的故事线扩展成一个三幕结构：描述你的故事的高层结构的一段话概括。如果你已经写了你的故事，那么你会发现，分析三幕结构可以帮助你更好地理解你的故事的主体部分。

我们建议，你可以遵循下面这个简单模式，用五个句子写你的一段话概括：

• 句子1：描述故事背景，讲讲主要人物的情况。（可阅读第六章，了解故事背景的详情。）

• 句子2：描述你的故事的头四分之一。它在一场大灾难中达到高潮，这场灾难则迫使你的主要人物完全致力于他的故事目标。

• 句子3：描述故事的第二个四分之一，它引出了在故事中点发生的第二场灾难。

• 句子4：描述故事的第三个四分之一，它结束于你的第三场、也是最严重的一场灾难。这场灾难将迫使你的主要人物投入一场终极对抗。

• 句子5：解释终极对抗，以及它如何结束故事。

故事拥有开头、中间和结尾，它们中的每一个都是你的三幕结构的一幕。第一幕（开头）大体覆盖你的故事的四分之一，终结于一场直接引发第二幕（中间）的灾难。第二幕很长，大约占总篇幅的一半。它需要在它的中点左右发生一场灾难，以免你的故事的中间显得沉闷。第二幕终结于直接引发第三幕（结尾）的第三场灾难。在第三幕里，你将展示一场终极对抗，解决所有故事线索。

步骤3：界定你的人物

关于你的故事的每个主要人物，要写出下面的基本信息：

• **名字**：写出人物的名字（或你的人物的角色，如"英雄"或"反派"，如果你还没有想出名字的话）。

• **抱负**：人物最想要的抽象东西是什么？

• **故事目标**：你的人物认为哪个具体的目标能够让他实现他的抱负？

- **冲突**：什么阻止了你的人物实现他的故事目标？
- **顿悟**：你的人物在故事里会怎样变化，或学到了什么？
- **一句话概括**：如果这个故事讲的主要是这个人物，那么故事线会是什么？
- **一段话概括**：如果这个故事讲的主要是这个人物，那么三幕结构会是什么？

如果你已写了你的故事，但无法回答所有这些问题，那么这就强烈暗示，你的人物存在缺陷。在你投入编辑阶段之前，现在正是解决这种缺陷的时候。

你故事中的每个人物都认为，他或她是主要人物。给每个人物写你的一句话概括和一段话概括，就好像他或她真的处于世界中心。这对塑造三维人物至关重要。永远不要塑造一个其存在只为使另外一个人物的故事运作的人物。（关于塑造人物，如果想了解更多信息，可翻到第七章。）

步骤4：撰写一份短摘要

在步骤2中，你写了一份一段话概括，描述了你的故事的三幕结构。现在把这一段中的每个句子扩展成整整一段。你应该写大约一个满页，我们称之为短摘要。与我们在第九章描述的你的询问函的两页摘要相比，这将多少有些短。

你的短摘要应该使用现在时态，必须简要概括你的故事。在这里，要聚焦亮点，因为你不可能描述每个场景。你终会有机会使用这份短摘要，为你的计划书写摘要，但这份短摘要的主要目的，是通过给步骤2的段落增添细节，帮助你更好地理解你的故事结构。

步骤5：撰写人物素描

关于步骤3界定的每个重要人物，要用一个或几个段落（最重要的人物可达一页），写一份人物素描。概括人物的背景故事。解释他的价值观、抱负和故事目标，展示它们如何全都融入了故事。人物素描价值巨大，主要是因为它聚焦背景故事和价值观，给前景故事增添了细节。此外，人物素描也填充了步骤3所缺失的大量细节。对理解你的人物来说，这些细节很关键。

请注意，你是在情节分析和人物分析之间转换。我们已经发现，通过在它们之间转换，你可以加强它们。

编辑喜欢读人物素描。如果你用完整的段落写了这些，并旨在引发对每个人物的兴趣，那么你就可以把这些人物素描直接整合进你的计划书。

步骤6：撰写一份长摘要

在步骤4中，你写了一页短摘要，简要概括了你的故事。现在把短摘要中的每一段扩展成几段（最长一页），创造一份长摘要，捕捉你的故事的所有高层细节。这可能会长达四五页，因此与我们在第九章描述的你的计划书的正规摘要相比，这多少有些长。

你还是在以一种系统方式增添细节，首先是关于情节的，其次是人物，再次又回到了情节。这一转换原则可以帮助你投入，并保持你的故事的人物和情节平衡。

你的长摘要应该使用现在时态，并且你现在可以承受得起更加详细。就你的故事中的所有场景系列而言，你现在拥有了一段甚至两三段的空间。你可以在这里遮掩那些不重要的场景，但你应该捕捉最重要的场景。这份摘要的目的，是确保你知道你的故事如何运作。你也许终将使用它，来写你的计划书的摘要。又或者，你也许永远不会把它示人。你的目标是在一份你几分钟就可以浏览的简单文件中，解决那些棘手的逻辑情节问题。

步骤7：创制你的人物宝典

关于你的故事中的每个重要人物，要创制一部宝典，详细罗列你需要记住的每样东西。这是保存你需要的所有信息的地方。这部宝典应包括下面这些显而易见的东西：

- 人口普查资料，如名字、出生日期，等等
- 身体描写，其中包括头发的颜色、眼睛的颜色、身高、体重和伤疤
- 身体和精神障碍
- 教育，工作技能，以及特殊天赋
- 恐惧，希望，梦想
- 背景故事（人物的过去）

关于你需要跟踪的你的人物的特征，不存在完整清单。要聚焦那些对你那类故事来说重要的人物特征。记住，你的宝典的目的是防止你犯新手的错误，如在第17页让一个人物长着绿眼睛，到了第384页，又让他长着灰眼睛。关于你的人物，与你告诉你的读者的信息相比，你需要知道的信息要多得多。

步骤8：制作你的场景清单

要写一份场景清单，它将简短概括你的故事中的每个场景。在步骤4和步骤6中，你写了你的故事的短摘要和长摘要，但它们都无法覆盖你的故事的每个场景。

场景清单旨在让你重新安排你的场景，看看这将怎样影响你的故事。

如果你在写你的故事之前这么做，那么场景清单可以帮助你填补故事中缺失的环节。如果你在写你的故事之后这么做，那么场景清单将在一个大视图中向你展示整个故事，你可以决定哪些场景正在发挥其作用，哪些无助于故事。

如果你是个雪花型或列提纲型作者（如果你不确定你的创作模式是哪种，可阅读第四章），那么到了这一步骤结束，你将拥有足够信息，来写你的书籍计划书。你应该这么做吗？那要看情况。已出版过作品的小说家几乎总是先写询问函或计划书，把书卖掉，然后才写手稿。但是，如果是尚未卖掉他们的第一本书的小说家，那么他们几乎永远不能这么做，因为代理人和编辑想先看到你能完成一部小说的证据，然后才会购买它。他们想要的证据是你的小说的一份完成的、经过润色的草稿。没有哪家出版社承受得起被无法写完故事的业余作者架在火上烤。

底线是，如果你是个出版过作品的作者，那么你就有充分理由拿起你所拥有的素材，写一封询问函或计划书，开始把它递交给代理人或编辑。即使你没有出版过作品，现在写计划书也是一种不错的做法。优秀的计划书也许会让代理人为你和你的作品痴狂，只是在你拥有经过打磨的手稿来支撑你的计划书之前，不要盼着把东西卖出去。

很多作者把他们的场景清单保存在索引卡上，从而可以方便把它们搬来搬去，以发现最佳顺序。有的作者更喜欢在电脑上制作他们的场景清单。兰迪喜欢用电子表格制作场景清单，因为场景清单可以让他：

- 轻易地移动场景，编辑它们，增添新场景，删除不需要的场景
- 制作副本，从而可以尝试新组合，而不用担心失去工作成果
- 轻易地记录每个场景的字数；如果手稿字数太多（或太少），那么就可以看到删除或增添场景对总字数的影响

步骤9：分析你的场景

在步骤8中，你制作了一份场景清单。如果你尚未写你的手稿的初稿，那么你或许急不可耐地想开始写作。你完全可以这么做。但是，如果你想再思考一下你的场景，或如果你手头已经有了一份写就的初稿，那么下一步就是分析你的场景。关于故事中的每个场景，要写出下面的情况：

- **场景类型**：它是个主动型场景，还是个反应型场景？主动型场景拥有目标—冲突—挫折结构。反应型场景拥有反应—困境—决定结构。
- **视点人物**：谁是场景中的视点人物？你用的是第一人称，第三人称，客观的第三人称，还是其他视角？你用的是过去时态，还是现在时态？
- **背景**：场景发生在哪里？日期和时间呢？哪些人物在场景中发挥了作用？
- **开头**：如果这是个主动型场景，那么目标是什么？如果这是个反应型场景，那么反应是什么？
- **中间**：如果这是个主动型场景，那么冲突是什么？如果这是个反应型场景，那么困境是什么？
- **结尾**：如果这是个主动型场景，那么挫折是什么？如果这是个反应型场景，那么决定是什么？
- **其他注解**：你想记住什么特殊信息，并将其放入这个场景（如果你还没有写的话）？在这个场景中，你应该记住研究或修复什么（如果你已经写了的话）？

在写故事之前，你不必分析你的场景。那就挺好了。要把它写出来！但是，稍后，在你写了它之后，你仍需修改它。前面的问题正是你将需要问的问题，可以帮助你修改它。

步骤10：撰写、编辑你的故事

这一步骤仅适用于你尚未拥有你的手稿的初稿的情况。如果你已经在使用雪花方法，帮助你设计你的故事，那么你现在要准备写了。试试吧！动手写你最感兴趣的无论哪个场景。

请记住一件事：无论在什么时候，你都应该要么处于创作模式，要么处于编辑模式。在你写之前，不要编辑它。那被称作写作封锁，是什么都不做的完美指令。只要写就行，先写，努力写。进入你的视点人物的皮肤里面，成为他，挤出一些话语来。

你随时可以编辑你的初稿。兰迪一般会在每个写作期开始时，编辑他在上个写作期写的无论什么东西，这给了他动力。等到他完成前一场景的编辑，他就会加速，渴望写下一场景。彼得喜欢写整整一章，然后才编辑它。如果你是个一边写一边编辑的作者，那么你也许更愿意写一页，然后就编辑它。那也不错，但是，要先写，然后再编辑。

随着你进入你的故事，你也许会发现，人物活了，拒绝执行你细心制订的计划。那也挺好的。你是你创造的世界的神，但你有权授予你的人物一定程度的自由意志。当他们行使那种自由意志时，他们不会做你期盼的事情，而是会做某种更好的事情。那就由他去吧。

如果你的故事一开始就偏离了你的设计，那你怎么办？答案很简单：重新设计！在写了他的手稿的约四分之一后，兰迪通常会微调他的整个雪花设计。这只需花一两个小时的工夫，并且检查那些顽固的、坚持我行我素的人物的后果，是值得花时间的。兰迪也会在他的小说的中点做一次重新设计，在就要写结尾之前再做一次重新设计。为了写就你的初稿，你需要重新设计多少次你的故事，就可以设计多少次。

第十七章

小说遭拒的10种原因

在这一章里：

· 瞄准你的书

· 强化你的写作技能

· 传达一种强烈的情感体验

如果出版社不买一本书,它们会给出很多理由。有时候是书不错,但时机不对。如果是这种情况,那你无计可施,只能一边写另外一本书,一边等待你的时机到来。

或者,时机对,但书真的不对。这听起来就太让人难受了。然而,如果是这种情况,那你不必消极等待某个神秘的"对的时机",因为它也许永远不会来。你需要弄清楚错在哪里,从而可以修改它,重新把它提交给别的某个地方。

如果你的小说被拒绝了多次,不妨继续前进,并花些时间舔你的伤口。我们也经历过这样的事情。遭拒令人痛心,不过也很正常。杰克·伦敦被拒绝了600次,才卖出一部作品。杰克一次次在跌倒后爬起来,找出了改进之道,然后继续前进,成了一个极其优秀的作家。

首先,让我们聊聊谁有权拒绝你的作品。多数代理人每个星期会收到数十到数百封询问函,他们必须拒绝其中的多数。一旦你有了代理人,他会把你的作品提交给出版社的策划编辑。这种编辑的工作是筛查数以百计的询问函、计划书和手稿，再拒绝其中的多数。最后是委员会说了算，它也或许拒绝你的作品，但如果你的项目被提交给了委员会，那么你的概率其实相当大了。

在这一章里，我们将审视被拒绝的一些常见原因，并以编辑决定拒绝的速度为顺序，来审视它们。

当编辑拒绝你的作品时，要认真聆听。不要和他争辩。他懂他的职责，即为他的出版社能够获利销售的书辩护。如果他不能确定他的出版社能够卖掉你的书，那么他对你爱莫能助，因为出版非常需要信心，并承担风险。当编辑信心百倍时，效果会最好。

因此，要聆听你在那些令人痛苦的遭拒时刻听到的话，看看你能从中汲取什么。

编辑兴趣不匹配

当你提及一种特定类型时，编辑通常会有三种反应：他们喜欢那个类型，他们对它不冷不热，他们真的讨厌它。如果编辑绝对、明确、热烈喜欢你写的类型，那么你的小说机会最大。热情的编辑是小说成功的主要原因之一。

假设你在一次会议上约见一位编辑。你坐下来，他询问你的小说的情况。你一开始就告诉他，你有一部超自然的言情小说。他打断你的话，"抱歉，可我根本不做言情。我只看惊悚。"现在，你怎么办？

首先，要道歉。由于你约见了不对路的编辑，你真的浪费了他和你的时间。你应该把功课做得更扎实一些。他现在有了一段15分钟的无效时间。

其次，请他提建议。你可以说，"嗨，由于这显然不是你的菜，也许我可以问问你，谁有可能对这类小说感兴趣。"他或许不会提建议，那也是他的权利。然而，问问，你也损失不了什么。他也许会说可以，然后要求你再谈一点儿那个故事。作为一个专业人士，他可能会痛快地给你提出友好的建议。如果故事线不错，他也许真的会说，"哇，那其实挺不错。"然后给你提供几个可能感兴趣的编辑。如果你还没有代理人，那么他有可能给你推荐一位合适的。

当然了，下次约见编辑，要做功课，选择一位喜欢你的写作类型的。如果你不愿意花时间了解这一信息，那么你就是在害自己，浪费你约见的编辑或代理人的时间。

拙劣的技巧和平庸的作品

编辑实际看的第一样东西，要么是你的询问函，要么是你的计划书。如果这里面存在技巧错误或写得很糟糕，那么他就会知道，他不需要再看下去了。那相当于立即拒绝，他接着就去看下一个项目了。

编辑看的第二样东西，常常是样章。如果作品真的糟糕，那么编辑看几个词，就能看出来。如果它只是不好不坏，那么编辑看一两段，也能看出来。如果你使用的动词太多，风格不突出，对话乏味，动作无力，那么在第一页或前两页中，它们都能显现出来。编辑有着非常优秀的阅读本能，他们看上几页，就能够筛掉多数样章。

要获得出版，精湛的技艺是关键。帮你自己个大忙，尽可能润色你的作品，然后听取他人的意见，再把它寄给编辑。我们之所以强烈建议先聘请代理人，这是原因之一。好的代理人可以确保你的作品先说得过去，然后他才会把它提交给编辑。

目标读者不明确

你的小说计划书通常会界定目标读者。如果你不把这一项纳入你的计划书，那么编辑会合理地假定你不知道。这相当于把一种责任推到他身上，即找出哪类人可能喜欢你的书。如果他认为那类人不多，不足以说服他出版你的书，那你就倒霉了。

如果你从编辑那里听到这样的话，那么不妨阅读第三章，看看关于界定你的受众和你的目标读者的信息，花些时间考虑一下这个。仅仅成为一个优秀作者并不够，你还需要成为一个和读者相连的优秀作者。出版社做生意，不是为了哄你高兴，或印刷他们卖不出去的书。他们做生意是想和你合伙儿挣钱，如果你能够向他们证明你谈的就是生意，足以告诉他们谁是你的消费者，那么你就有机会构建起一段伙伴关系。

故事世界乏味

如果你的个人生活乏味，那你怎么办？你最快的解决办法是多出去，走出你的家，走出你的常规，或许再度个假。换句话说，改变你的环境。你的小说的故事世界就是你的人物的环境。如果你的故事世界乏味，那么你的人物就会厌倦，你的读者也会如此。怎么办呢？改变他们的环境。

要改善你的故事世界，你有两种主要途径：

- **更了解它。** 你也许需要做更多探索。如果你非常熟悉你的故事世界，那么你会不由自主地向你的读者展示你最喜爱的它的一些部分。第六章探讨了如何探究你的小说的故事世界。

- **更好地展示它。** 如果你熟悉你的故事世界，那么问题也许会是，你对它的描写不够绚烂。你的描写是否太少？那就增添一些。你的描写是不是够了？那么就借助于你的视点人物的眼睛来展示它，聚焦可以激发你的人物产生一种强烈情感体验的那些元素，强化它。

关于构建你的故事世界，如果想获取更多建议，可阅读第六章，并完成那些练习。

故事线无力

每个好故事都可以被压缩成一个好故事线：一句勾住你的目标读者的话。

编辑总是在寻找有力的故事线，主要有以下原因：

- **好故事线表明你是个职业作者，不是业余的。** 编辑喜欢和职业人士合作。

- **如果你有一个好故事线，那么编辑就有信心推荐你的作品。** 如果你的故事线无力，那么她将不得不花宝贵时间，帮你梳理一条。

- **如果你有一个好故事线，那么你提交的手稿就有可能中靶。** 它或许就不需要大量编辑，编辑也就不必把它标为"不可接受"，退还给你。没有哪个编辑愿意告诉作者，小说的定稿不可接受，但有时情况就是这样。

如果你的故事线无力，那么要用心思考你的故事，找出它究竟关乎什么。关于如何创建你的故事线，要完成第八章中的练习。如果你需要帮助，那么可征募你的一些写作伙伴。每隔几个月就花一些时间，重新思考你的故事线。思考越多，你就越理解你的故事。

人物不独特，乏味

要打动编辑的心，最可靠的办法是给予他一个独一无二、令人信服、迷人的人物。记住，你的读者之所以花钱，是为了购买和你的人物共度几个小时的特权。你总不会掏钱和乏味的人溜达。

如果你从编辑那里获得暗示说，你的人物乏味，那么你就需要做下面的工作：

- **确保你明白什么造就一个有力的人物。** 人物需要背景故事、价值观、抱负、故事目标，他们不应该是老一套。

- 就你的人物，听取你的写作伙伴或专业自由编辑的意见。他们会看出你错过的东西。
- 回顾你的小说的每个场景，确保你已为每个场景确定一个视点（POV）人物。此外，还要证明你的读者可以轻易地分辨出谁是视点人物。
- 确保你正在牢牢地把你的读者置入每个视点人物的视角。

作者缺乏强烈风格

很多代理人和编辑会说，关于作者，他们寻找的第一样东西是一种强烈的风格。风格和你的作品的独特性、有趣程度息息相关。我们在这本书里对风格谈得不多，因为多数作者终将独立发现他们的风格，不需要书籍或教练的帮助。

你怎样找到你的风格呢？通过写作，笔耕不辍。还有阅读，读万卷书。在培育你的风格上，时间和经验是最重要的成分。你应否尝试写整整一部小说，让你的风格得到充分培育？当然了，前进吧。仅仅通过做练习，你培育不了你的风格。你通过写作培育你的风格：真的，绝非虚言。

如果你听说，你的风格还不够强烈，那么不要气馁。这意味着你已把握好小说的多数成分，如好的故事世界，人物，情节，主题。你缺的只是那种魅力，而它将会使你在那个地方区别于其他所有小说作者。如果你注定要成为一个小说作者，那么你将会发现那种魅力。只要笔耕不辍，直到你把你的作品卖出去。你也许比你以为的更加接近目标。

情节可预知

当你听说，你的情节可预知，你就需要小心挖掘根本原因。可预知情节是症状。治好了病，症状才会消失。关于你的情节为何可预知，下面是一些最常见的原因：

• **研究薄弱**：如果你没有研究透彻你的故事世界，那么你就会求助于"尽人皆知"的东西，而这通常是人们从观看数千小时的电视中得来的。要了解警察、医生、科学家、神职人员，或无论什么东西，电视不是个好办法。电视是陈词滥调之城。怎么解决呢？对你的故事世界多做一些研究。找出足够的东西，使你不再依赖你从电视上学到的那些显而易见的情节转折。你会提供一些新东西。

• **人物的价值观无力**：当你的人物在他们的根本价值观（他们相信的世界核心真相）上发生冲突时，他们变得不可预知了。如果你的人物可预知，那么你可以通过赋予他们相互冲突的价值观，迫使他们进入艰难的伦理困境，解决这个问题。他们会做出一些你的读者无法预知的抉择，因为他们会做出你无法预知的抉择。你的人物将会像有他们自己的脑子那样行动。他们真的会这样。就让他们这样吧。要感到意外。

• **场景中的挫折无力**：当你的人物遭遇挫折，他会被迫进入困境，这需要是真正的困境，没有好的选项。如果你给他留下好的选项，那么他和读者都会看到，并且读者可能会先看到。要解决这个问题，就要强化你的挫折。把你的人物束缚得更紧一些。减少他的选项。

主题压倒一切

没人喜欢小说里的说教。当你设计的小说除了一个被切碎、拼接进故事的主题，一无所有，那么它就毫无吸引力。你的读者不想要说教，因此没有哪家出版社会喜欢说教气太重的作品。

如果你的主题正在压倒小说里的其他元素，那么你就需要认真地重新思考你的故事。然后，做下面的事情：

1. 分析每个人物，尤其关注人物的价值观、抱负和目标。

这些东西是不是似乎专门意在阐释你的小说的主题？如果是这样，

改变它们。从赋予每个人物相互冲突的价值观开始。就把平面人物转化成活生生的人物而言，这往往是最容易的办法。然后，看看你能不能改变你的一些人物的抱负、故事目标，从而使它们不再明显地和你的主题关联。

2. 重写场景，使它反映新的、得到改进的人物。

这也许会失控。你也许会发现，故事有点不受控。很好！就该如此。如果你在写作的整个时间里都控制故事，那么你的人物将不受控制。你需要给他们一些自由，看看他们会把你带到哪儿。如果他们是活生生的、有呼吸的、真正的人，那么他们几乎不会像你那样，对你的主题那么感兴趣。他们会忙忙碌碌地寻找办法，满足他们的抱负和故事目标。

小说未能传达一种强烈的情感体验

写小说要赋予你的读者一种强烈的情感体验。通过展示你的视点人物拥有一种强烈的情感体验，然后说服你的读者相信，他或她就是那个人物，你可以做到这一点。

怎么解决呢？这取决于问题出现的原因。下面是出现问题的最可能的原因：

- **低风险**：如果你的人物在玩低风险，那么情感强度也会比较低。提高你的故事问题的风险，你的人物突然开始对他们身处其中的故事变得认真。你的读者会跟进。可阅读第六章关于故事背景和故事问题的讨论，获取一些提高风险的主意。你的故事问题对你的人物有多重要？它对多少人物重要？

- **平面人物**：只有真实，人物才能拥有一种强烈的情感体验。这意味着他需要他自己的价值观、抱负和故事目标。记住：是他的，不是你的。如果你拼凑他，只是为了让他在情节中占据一席之地，以便让你的故事走向你希望它走向的道路，那么他将像画那样平。

- **讲述，而非展示**：当你给你的读者讲一种情感体验时，你的读者没有体验到它。你必须展示那种情感体验。要做到这一点，应该把动作、对话、内心独白、内在情感和描写熔于一炉。没有比这更好的办法了。